国际动物小说品藏书系

两个小野蛮人(下)

沈石溪◎主编

[加]欧内斯特·汤普森·西顿 著
刘延红 译

时代出版传媒股份有限公司
安徽少年儿童出版社

图书在版编目(CIP)数据

两个小野蛮人(下)/(加)西顿著;刘延红译. —合肥:安徽少年儿童出版社,2016.1(2024.1 重印)
(国际动物小说品藏书系/沈石溪主编)
ISBN 978-7-5397-8604-9

Ⅰ.①两… Ⅱ.①西… ②刘… Ⅲ.①儿童文学-长篇小说-加拿大-现代 Ⅳ.①I711.84

中国版本图书馆 CIP 数据核字(2015)第 301504 号

沈石溪/主编
[加拿大]西顿/著
刘延红/译

GUOJI DONGWU XIAOSHUO PINCANG SHUXI LIANGGE XIAO YEMANREN XIA
国际动物小说品藏书系·两个小野蛮人(下)

出 版 人:李玲玲　　策　划:何军民　阮　征　　责任编辑:郭　超　张　怡
责任印制:朱一之　　装帧设计:刘个个
出版发行:安徽少年儿童出版社　E-mail:ahse1984@163.com
新浪官方微博:http://weibo.com/ahsecbs
(安徽省合肥市翡翠路 1118 号出版传媒广场　邮政编码:230071)
出版部电话:(0551)63533536(办公室)　63533533(传真)
(如发现印装质量问题,影响阅读,请与本社出版部联系调换)
印　　制:阳谷毕升印务有限公司
开　　本:635mm×900mm　1/16　印　张:18　字　数:195 千字
版　　次:2016 年 1 月第 1 版　2024 年 1 月第 5 次印刷

ISBN 978-7-5397-8604-9　　定价:49.80 元

动物小说的灵魂

沈石溪

20世纪上半叶，西方生物学派生出一门新的边缘学科——动物行为学。传统生物学与动物行为学在学术观念、观察角度、研究手段和考察方法等方面都有显著差异。传统生物学注重被研究者的共性，热衷于调查物种的起源、种群分布的情况，给形形色色的动物分门别类，根据动物的生理构造和特化器官，确定该归入什么纲什么目什么类什么科什么属；分析动物的食谱，解释某种动物与某种环境的依存关系；观察动物的发情时间与交配方式，了解动物的繁殖机制等。动物行为学家对动物的社会结构、情感世界和个体生命的表现投入了更多的研究热情，透过动物特殊的行为方式，从生存利益这个角度，来寻找产生这些行为的原因；在研究动物行为的同时，其严肃理性的目光也注视人类行为，在动物行为与人类行为间勾画出一条清晰可辨的精神脉络，给人类以外的另类生命带去温暖的人文关怀。

我喜欢读动物行为学方面的书。每当偷得浮生半日闲，躺在摇椅上，捧一杯清茶，翻开奥地利动物学家、诺贝尔生理学或医学奖获得者、动物行为学创始人康拉德·劳伦兹的《攻击与人性》，或者浏览美国生物学家、动物行为学先锋斗士E.O.

威尔逊的名著《昆虫社会》，或者阅读西方最负盛名的动物行为学家罗伯特·杰伊·罗素的力作《权力、性和爱的进化——狐猴的遗产》，总是深深被大师们严谨的作风、渊博的知识、犀利的目光、翔实的资料、风趣的语言和无可辩驳的论点所折服，心灵上受到强烈震撼，精神上产生巨大共鸣。我相信，动物行为学具有无限广阔的发展前景，能找出人类行为发生偏差的终极原因，是医治人类社会种种疾病的灵丹妙药，为人类把握正确的进化方向提供了牢靠的坐标。

这也许是我个人的偏爱，有点言过其实了。可动物行为学家们通过长期观察动物生活得到的许多例证，确实对人类社会具有振聋发聩的作用。

例如，关于大熊猫为什么会濒临灭绝，一般认为有两个原因：一是人类大量开荒种地破坏了大熊猫的生存环境，二是大熊猫食谱单一，只吃箭竹，属于适应性较差的特化动物。但动物行为学家却另辟蹊径，经过大量调查研究后认为，大熊猫濒临灭绝除了环境和食谱因素外，还有另外两个原因：第一，大部分动物都有巢穴，尤其是母动物产崽期间都要寻找一个隐蔽安全的地方当作自己的窝，而大熊猫是典型的流浪者，头脑中没有“家”的概念，它们追随食物四处游荡，吃到哪里睡到哪里，产崽育幼期的母熊猫也同样如此，颠沛流离的生活对刚刚出生的幼崽来说显然是有害无益的，风餐露宿，再加上食肉兽的侵害，幼崽存活的概率很小；第二，丛林里凡生存能力不是特别强，而幼崽又要经过很长一段时间精心养育才能独立生活的动物，如狼、豺、狐、獾、鼠和鸟类等，大多实行双亲抚养制，雄性和雌性厮守在一起，共同养育后代，而大熊猫生性孤僻，雌雄间感情淡漠，只有性，没有情，发情时雌雄凑合在一块做一回露水夫妻，完事后各奔东西，谁也不认识谁，清一色的单亲家庭，母熊猫单独挑起抚养幼崽的重担，母熊猫通常一胎产双崽，但过的是没有窝巢的流浪日子，不可能一条胳膊抱一只幼崽走路，又没有配偶替它分担困难，只有在两只幼崽中挑选一只抱走，另一只幼崽就被遗弃荒野了。单身母亲的日子过得很艰难，遭遇危险时找不到帮手，头疼脑热得不到照应，稍有不慎，唯一的幼崽便会夭折，繁殖后代、延续生命的链条就此断裂。

反观人类社会，许多人不珍惜温馨的家，把家看作累赘，把家看作牢狱，弃家不顾、离家出走、天涯飘零，去过所谓的潇洒生活，面对大熊猫濒临灭绝的事实，难道还不该及时醒悟吗？再看如今社会上越来越多的单亲家庭独木难支的困窘，是不是也该从大熊猫生存路上艰难的步履里吸取某种教训？

在动物面前，人类常常犯自高自大的错误。人类有一种根深蒂固的偏见，总认为自己是高等生灵，动物都是低等生灵；自己是天地间的主宰，动物是任人摆布的畜生。不错，人类是地球上进化得最快的一种动物，会直立行走，会使用语言文字，用勤劳的双手和智慧的头脑创造出了无与伦比的现代文明。然而，人是由动物进化来的。地球上存在生命已有数亿年时间，人类的历史不过几千年，人这种动物在进化成人以前曾经过漫长的动物阶段，动物的本能、本性在人类身上根深蒂固，人类不可能在几千年短暂的进化过程中就把在数亿年中养成的动物性荡涤干净。科学家证实,文化属性与生物属性是构成人的行为的两大要素。人的一部分行为受制于社会大文化,传统势力、伦理道德、风俗习惯、政治说教、宗教戒条、法律法规、民情民风、乡规民约不断修正和规范你的所作所为,迫使你去做这件事而不去做那件事,这就是人类行为的文化动因。人的另一部分行为受制于生物本能,贪婪好色、权欲熏心、天性好斗、自私自利、妄自尊大、好逸恶劳、贪图口福、嫉妒心理等负面因素又时时让你产生难以抑制的冲动,驱使你去做那件事而不去做这件事,这就是人类行为的生物动因。假如某人的行为既出于合理的生物本能,又符合社会大文化的要求,他就是一个真实自然的好人;假如某人完全抑制生物本能去迎合社会大文化的苛刻要求,存天理灭人欲,他就是一个虚伪矫情的假人;假如某人放纵生物本能,弃社会大文化于不顾,他就是一个凶残狠毒的坏人。有一种观点认为,人类一半是天使一半是魔鬼,讲的就是这个道理。

动物行为学剖析发生在动物身上有利于生存的、合理的、善的行为准则,让人类学习借鉴,变得更像天使;揭示发生在动物身上不利于生存的、荒谬的、恶的行为准则,让人类铭记教训,更自觉地远离魔鬼。

曾有某药物研究所做过这么一个令人发指——不——是令动物发指的实验:为了证实某种戒毒药物是否有效,人们给一只红面猴注射了毒品(这实验本身就证明了人类对待动物是何等霸道、残忍和阴险。人类自己心灵扭曲得还不够,自己被海洛因毒害得还不够,还要把罪恶强加在无辜的动物身上)。两三次后,可怜的红面猴就成了吸毒者,一见到穿白大褂的管理员,立刻就会从铁笼子里伸出手臂,哀哀叫啸,恳求人们替它在静脉血管上打针。倘若人们不满足它的要求,它就会用自己的脑袋撞铁笼子,撞得头破血流也在所不惜;假如还不能达到目的,它就咬自己的爪子和身体,把自己咬得满身血污。一旦人们掏出注射器,它就会跪伏在地下,猴嘴从铁栏杆间伸出来,谄媚地亲吻管理员的裤腿和鞋。过去它在动物园生活时曾被热水瓶烫过一下,由于条件反射,平时最怕看见热水瓶了,远远看见有人提着热水瓶走过来便会吓得躲起来。有一次它毒瘾发作,手臂从笼子里伸出来,工作人员提着热水瓶来吓唬它,它竟然无动于衷,将开水淋在它的手臂上它也不肯把手臂缩回去。这只雄红面猴被买来做实验品前,曾与一只雌红面猴相好。据动物园的饲养员介绍,这对红面猴青梅竹马、卿卿我我,感情很甜蜜。饲养员把那只雌红面猴牵了来,把雌雄两只猴子关进同一只铁笼子,希望能由此减弱雄红面猴对毒品的过分依赖。它们分开也不过二十来天,天涯苦相思,意外又重逢,正所谓"小别胜新婚",那雌红面猴见到雄红面猴,激动得浑身颤抖,恨不得立刻与之紧紧拥在一起,但雄红面猴却面无表情,冷冷地瞥了对方一眼,就像看到一只陌生猴一样没有任何反应。过了一会儿,雄红面猴毒瘾上来了,哈欠连天,鼻涕口水滴滴答答,抓住铁栏杆使劲摇晃,发出哀叫声。管理员从甬道走过来,雄红面猴迫不及待地将手臂从铁笼子里伸出去。雌红面猴出于好奇,也趴在笼壁上看热闹。雄红面猴大概以为雌红面猴要同自己争抢毒品,勃然大怒,揪住雌红面猴,穷凶极恶地大打出手,下手比打冤家还狠,啃下一口口猴毛,抓出一道道血痕。要不是管理员闻讯赶来,打开铁门救出遍体鳞伤的雌红面猴,后果不堪设想。雄红面猴被人类强行注射毒品后的行为表现,与人类社会的瘾君子如出一辙,丝毫没有区别,同样丧失理智、丧失人格、丧失自尊,感情冷漠,道德沦丧,成为一具地地道道的行尸走肉。

实验的结果颇出人意料又耐人寻味,戒毒药物也不起什么作用。由于过量注射海洛因,雄红面猴奄奄一息,整整两天不吃不喝,有气无力地躺在地上,眼皮耷拉着,连叫都叫不出声了,只有那条布满针眼的手臂还顽强地伸出铁笼子,手掌朝上,瑟瑟发抖地做乞讨状。药物研究所决定给它注射最后一针大剂量毒品,减少它临终前的痛苦,让它在虚幻的快感中结束生命,也算是人类的一种仁慈;同时也决定,将那只雌红面猴牵来继续做相同的实验。

拿着注射器的管理员和那只雌红面猴几乎同时来到铁笼子旁。雄红面猴混浊的眼光落在雌红面猴身上,就像快要燃尽的炭火被风一吹又短暂地烧旺,那双垂死的眼睛里骤然发出一道骇人的光芒。就在管理员的针头快要刺进雄红面猴静脉血管的那一瞬间,雄红面猴奇迹般地"复活"了,它伸出铁笼子的前爪突然抓住管理员的手腕,把那手腕拖进铁笼子里去,张开嘴,一口咬住管理员的手掌。管理员撕心裂肺地惨叫起来,那只灌满毒品的注射器掉在地上,摔得粉碎。人们赶紧来帮管理员,七手八脚地强行将猴嘴撬开。雄红面猴已经气绝身亡,那双猴眼却还瞪得溜圆,一副满腔怨恨、死不瞑目的可怕模样。雄红面猴在生命的最后一刻幡然醒悟,天良发现,为了抗议人类的暴行,也为了不让自己所爱的雌红面猴步自己的后尘,做出了一只垂死的猴子所能做出的反抗行为。较之人类社会那些执迷不悟、心甘情愿地在毒品的泥潭里越陷越深的瘾君子和那些为了自己发财致富而不惜将千家万户推入"火坑"的毒贩子,雄红面猴似乎更配"人"这个高贵的称呼。

人和动物之间并不存在不可逾越的鸿沟,人和动物之间的差别也并没有我们想象的那么大。在某些领域,人和动物的差距是微乎其微的,仅仅隔着一根头发丝的距离。稍有不慎,人就有可能变得像动物一样,甚至还不如动物。

我们只要用心去观察,就不难发现,在情感世界里,在生死抉择关头,许多动物所表现出来的忠贞和勇敢,常常令我们人类汗颜,让我们自愧弗如。

这就是动物小说的灵魂,这就是动物小说能超越时间和空间,为世界各地不同民族、不同肤色的一代又一代读者所喜爱的原因。

是为序。

目　录

第三章　真正的森林体验

一、 真正生活在树林

“你们俩每天不停地在家和营地间来回跑,这太浪费时间了。你们为什么不能待在营地里呢?”一天,拉夫泰面无表情地问他们。他的这种态度总是让人发愁,因为不知道他是真的就是那个意思,还是在挖苦他们。

“我觉得行。那么我们能不回家吗?”萨姆问。

“我们就想在那里过夜。”岩说。

“好啊!既然想当印第安人,那就得来真的。”

“现在一切如愿。”萨姆慢吞吞地说。为了表示强调,他总是用这种慢条斯理的说话方式,“我们就是这么想的,现在我们也这么做了。”

“好的,孩子们,”拉夫泰说,“但要记得每天按时回来喂猪、喂牛。”

“你的意思是,我们住在营地以后,每天还要回来干活?”

“不,威廉姆,”拉夫泰太太插嘴道,“这不公平。要么让他们干活,要么就给他们放假。只要出个人照管那些牲口一个月就行了。”

“一个月？我可从没说过一个月。”

“好吧，那你现在说也不迟啊。”

“噢，下个月我们就该收割庄稼了。”拉夫泰发现没有人支持他，只好无可奈何地说。

“如果岩把他的那幅风景画给我，我就替他干两个星期的活。”坐在桌子另一端的米凯尔的声音远远地传来，“除了星期天。”他补充道。他记起一个固定的约会，这个拜访对他来说非常重要。

“好吧，星期天我来照管。”瑟·李说。

“你们都跟我对着干。”拉夫泰带着点儿古怪而又复杂的情绪，嘟囔着，“不过孩子就是孩子，你们可以走了。”

“太好了！”萨姆欢呼起来。

“太好了！”岩也跟着叫起来，虽然他还控制了自己一下，却表现得比萨姆更兴奋。

“稍等。我还没有说——”

“爸爸，我们想借你的枪。我们不能一把枪都不带就去野营啊！”

“别急，听我说完。你们可以去两个星期，但是你们去了之后，晚上就不许回来睡觉。你们不能带火柴，也不能带枪。我可不想你们带着枪胡作非为，把所有的鸟和麻雀都打光;更不想让你们互相射击。不过可以带上弓箭,你们不可能什么坏事也不做。你们可以从家里拿肉和面包或别的你们需要的粮食,可是你们必须自己做饭。如果我看到树林着火了,你们就会挨鞭子,我会把你们的心肝都打出来。”

这天早晨剩下的时间他们全用来为露营做准备，拉夫泰太太提出她最关心的问题:“那么,你俩谁来做饭?”

“萨姆——”“岩——”两个孩子异口同声地喊出对方的名字。

“哼,你们好像都想到一块去了!这样吧,还是轮流做饭——第一天,萨姆先做。”

按规矩,早饭他们应该煮咖啡、烧土豆、煎肉片。从家里带的面包和黄油还有鸡蛋足够他们吃的了。

“你们最好每天回来取牛奶，或者至少隔一天取一次。”拉夫泰太太吩咐。

“我们宁愿去牧场偷奶。”萨姆斗胆说,“这样才更符合我们印第安人的天性。”

“要是我看到你们围着奶牛瞎转悠或者偷挤牛奶,看我不揭掉你们的皮!”拉夫泰咆哮道。

“好吧,那我们能摘苹果和樱桃吗?”萨姆进一步解释道,“如果它们不是偷来的，对我们来说它们就没什么意义了。”

“只要你们需要,什么果子都可以摘。”

“土豆呢?”

“可以。”

“鸡蛋也可以？”

“可以，只要别带多了就行。”

“厨房的蛋糕能拿吗？印第安人也吃蛋糕。”

“不可以。要知道适可而止。你们怎么把这些东西运过去呢？你们看，有铺盖、茶壶、平底锅，还有吃的。这已经很重啦。”

“我们用货车把这些运到湿地去，然后我们的支持者会沿着那条有路标的路把它们搬过去。”萨姆说着，指了指在院子里干活的米凯尔和瑟·李，解释“支持者”指的是他们。

“只要运到小河那儿就行了。”岩提议，“我们可以在那儿做个木筏，然后把东西放到筏子上从水路运过去。那才是地道的印第安人的方式。”

“你们用什么做木筏？”拉夫泰问。

“用雪松木钉一个。”萨姆回答。

“不，我们不用钉子。”岩反对，“那不是印第安人的做法。”

“我的雪松木也不能用，那也不是印第安人的做法。依我看，让你们的支持者把这些东西搬过去，这样更省力，而且还不会有弄湿铺盖的危险。”

木筏的计划告吹了，所有东西都被顺利装载上车运到河边。拉夫泰亲自跟随。实际上他对这个计划很赞成。他的言谈里流露出一种复杂的情绪：一方面他很有兴趣，另一方面他不确定自己投入如此多的关心是否明智。

“嘿，帮我把东西放到肩上去。”当他们到了河边，拉夫泰说道。这大出孩子们的意料。拉夫泰宽阔的肩膀扛走了一半的东西。从湿地到营地的路只有两百码长,他只跑了两个来回,就把所有东西都搬完了。

萨姆很开心地注意到他父亲这种出乎他们意料的热情:“爸爸,原来你跟我们一样贪玩。你一定很想加入我们吧?”

“我只是想起了我小的时候。”拉夫泰回答,声音里带着一种怀念的味道,“我和凯勒博好多个晚上就这样睡在外面,就在这条河边,那时候这里长满了成片茂密的灌木丛。你们知道怎么搭床吗?”

“不知道,”萨姆对岩使了个眼色,“你教我们吧。”

“我让你们见识一下怎么做。斧子在哪儿?”

“我们只有一把大印第安战斧和一把小印第安战斧。”岩答道。

拉夫泰咧嘴笑了,拿起那把大印第安战斧,指着一棵小香液杉说:“这种树就很合适做床板。”

“用来生火好像也不错。”岩说。只砍了两下,拉夫泰就把树砍倒了,然后很快地修理掉上面嫩绿的枝干。然后他又用斧子几下就砍倒了一棵光滑的岑树,把它砍成四段,两段七英尺[1]长,两段五英尺长。接下来,他砍了一棵白橡木树苗,又把它砍成四根

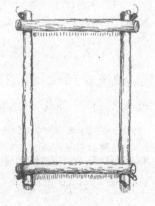

[1]全文使用英制度量单位。

两英尺长的尖锐的床腿。

“现在，孩子们，你们想把床放在哪儿呢？”他犹豫了一会儿又加了一句，“也许你们不想让我帮忙，想要自己干，对吗？”

“不，爸爸，这样真的很好！”他的儿子兼继承人这时正平静地坐在一块木头上，带着他“最勇敢的印第安人”的表情骄傲地表示赞许。

拉夫泰不确定地转过头看了岩一眼。

岩回答：“我们非常感谢您的帮助。我们根本不知道该怎么做。我好像有一次在书上读到过，床最好放在帐篷门的斜对面，我们就把床放在这儿吧。”于是，拉夫泰把四根木头安放在床边和床头，把这四根床腿使劲插进地里面去，用四根木棒支住。岩拿来几根和胳膊一样粗细的树枝，拉夫泰依次一根根地摆放这些树枝，木头顶部就是床的四角，他把它们轻拍平整。他们用掉了所有的杉树枝，床做好了，这是一张松软而结实的绿意葱茏的床，所有树枝都是粗的一端朝下。

“那么，”拉夫泰说，“这就是一张印第安人的羽毛床了，既安全又暖和。直接睡在地上是很危险的，目前这样已经够好了。到你们的床上坐着试试看。”萨姆和岩照着办了，这时拉夫泰又说，“回去把那块我让你妈妈卷起来的小帆布拿来，把它绑到杆子上当蚊帐。”

岩站在那儿没动，看上去有些不自在。

“我说,爸爸,你看看岩——谁要是破坏了他的规矩,他就会摆脸色给谁看。”

“怎么啦?”拉夫泰问。

“我从没听说印第安人在床上挂蚊帐。”岩说。

“那你听说过帐篷或者露水布吗?”

“听过。”岩回答,很奇怪拉夫泰竟有这么多出人意料的学问。

“那你知道它们是什么样的吗?”

“不知道。”

“好吧,我知道,就是挂帆布篷这样。我亲眼见凯勒博用过。”

“哦,我想起来了,书上是这么介绍的,印第安人喜欢用这个,他们会在上面画些他们的图腾。那可真是太棒了!”岩看到拉夫泰用两根长长的木棒把雨布撑起来,雨布就像个天棚。

“爸爸,我从来不知道你和凯勒博还在一起打猎露营。我还以为你们是天生的敌人呢。”

“哼!”拉夫泰咕哝着说,“我们从前是好朋友。一直到上次马匹生意之前,我们之间从来没有闹过矛盾。”

“真遗憾你们现在不是朋友了,因为他确实精通树林里的所有事情。”

“他不应该想杀我,让你成为孤儿。”

“你确信是他干的吗?”

“如果不是他,那会是谁呢?岩,你去找些松树结来。”

岩出去找松树结。他惊奇地发现就在离树林几码远的地方，树后站着一个身材高大的人。再定睛一看，原来是凯勒博。这个狩猎人把一根手指放在嘴唇上，对他摇了摇头。岩明白地点点头，收集了些松树结，就回到帐篷去了。萨姆还在那里继续问："老博伊尔说，你把他最后一分钱也给搜刮去了。"

"当他想要拿走我的钱的时候，我为什么不能拿走他的？以前我还帮助他，告诉他买卖马后他该做什么。这就像他让我去玩纸牌，可是当我赢牌的时候，他却又埋怨我。邻居是一回事，但买卖马匹又是另外一回事。在马的买卖中，一切都是公平的，朋友也不能要求随意交换。游戏是按照规则自动进行的。换马以后，我本来准备帮助他，因为他是个好伙计，但那天晚上我回家的时候，他对我开枪，所以事情就——

"我觉得你们俩应该养一条狗。"农夫改变了话题，又换了种口气，"流浪汉们总是很讨厌的，有条狗就方便多了。我相信老坎普不会待在这儿，如果你们住的离我们家足够近，他就不会来打搅你们。现在我想我要回到居住地去了。我会向你妈妈保证我看到你们的床铺很不错，睡在上面又干燥又暖和，你们还带了许多无害的吃的东西。"

于是他转身离开，但是他刚走到空地上，就停住了脚步。那种孩子般好奇的表情从他的脸上消失了，声音里的那种亲切也不见了——然后他用平常那种严厉的语调命令道：

"听着，孩子们，你们可以随便射旱獭，因为它们是地

里的讨厌鬼；你们可以射猫头鹰和乌鸦还有松鸦，因为它们吃其他鸟类；还可以射杀兔子和浣熊，因为这些都是不错的狩猎对象。但是我不想听到你们射杀任何一只松鼠或者花栗鼠的枪声。如果你们做了，我就立马叫你们停止这次游戏，把你们带回家去干活，而且我会准备好鞭子等着你们的。”

二、 第一个夜晚与清晨

孩子们目送拉夫泰先生离去，当他的脚步声完全消失在那边有标记的路上时,他们意识到自己真的要独自在树林里露营了，一种兴奋而新奇的感觉溢满了他们的心胸。对岩来说,这是梦想成真。他们得到了那个在树后面看着他们的高个子老人的帮助。岩找了个借口到那边的树林溜达,想去看看他,但是凯勒博早就已经不在那儿了。

“生火啦。”不久就传来萨姆大声的叫唤。岩现在已经非常擅长钻木取火了，不一会儿他就在帐篷中间点着了火,萨姆开始做晚饭。牛肉和土豆被当作野牛肉和草根。孩子们安静地吃过饭后,隔着火堆面对面坐着。话题断断续续,时常没有话说,最后自然而然就停止了,两人都陷入了沉思,而且,有种浓浓的压抑的气氛萦绕着他们。不是因为安静,而是因为耳边有许多从树林传来的声音,一种无声的力量远远压倒这些。有些明显是鸟啭,是虫鸣,还有一些是青蛙的叫声和它们跳入水中溅起的水花声和扑通声,它们就在附近的溪流中。

“肯定是水老鼠。”萨姆小声地回答伙伴无声的询问。

远处传来“嗷嚎——嗷嚎——嗷嚎”的响亮叫声,他们都很熟悉,那是啄木鸟在叫;可是又一声奇怪的长长的悲号,好像是从头上的树丛里传来的。

“这是什么？”

“不知道。”他们压低声音说话,都感到很不舒服。夜晚

肃穆而神秘，再加上微微闪烁的火光，显得更沉重，他们感觉很压抑。他们谁也没有足够的勇气提议结束他们的露营，就此回家去。萨姆站起来，翻了翻火堆，四处寻找可烧的柴火，然后咕哝着走到外面。直到很久以后他才承认，当时他是鼓足了勇气才敢出去的。他拿了些木柴进来，然后把门紧紧锁上。帐篷里的火光再次明亮起来。孩子们可能没意识到他们的心里的确萦绕着想家的思绪，然而实际上他们都在想：在家里，大家伙可以舒适地围坐在一起。火堆冒出的烟有点儿呛，萨姆对岩说："你能出去拉拉排烟柱吗？这个你比我在行。"

岩这时强迫自己走到外面去。起风了，风越来越大。他不停地摇摆着排烟柱，直到出烟

口垂直下来，然后他用沙哑的嗓音低声问：“怎么样了？”

“好多了。”萨姆的声音和他一样，小而沙哑。

岩一听，立刻神经紧张地进了帐篷，把门紧紧关上。

“火烧旺点儿，然后睡觉吧。”

他们上床睡觉，只脱了一部分衣服，但是翻来覆去几个小时都睡不着。尤其是岩，他总处在一种紧张状态。他到帐篷外面去的时候，心怦怦直跳，即使此刻他也依然有种莫名的恐惧。火是唯一让他安心的东西。他昏昏欲睡，但是几次都被一些细小的声音惊醒。一次是奇怪的“滴答——滴答——嘎啦——噼啪——嘎啦”声，就从他头顶的帐篷上传来。“一头熊。”这是进入他脑中的第一个念头，但是那只不过是一片树叶从帆布上滑落。后来，一阵树叶的摩挲声把他惊醒，他静静地听了一会儿。这不是树叶，是一只动物的声音。是的，肯定是一只老鼠。他使劲猛拍帐篷，嘘嘘地发出驱赶的叫声，直到它走掉。但接着他又听到从树梢上传来的古怪的哀号声，这简直让他毛骨悚然。他伸手去拨火，火亮起来，一切都那么安详，这时睡意随之而来。他再次被惊醒是由于强烈的火光，他看到萨姆正坐在床上听着什么。

“怎么了，萨姆？”他小声问。

“我不知道。斧子在哪儿？”

“就在这儿。”

“放在我边上。你拿那把短柄斧吧。”

最后他们都睡过去了，醒来的时候太阳已经高照，帐篷里洒满了阳光。

“啄木鸟,啄木鸟！起床啦,起床啦！嘿哟！嘿呀！嘣嘣嘭嘭咯咯的啄木鸟！”岩叫着他睡意蒙眬的伙伴,用小时候老师教学时用的那种方法来拼读萨姆的绰号。

萨姆慢慢地睁开眼，弄清了自己在哪儿后，懒洋洋地说:“你先起床吧,今天该你做饭,我要在床上吃早饭。我的膝盖痛得好像要裂开了。”

“噢,起来吧。早饭开始之前我们先去游个泳。”

“不,多谢你。我现在太忙了,没有时间。再说,早晨这个时候,池塘又冷又湿。”

清晨的空气那么清新,艳阳高照,百鸟喧鸣。尽管已是七月,一只红眼燕雀和一只知更鸟仍在引吭高歌。岩起来去做早饭,他很纳闷为什么昨天晚上他会被那样奇怪的感觉折磨。目前那一切都变得不可理喻。他希望能够再次听到树梢上那骇人的哀号,那他一定会循声找到源头。

灰烬中还有些没有烧完的红木炭，没用几分钟岩就生了一堆火,把咖啡放在壶里煮,熏肉在煎锅上唱着饥饿而甜蜜的歌。

萨姆躺在床上看着他伙伴的一举一动，开始发表他的评论。

“你也许是个顶好的厨子——但是你对于烧火可知道的不多。你看看。”一块接一块的大火星从火堆里爆裂出来,落在床上和帐篷布上。

“我怎么才能不让火星爆出来呢？”

“你在火里放些榆木或者芹木就没事儿了。”

“好的。”岩只好用一种投降的口气同意了。

“我的孩子，”伟大的啄木鸟酋长说，“帐篷里不应该火星四溅。山毛榉、枫木、山胡桃还有岑树是从来不会爆火星的。松木结和树根也不爆，但是这些都会冒烟。众所周知，芹树、榆树、栗子树、云杉和雪松都是会爆火星的，是帐篷安全的大敌。大印第安酋长讨厌噪音和噼啪乱爆火星的火堆。敌人听到声音，就会烧了他的床单。”

“好吧，老爷爷。”厨子发表意见，然后用一种极具威胁性的语气说，“你现在给我起床，听见没有！”他抓起盛满水的桶。

“如果伟大的厨子酋长另外有一张床，这可能会威胁得到伟大的啄木鸟酋长，不过目前啄木鸟酋长对此嗤之以鼻。”令人满意的是他起来了。看看早饭已经准备得差不多了，萨姆急忙出去了一会儿。咖啡就像灵丹妙药——一下肚，他们立刻精神饱满，情绪高涨。饭还没有吃完，他们已经是世界上最兴高采烈的露营者了。甚至昨天晚上那种神秘的恐惧感现在也都成了他们快乐的源泉。

三、 跛脚的勇士和泥巴里的签名簿

“萨姆，盖伊是怎么回事，怎么这么久还不来？我们还需要他吗？”

“如果是在学校或者别的什么地方，我才懒得理这个肮脏的小无赖，但是我们现在在树林里，人也变得友好了些。三个人总比两个人要好些。”

“对啊，我也这样想。要不我们把他叫来吧。给他一个召唤吧。”

两个孩子扯开嗓子大声叫了起来，一会儿用高亢的假嗓子，一会儿用真嗓子，轮番上阵。这就是他们所说的“召唤”，通常这种召唤从来没有落空过，除非盖伊手头上有家务活，要不就是他的爸爸就在附近看着，否则他不会背叛印第安部落。不久，盖伊出现了，挥着一根树枝示意，这是他作为一个朋友到来时的固定信号。

只是这次他来的速度太慢了，孩子们看到他一瘸一拐得厉害，还用一根木棒支撑着。跟平时一样，他光着脚，不过左脚用布包扎着。

“嗨，树液，你这是怎么啦？去伤膝河了吗？”

“不。运气糟透了，都怪我爸爸！我骑了一整天马，但他一吆喝，马跑得太突然，我被甩了下来，爸爸踩到了我的脚。唉，我惨叫了一声！你们应该听到我叫了吧？”

“我估计我们听到了，”萨姆说，“你什么时候叫的？”

“昨天下午四点左右。”

“没错，我们听到一阵撕心裂肺的尖叫，岩当时还说，那是下午凯里路口的火车叫，难道车晚点了？”

“我说我打赌那是盖伊·伯恩又挨揍了。”岩又加了一句。

“我现在已经没事儿了。”战斗酋长树液一边说着一边从脚上剥去绷带，露出被擦伤的地方，伤口小得几乎踢球时都不用考虑它。他仔细地把布条绑好，跛着脚，满心欢喜地投入到营地生活中。

现在，早起的巨大好处已经显露。每隔一棵树上都有松鼠，到处都是鸟儿，当他们跑到池塘边的时候，一只野鸭正噼里啪啦地从水面跃起，嘎嘎叫着飞走了。

“你发现什么了？”萨姆看到岩弯着腰蹲在池塘边急切地看着什么。

岩没有回答，于是萨姆跑过去，发现他正在研究泥地上的一个足印，并想把那个脚印画到他的笔记本上。

“这是什么？”萨姆又问。

“不知道。如果是麝鼠，太大了点儿；如果是猫，爪子多了点儿；如果是浣熊，太小了点儿；如果是水貂，脚趾又太多了点儿。”

“我敢打赌，它只是一个牢骚鬼的随手涂鸦。”

岩一听就咯咯笑了。

“你别笑。”啄木鸟庄重地说，“如果你看到这么一只庞然大物走进帐篷里，把它的尾巴梢扇得呼呼响，你就会哭了。你肯定会这样说：‘噢，萨姆，斧子在哪儿？’”

“告诉你，我知道它是什么了。”岩说，似乎没有在意刚才萨姆恐怖的描绘，“这是一只臭鼬。”

“哈，小河狸！我本想亲自告诉你的，但后来我对自己说“不，最好是让他自己发现吧”。没有什么比前期的磨难更能促使一个家伙变成男子汉的了。我不应该帮你太多，所以，我没有告诉你。”

萨姆这时故意屈尊地拍拍二号酋长的头，赞许地点点头。当然对这个足迹他并没有岩知道得多，但是他继续空话连篇：“小河狸！你已经对动物的足印了解不少了。嗯，很好！你能够判断夜里经过的所有的东西了。很强！很牛！你简直是我们这个部落的博物学家。但是你太没有进取心了。今年我们部落狩猎期间，只有一个地方你能找到动物的足迹，因为只有那里也是一样的泥岸，其他地方不是土质太硬就是草太多。如果我是个足迹辨认专家，我会给动物创造留下足印的机会。要做到这一点就得在四周布置好泥地，让动物来去都给我们留下它旅行的印记。在河两岸它进来和出去的地方都要布好泥地。”

“好吧，萨姆，你的确头脑冷静。我怎么就没有想到这点呢。”

“亲爱的,伟大的大酋长乃劳心者,而乌合之众——你和树液——是劳力者。”

但是他还是立刻和岩还有稍微有点儿瘸的树液着手工作。他们把脚印前后二十英尺内的树枝和杂物都清理干净,撒上有三四英寸厚的肥沃的黑土。在小溪的两岸,他们也清理出四个地点,在动物进树林的入口处每边一个,进入伯恩家灌木丛的入口处每边一个。

“那么,”萨姆说,“我们可以把这里叫作来访者的签名簿,就像菲尔·奥利瑞家那九个胖妞的那本一样。她们住进砖房子,头脑发涨,让每个进去做客的人都要写下他的名字,还要写些什么拜访她们让人永世难忘的‘幸福、快乐’的话。相信这里就是我们的客人开始拜访的地方,我们每个人都用自己的脚先在此签名。”

“真奇怪,我为什么没有想到这个呢。”岩一遍又一遍地为萨姆这些奇思妙想而惊叹,“但是有一件事你忘了,我们必须在帐篷周围也布置一个。”

这很容易办到,因为地面已经被打扫平整了。树液忘了他的跛脚,也帮忙从火洞里搬运灰烬和沙子出来。然后他一边低声笑着一边把他平阔的脚放在土上,留下了非常有趣的脚印。

“我将它命名为‘裸脚’。”萨姆说。

“快啊,把它画下来。”树液咯咯笑着说。

“好的。”岩拿出自己的笔记本。

“我打赌你画不出它真实的尺寸。”萨姆打量着小小的笔记本和那个相对巨大的脚印。

等岩画好后，萨姆说："我要让你们见识一下男人的脚印。"很快，萨姆留下了他的脚印，后来岩也加上了他自己的。这三个脚印截然不同。

"如果你能把脚趾翘起的方式和脚趾之间的间距记下来，那就更好了，还能显示腿有多长。"

萨姆又提供给岩一个好主意。从那时起岩就开始注意记录下这两个方面，他把记录做得更完善了。

"你们现在就睡在这儿了？"树液注意到他们的床和锅碗瓢盆，惊奇地问。

"是的。"

"哦，我也想来。如果我能让妈妈同意，而爸爸不知道，就好办了。"

"你假装我们不想要你来，你爸爸就会让你来了。告诉他老拉夫泰不让你到这儿来，他会亲自把你带来的。"

"我看床挺宽敞的，够三个人睡觉的。"三号酋长说。

"噢，我看不行。"啄木鸟说，"尤其是第三个酋长赢得了'学校最脏男孩'的称号，就更不能睡这张床了。你可以

萨姆的脚印

岩的脚印

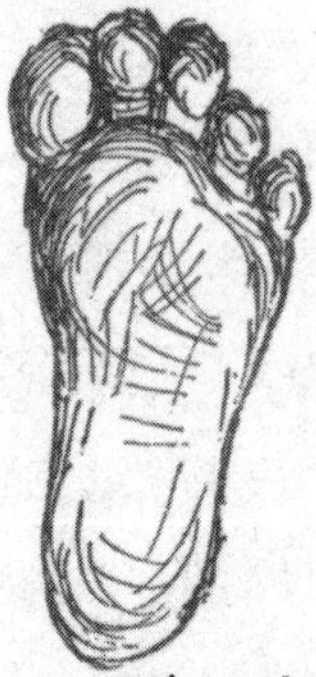

盖伊的脚印

弄些东西来自己做张床,把它放在火堆的另一边。”

“我不知道怎么做啊。”

“我们会教你的。你只要回家去拿张毯子和一些吃的来就行了。”

没用多长时间，孩子们就砍砍削削又做了一张杉木板床,但盖伊尽可能地拖延着不肯回家去拿毯子。他自己心里明白,一旦他回去,他就再也没有机会回来了。最后,太阳落山了,盖伊重新包好裹脚布,一瘸一拐地踏上了回家的路,走时他说:“我一会儿就回来。”但孩子们非常清楚他回不来了。

吃过晚饭,他俩围着火堆坐着,很兴奋地猜想今晚会不会重演昨夜的恐怖。一只猫头鹰“嗷——嗷——”的叫声在树林里响起。这声音中有些令人愉快的浪漫。孩子们不停地添柴生火。直到十点钟,他们不再添柴了,下定决心今晚不再被吓倒。他们脱光了衣服准备睡觉,这时附近的树林传来非常恐怖的呼号,像一只喉咙痛的狼的声音。后来变成了一个痛苦的人的呼喊声，孩子们又一次被这声音惊起。“嗨,嗨,萨姆!”门被猛烈地撞开了,盖伊连滚带爬地进来。他怕得厉害,不过当火燃烧起来,光明使他稍稍平静了下来。他坦白交代,他爸爸让他上床睡觉,当大家都睡着了,屋子里静悄悄时,他带着睡衣偷偷地从窗子溜了出来。来到营地附近，他本来想发出几声狼叫吓唬他们一下,但是当他学狼嗥的时候,从树梢传来一声野性的回应。那可怕而尖利的号叫把他吓得够呛,他带的毯子也掉了,他一刻也不敢停地跑到帐篷来呼救。

孩子们打着手电筒，战战兢兢地出去寻找丢了的毯子。找到后铺好盖伊的床铺，一小时后他们再次进入了梦乡。

早上萨姆第一个起床出去。在回家的那条路上，他突然喊道："岩，到这儿来。"

"你是在喊我吗？"小河狸用傲慢而高贵的声调问。

"是的，伟大的酋长，请你移驾过来一下。快到这儿来看一下，有重大发现。你能认出昨晚我们睡着的时候谁来拜访过我们吗？"他指着路上的"留言簿"说，"如果我不是每周用壶底的煤烟给他们擦鞋，我就不会知道这些鞋中有一双是爸爸穿的，有一双是妈妈穿的。让我们看看他们走了多远。为什么在被踩乱以前我应该看看帐篷周围？他们回去了，尽管他们尽力想不留痕迹。可以看出他们在门口转了很久，这表明昨天晚上或者可能在深夜，爸爸妈妈做了一次秘密参观——在我们睡觉的时候来视察营地，但是发现没有人醒着，所有的孩子都在甜蜜健康的睡梦中沉沉呼吸，他们没有打扰我们就走了。"

"我说，小伙子们——伟大的酋长们——我们的营地应该需要一只狗，否则晚上有人来拔了我们的牙或者砍了我们的头，等到他们偷偷溜了我们也不知道。不管怎么说，所有印第安营地都一定有狗。"

第二天早上，三号酋长被委员会派出去，他要先把自己洗干净，然后负责做饭。他边洗边嘟哝着："洗了又有什么用，不到两分钟就又弄脏了。"这话倒也不假。但是他还是满怀热情地去做饭了，干了将近一个小时。做完后他发现做饭毫无乐趣可言。经历了这次之后，像其他孩子一样，他开始意识到家里人平日为他们做了很多。中午，树液除了洗那些脏盘子什么也不干。他的脚在吃饭的时候就很难受。他说他走得快点儿的话伤口就会很疼，这让他很难忍受。但是后来他们带着弓箭到树林探险的时候，他又完全像没事人一样了。

“看那只红雀。”一只唐纳雀掠过低矮的树枝，鲜艳的羽毛在阳光下闪烁。树液大叫：“我打赌我会第一个射中它！”他射了一箭。

“你这个笨蛋。”萨姆说，“不要射那只小鸟，会倒霉的。这是违反规则的，会带来坏运气——相当坏的运气。没有比挨爸爸的皮鞭更坏的运气了。”

“为什么？如果我们不能射些东西，那玩印第安人的游戏还有什么意思呢？”树液抗议。

“如果你喜欢，你可以射乌鸦、松鸦和旱獭。”

“我知道哪儿有旱獭，大得跟熊一样。”

“哈！多大的熊呀？”

“好吧，你想笑就尽管笑吧。在我们家的苜蓿地里有它的一个洞穴，它打的那个洞

非常大，有一次割草机都掉了进去，把爸爸摔出去有从这儿到河那么远。”

“马呢？它是怎么出来的？”

“好吧！它弄坏了割草机，你应该听听我爸爸是怎么咒骂的。老天，它真是个大家伙。如果我能抓到那只老鲸鱼，爸爸就会赏给我二十五分钱。我借了一个铁圈，放在那个洞口，但是它每次都从下面打洞出来，或者从边上绕出来。我打赌没有什么东西比一只老旱獭更狡猾了。”

“它还在那儿吗？”二号酋长问。

“我跟你打赌它肯定在。因为地里有一半的苜蓿都让它给吃了。”

“那我们去捉它吧。”岩跃跃欲试，“我们能找到它吗？”

“嗯，我敢说没问题。虽然我没有捉到它，可是我看到过那老家伙。它那么大，看起来就像一头小牛犊。它长着灰白的毛，又老又贼。”

“我们去射它。”啄木鸟建议，“这是个公平的游戏。如果我们杀了它，也许你爸爸会给我们二十五分钱。”

盖伊暗笑：“我猜你们都不了解我爸爸。”然后他又开心地咯咯笑。

到了苜蓿地边，萨姆问：“你的旱獭在哪儿？”

“就在那儿。”

“我没看见。”

“哦，它总是在那儿。”

“不，现在没在，我们打赌。”

“好吧,这真是头一回我来到这地方却没有看到它。噢,我告诉你,它是个丑八怪。我敢说它比那个树桩还大。”

“哦,不管怎么样,这儿有它的脚印。”啄木鸟指着一些脚印,那是他自己宽阔的脚掌刚刚踩的,他却没有意识到。

“现在,你看到了。”树液得胜似的说,“难道它不是一个大家伙?”

“的确是。最近你们没有丢过奶牛吧?真奇怪你住在这附近竟然没有被吓死。”

四、“劫掠”白人

“大家听我说，我知道哪里有笔直的白桦树——你们想要树皮吗？”

“没错，我想要一些。”小河狸说。

“不过得稍等一会，我想现在最好不要去，因为它正好在我家矮树丛边上。我爸爸现在还在那片萝卜地里呢。”

“如果你们想玩真正的战争游戏，现在机会来了。”大酋长说，“我们去‘劫掠’白人的聚居地，抢些牛奶。我们这就出发，我想看看那个地方是不是有什么变化。”

于是孩子们藏好他们的弓箭和头巾就出发了，可他们却忘了带牛奶桶。他们排着印第安人的队列在有标记的路上前进，小心翼翼地踮着脚。当他们悄悄地摸索到大路上时，做了一个“此地极为危险”的手势。他们先在篱笆的遮掩下，爬行到畜棚。门敞开着，人们都在院子里干活。一只猪在猪圈里转来转去。孩子们听到一阵突发的乱糟糟的声音，那只猪在混乱中哼哼地叫着，拉夫泰的声音传来：“看看那些猪！那些孩子本来应该在那儿喂它们的。”这已足够让战士们迅速撤离阵地了。他们躲到一个巨大的酒窖里，在那儿举行了一次战争会议。

“现在，桑格伟大的酋长们，”岩说，“我拿了三根稻草。长的这根是大酋长啄木鸟的，中长的这根是给小河狸的，又粗又短、末尾有个结、顶部有个缝的这根是给树液的。现在我把它们放在一起，然后让它们落下，不管它们指向哪里,我们都必须去,因为这是伟大的巫术的指引。”

稻草落下来。萨姆的那根指着附近的房子,岩的有点儿偏向房子的南部,而盖伊的正好指着回家的路。

“啊哈,树液,你要回家去,这是稻草的指示。”

“我不相信这种愚蠢的把戏。”

“违背它会遭报应的。”

“我不在乎,我不回去。”盖伊固执地说。

“好吧,我的稻草让我去那所房子,我相信它的意思是让我侦察一下牛奶的情况。”

“我不管,”树液说,“我不去。我要在你们家的果园里找些樱桃,这也不是第一次了。”

“不管我们弄到什么,我们都在路尽头的那片椴树林里碰头。”大酋长吩咐完,偷偷地钻进灌木丛,沿着蛇形栅栏,在谷场北边的荨麻丛和麦堆之间蹲下来迂回前进,最后到了紧挨着房子的小木棚。他知道家人们此时在哪里,他担心的是那只狗。老坎普可能在前面的门阶上,也可能就在他们准备实施印第安方案的地方转悠。牛奶在地下室里,木棚的黑暗角落有一扇窗户正对着地下室。萨姆没有费什么力气就把它抬了起来,爬进了阴冷的地下室。几长排的牛奶锅就摆放在橱架上。他拿掉一个锅的盖子,他知道这口锅是最后被放在这儿的,肯定最新鲜,他痛痛快快地喝了几口,然后舔着嘴唇边的牛奶,这才想起没有带盛牛奶的桶。但是他知道从哪儿可以找到一只。他蹑手蹑脚地上楼,没有踩第一和第七层台阶,因为它们会咯吱咯吱地叫,这是很早以前他从屋子的另一边偷拿枫糖的时候发现的。上面的门是关着的而且从里面被扣住了，他把自己的折叠刀从门缝伸进去拨开了门栓。侧耳听了一会儿，厨房里没有什么动静，他才轻轻地打开这扇吱吱响的旧门。没有什么人，只有小梅妮在她的摇篮里甜甜地熟睡。外面的门是开着的，可那只狗没有像往常那样趴在台阶上。厨房上面的顶楼可以通过一个梯子上去，然后打开一个活板门。梯子在上面，活板门开着，但是一切都很安静。萨姆盯着梅妮，咕哝着："哼，白人小娃娃！"他举起他的手，就像挥舞战枪一样，假装对着睡着的小天使致命一击。然后，他俯身在她玫瑰色的嘴唇上温柔地吻了一下，小孩子朦朦胧胧中立刻抬起粉红色的手去擦。萨姆去了食品室，拿回一块大大的馅饼和一个锡桶，然后又下到地下室。开始，他只是把身后的门掩上，没有扣上，但是后来想起梅妮要是醒了可能会歪歪扭扭地走到地下室来，因此他返回去，把门关上，并用他的刀刃把门栓扣好，让地下室跟原来一样安全。他带着馅饼和桶逃之夭夭。

此时，他妈妈正在黑暗的阁楼上高兴地笑着。她从梯子上下来，看到他进来就钻进地下室，当他到厨房时她乘机爬到阁楼上。她很喜欢这个游戏，所以一直没有作声。

第二次，啄木鸟去地下室的时候发现了一张纸，上面写着："可恶的印第安人请注意——下次你们劫掠居民点的时候记得把桶带回来，另外不要让牛奶锅的盖子敞着。"

岩沿着栅栏跑到房子的南面，那里有许多的掩护物，但他还是手和膝盖并用着匍匐前进，当他爬到更开阔的地方时，他就会连胸部也贴紧地面爬。当他差不多就要爬到花园的时候，他听到后面有声音，回头看发现是树液。

“你跟着我干什么？你的稻草指示你去另外的路。你不能破坏游戏规则。”

“哼，我才不管，我不回家。这都是你弄的，所以我的稻草才指向那边的路。这不公平，我不干！”

“你没有权利跟着我。”

“我没跟你，只不过你去的地方正是我要去的地方，是你跟着我，我早说过我要去果园摘樱桃。”

“好吧，樱桃在那个方向，我要从这儿走，我不想你跟着我。”

“你想让我跟我还不跟呢。”

“哼！”

“哼！”

于是，树液去了樱桃林，岩等了一会儿，继续向果园爬。爬了二十到三十码远，他发现一束红色的光，下面有一只明亮的黄色眼睛正盯着他。他陡然发现是一只母鸡正坐在窝里。他爬到近旁，母鸡惊叫一声跑开了，并非是咕咕的叫声，而是大声的咯咯嗒咯咯嗒的叫声。窝里有一打鸡蛋，两种不同类型，都是漂亮而干净的。母鸡的鸡冠是明亮的红色。岩明白母鸡是怎么回事了，这很容易读懂：两只迷路的母鸡在一个窝里下蛋，但现在它们没有一个能够坐下孵蛋了。

“噢，那么，稻草给我指示的是母鸡的方位。”

他把鸡蛋都放进了自己的帽子里，然后向那棵他们约好碰头的树林爬去。

就在他爬出不远的时候，忽然听到一阵狗叫，然后有人喊“救命”，回头看到盖伊正手忙脚乱地爬上一棵树，而坎普——那只老牧羊犬正在树下对着他狂吠。岩想，既然他在树上，那就没有危险，而树液现在也镇定下来不再喊“救命”了。岩尽快地爬过来。坎普立刻认出了他，并且乖乖听他的话，但是无疑它很疑惑，当它在果园里那么高贵地履行职责时，为什么要被撵回家去。

“这下你明白了吧，下次你的稻草让你做什么你就得做什么。不过照我看来，你本该被逮住，然后被派去喂猪，本该如此。”

“照你的看法，我就不应该来。不管怎么说我不怕那只老狗。再过一会儿，我就会下来亲自狠狠地揍它一顿。”

“也许你喜欢回到树上，然后再立马下来把它揍一顿。我很快就会把狗叫回来。”

“哦，现在我没有时间管它，我们赶紧去找萨姆吧。”

他们满载着战利品在那棵树下会合，然后光荣地返回了营地。

五、 猎鹿

那天晚上,三人饱餐一顿,按平常的时间上床就寝。夜晚没有受到什么特别的惊吓,平安度过。天刚蒙蒙亮,盖伊就叫醒他们,说他觉得外面有一头熊,但由于他在睡觉的时候喜欢磨牙,岩和萨姆都说他听到的熊的声音就是他的磨牙声。

岩去巡视了一圈泥地签名簿,有些痕迹他辨别不出,但其中一个新的足迹让他非常振奋。他仔细地把它画了下来。很明显这是一个有小而尖利的蹄子的动物留下的。这是他渴望已久的事,他喊:“萨姆——萨姆——树液,快来看呀,这儿有鹿的脚印。”

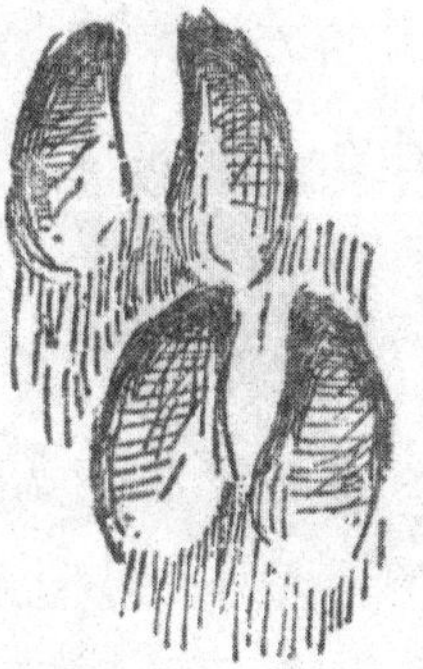

萨姆和盖伊纷纷回应道:“啊,那你现在给我们看看!别骗人了!”

岩一遍一遍地解释,他们却始终相信这不过是个骗局,他们不想上当。艳阳高照,足迹也变得越来越不明显。不久,轻风、小鸟、孩子们自己的拖延都使得这个足迹消失殆尽。但岩把它画了下来,不管他俩如何奚落它,岩都坚称这是真的。

最后,盖伊把萨姆拉到一边说:“依我看,那个搜索足迹的家伙那么看重这只鹿,我们不应该让他那么受煎熬。我觉得我们应该让他看到那只鹿,我们应该帮助他。”他眨了一两次眼睛给萨姆打信号，让他把岩引开。

这很容易办到。

“我们去看看你的鹿是不是顺着更远处的签名簿跑掉了。”于是他们沿着那条路找去，这时盖伊把一双破袜子塞满杂草，做成一个鹿头的样子，把它插在一根木棒上。他放了两个平圆的木头做眼睛，用木炭把眼睛涂黑，同样也做了一个鼻子，在外圈上他涂了一圈从河床上弄来的蓝色黏土，但过不久就干了，变成了白色。盖伊把这个鹿头插在灌木丛里。一切就绪后，他悄无声息地快速跑去找萨姆和岩。他兴奋地招手大叫着：“萨姆、岩——那只鹿！就在那儿，我相信这些脚印是那只鹿留下的。”

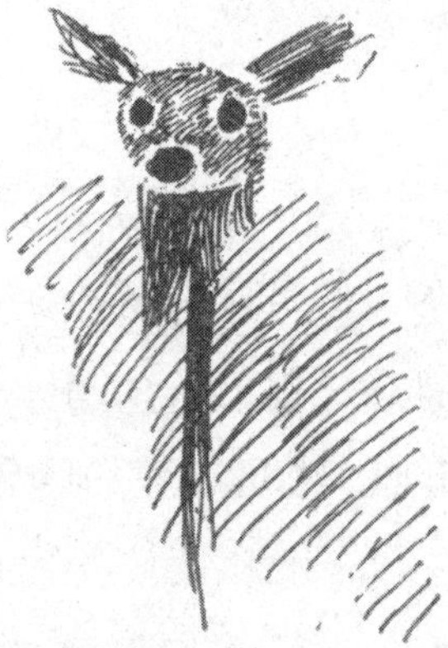

如果不是萨姆表现出非常感兴趣的样子来配合的话，岩不会轻易相信盖伊的话。他们跑回帐篷，带上弓箭，在盖伊的带领下，慢慢地靠近盖伊看到鹿的地方，然而，盖伊却落在了后面。

“那儿——就在那儿，看，那不是一只鹿吗？看它还在动呢。”

岩感到非常快乐，就好像他得到那本书一样快乐，但是比那次还要强烈。杀戮的野蛮冲动很快被激发起来，他已经挽弓在手，但此时他却犹豫了。

“射呀，快射！”萨姆和盖伊催促着。

岩很奇怪他们为什么不射。他转头看，虽然他很激动，但是也看得出来他们是在跟他开玩笑。他再走近一点儿，定睛细看那只鹿，发现这是个骗局。

萨姆和盖伊大笑起来，岩很沮丧。噢，这种失望是多么强烈啊！尽管失落绵长而强烈，可是很快他又振作起来。

“我要为你射你的鹿。”他说着，射出一箭，差点儿射中。

“看我来射死它。”萨姆和盖伊一起射箭。萨姆的箭射中了鹿的鼻子，他欢呼一声。直到鹿头上射满了箭，他们才返回帐篷去吃晚饭。他们还不停地嘲弄岩上当了。岩慢慢对盖伊说：“一般说来，你并不像你自己想的那么聪明，不过这次你非常机智。你这么做启发了我。”

晚饭后，岩找来一个三英尺长的布袋，把里面塞满了干草；又做了一个大约二英尺半长、六英寸高的小一点儿的布袋，用胳膊肘塞进去把另一头弄尖。大口袋用干草填，用骨针缝起来。接着，他砍了四根软松木，安在大口袋的四个角上做鹿腿，也用麻袋包起来。然后，他用平板木砍削出两个鹿耳朵，画上黑色的眼睛和鼻子，把周边都涂上白圈，就像树液前面做的那样。最后，他在假鹿的身体两侧各画上一个黑点，周围涂上手掌宽的灰色。他做完了，所有人看了都会认为那是一只鹿。

萨姆和盖伊也帮了点儿忙，但还是不停地嘲笑他。

“这次谁会上当呢？”盖伊问。

回答是“你”。

“我敢打赌，如果是第一次碰到它，你肯定会紧张过度。”大酋长咯咯笑着说。

“也许是吧,但是你们都会有一次机会。现在你们待在这儿,我去把鹿藏起来。等我回来。”

岩带着这个假鹿往北跑,然后又折向东边,把它藏在很远的地方。他很快跑回来,等靠近他们的时候他叫道:“准备好了。”

两个猎人全副武装，开始搜索。岩解释游戏规则:“第一个找到它的人加十分,并且可以第一个射。如果他没射中,第二个人可以往前迈五步,再射……依此类推,直到射中为止。所有射击成绩都应该依据箭头射中的部位来给分。射中心脏的加十分;射中灰色板的加五分;射伤身体的,包括擦伤的,加一分;如果没有射中心脏而鹿跑了,那么藏鹿的人得二十五分。下一次由第一个找到鹿的人来藏——每回合最多可以射十二次。”

萨姆和盖伊搜寻了很久。萨姆对于鹿没有留下任何足迹很是不满,盖伊仔仔细细地在每一片灌木丛中搜索。

树液既不强壮也不聪明，但是他那双贼溜溜的小眼睛却非常敏锐。

“我找到它了！”这时他大呼小叫起来,指着大约七十五码远的地方，那里可以看到鹿的一只耳朵和部分鹿头。

“给树液加十分。”岩记下来。

盖伊满怀着胜利的骄傲。他精心设计了一个预备射击的动作，嘴里说：“我能看到这两倍远，如果我有相同的机会。”他拉开弓，箭飞了出去，但飞了一半远就落地了。于是萨姆说：“我可以往前迈五步。没有规定迈的步子有多大，对吧？”

“是的。”

“好吧，看我的。”他尽自己最大的可能做了个非常漂亮的袋鼠跳。这五步使他大约前进了三十英尺，他能够很清楚地看到那只鹿了。他现在距离鹿不到六十五码。他射箭，没中。接下来盖伊有权再跨五步。他也没中。最后在三十码远的地方，萨姆的箭穿过旁边的树，射中了鹿身上的灰板。

“射得好，射伤了鹿身。为伟大的首领加五分。从现在开始，所有的射击都要从这儿射。”岩说，“我不知道为什么我不能像别人射得那样好呢。”

“因为你是鹿，你那样是自杀。”萨姆提出异议，“不过这样不错。你不会射中它。”

这个异议并没有支撑多久，岩也时来运转。有两三支箭射中了鹿的褐色的臀部，有三四支还没飞到一半就射到树上，但几乎接二连三地又有一两支箭射中了鹿鼻。这时盖伊“噢”了一声，他那支箭正中鹿的心脏，宣告本次追猎到此结束。他们一面去拔箭一面计算分数。

盖伊领先,射中鹿的心脏加十分,射中身体加五分,擦伤一次一分,这十六分加上找到鹿得的十分,共有二十六分。萨姆第二,射中身体两次,擦伤两次,共十二分。岩只射中身体一次,擦伤五次,共十分。他们走到跟前,鹿看起来很像一只老豪猪。盖伊发出胜利的尖叫声,好像一个年轻的国王。

“我说过我要让你们看看怎么猎鹿。我下一次会一下子就射中它的心脏。”

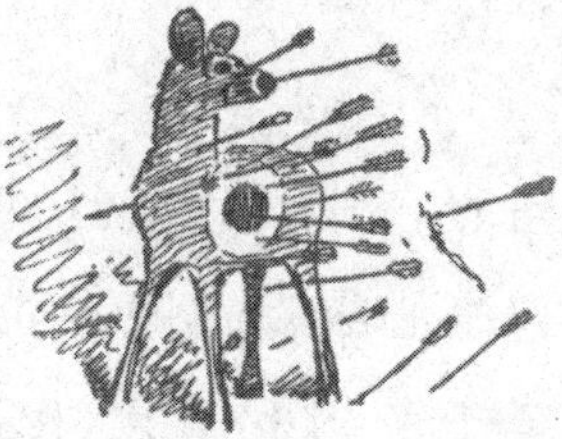

“我打赌你不会的。因为你现在是鹿,只有当我们俩没射中的时候你才有机会。”

盖伊认为这是他玩过的最有趣的游戏。他神气活现地把假鹿扛在肩上,谋划着怎么把它藏到别人找不到的地方。他把鹿藏在营地东边一片茂密的灌木丛里,然后悄悄地溜到营地西边,吆喝:“开始!”萨姆和岩搜了很久,一无所获,最后不得不放弃。

“那你说该怎么算?”啄木鸟问。

“如果鹿逃掉了,放置者加二十五分。”游戏的发明者说。这次盖伊又赢了。

“这是我玩过的最棒的游戏。”盖伊陶醉地评价。

“不过我觉得有点儿不对头的地方,鹿应该留下足迹。”

“没错,”岩赞同道,“我想它是否

应该拖着一根老树根。”

“如果那样，就太容易了。”

“萨姆，我们可以撕些纸片，留一条纸路。”

“就按你说的办。”大家跑回营地，把所有能找到的包装纸都撕成小碎片，装在一个“秘密口袋”里。

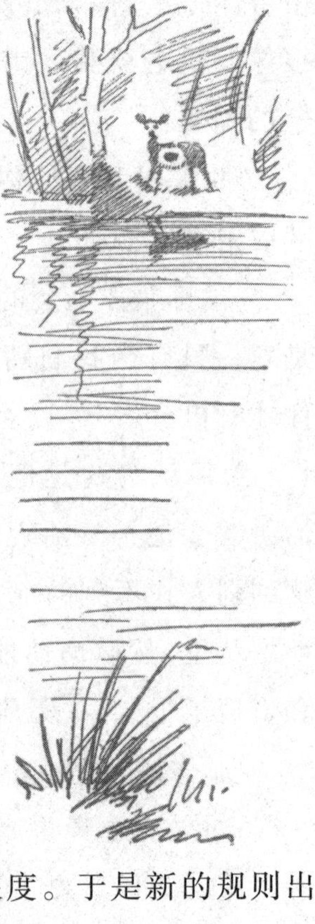

既然没有人找到那只鹿，盖伊有权再藏一次。

他一会向东，一会向西，一会向北，一会向南，迂回曲折，最后把鹿小心翼翼地藏在隐蔽的地方，以至于萨姆和盖伊几乎走到离鹿大约十五码远的地方才发现它。萨姆这次因发现目标先得了十分。他举弓先射，没中。岩往前跨了五步，仓促射箭也没中。盖伊又往前走了五步才射，正中鹿的心脏。这一连串的胜利让他得意忘形。但是有个事实是很明显的，往前跨步必须有个限度。于是新的规则出炉了：往前跨步不能超过十五步。

随着游戏的进行，游戏规则在不断地完善，这跟真正的狩猎越来越像。孩子们发觉自己开始学会追踪鹿迹，又学会了眼观六路，耳听八方。但是最聪明的方法是互相协作。岩擅长做足迹，萨姆擅长总体考察，盖伊好像总是有好运气——他关注着一切，总是第一个找到鹿的藏身之所。这看起来好像真如萨姆所言——“那个脏兮兮的家伙真的是很适合做猎人。”他每次藏鹿的地点也非常巧妙。一次他把足迹引到池塘边，然后穿过池塘，把鹿放在正对面，一目了然。所以，尽管他们一眼就看到鹿，但他们只能隔着池塘射击，或者绕到边上，或者走进深水里，结果屡射不中。这样盖伊又会得分了。他们又作出必要的规定，不允许把鹿藏在山脊或者石头中间，因为在某些情况下没有射中的箭会掉到灌木丛中找不到，另外如果射到石头上箭也会断掉。

他们反复地玩这个游戏，不久他们就遇到了新的困难。树林里到处撒满了碎纸片，没法判断哪些是新的哪些是旧的。这预示着游戏就要结束了。但是岩想出了使用不同颜色的纸以便区分的方法。这给了他们一个惊喜，但是这毕竟也有限。树林里到处是纸，似乎游戏又即将结束了。就在这时，老凯勒博来拜访他们。好像一碰到什么麻烦，他总会及时出现。孩子们很高兴看到他，他总是给他们提供帮助。

“我看出来了，你们在做游戏。”当老人注意到放在四十码外的假鹿靶子的时候，他的眼睛闪亮起来，“看起来跟真的一样。非常好，非常好！”当他知道这是猎鹿时，他开心地笑起来。当这个敏锐的观察者得知狩猎高手是盖伊而不是萨姆时，他似乎更感兴趣了。

“好样的，盖伊·伯恩。我和你爸爸原来经常在这河边猎鹿。”

弄清楚孩子们现在面临的困境，他“嗯”了一声，吸了口烟喷出来，沉默了一会儿，最后说："听我说，岩，为什么你和盖伊不拿袋小麦或者印第安玉米来做线索呢？那比纸更好，今天你们撒的第二天就会被小鸟和麻雀吃干净了。"

"太棒了！"萨姆大叫。虽然他压根就没有被凯勒博提到，但他一点儿也不介意。十分钟后他就又组织了一次对白人的"劫掠"——也就是，对自己家的谷仓发动一次袭击，半小时他就带回了两加仑的玉米。

"现在，我来做那只鹿。"凯勒博说，"给我五分钟时间，然后你们开始找。我要让你们知道什么是真正的野鹿。"

他拿着那只假鹿大步走了，五分钟后他们开始沿着他大步走回来的路径搜索。噢，这次可真是漫长的追猎。孩子们沿着金黄的玉米路，每十英尺有一粒玉米指引他们，对此他们已经非常在行了。起初它直着走了一段时间，然后它又转了个圈折回来，差不多快接近刚开始的路径了（如43页图，在X处）。孩子们以为它是这样走的，断言它会回到原处，因此能判断出真实的路径。于是凯勒博说："不，它不会回到老路上的。"那么，它到底去哪儿了呢？搞清这点后，萨姆说路看起来很可能是重合的。

"我打赌我知道了，"盖伊说，"它又返回去了。"这样他就照自己想的去找了，然而凯勒博没有给任何暗示。岩回顾走过的路，发现在那儿有一个新的岔路。盖伊既然知道大体的方向，他自然不会注意观察脚下的路。他直冲向前（朝Y方向），萨姆也是，盖伊回头瞥见岩还在那边的路上确认路线。

他们没有走出多远就到了最近的一片灌木丛。后来,岩发现另外一条急转弯,他又折回到 Z。他拆解了这条重合的线,环视四周,然后很清楚地看到那只鹿侧身躺在草地上(O 点)。他发出胜利的欢呼:“耶,鹿在这儿!”其余两个跑回来,正好看到岩一箭刺中了鹿的心脏。

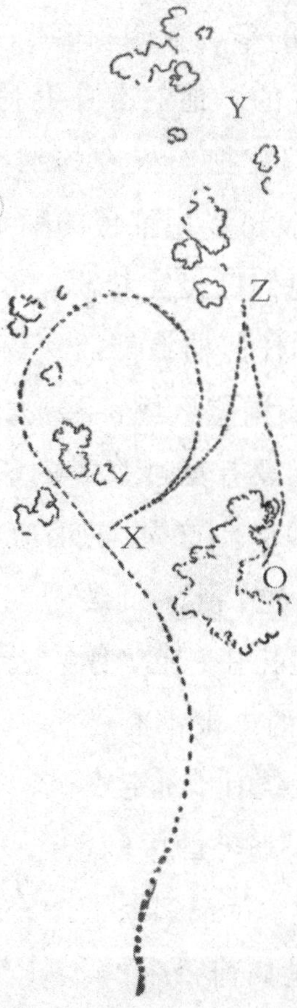

六、 印第安人的头饰、帐篷和战利品

“在四十码外一箭射中目标，印第安人会把这叫作‘伟绩’。”凯勒博的脸上露出快乐的表情，跟上次他钻木取火成功时一样。

“什么是‘伟绩’？”小河狸好奇地问凯勒博。

“噢，我想它是指一个大的功绩。印第安人把大的事迹叫作‘功绩’，特别大的事迹就叫‘伟绩’，听起来像法语，不过印第安人是这么说的。他们有一套计算功绩的规定，每一次取得成功，他们就把一根鹰的羽毛插在他们的帽子上，取得非凡的功绩就可以用红色的羽毛。至少，他们习惯如此。我知道现在他们已经完全忘记了，现在印第安人把那些他们能偷到手的任何羽毛都插到头顶上。”

“你觉得我们的头饰怎么样？”岩大胆地问道。

“嗯，你们根本就没有见过真正的印第安头饰，否则就不会搞出这样的鬼帽子。首先，羽毛应该都是尖端带点儿黑的白羽毛，不要系这么紧，而是把柔软的羽毛松散地扎在一起。你要知道，每一根羽毛的末端都有一个皮圈套，用一根线绕住，固定在帽子上。线绕到每根羽毛的中间，拴结实——就是这样。每根羽毛上都有记号，表示它是如何得来的。我记得有一次我和一些撒提斯人，

也就是苏族人去打仗,我们偷袭了敌人,剥下并带走了敌人的头皮。然后我们回家,到大约还有三十英里的时候,我们发出了一个印第安信号通知他们我们得胜了。酋长派两个人每隔半英里就在草地上点起火堆,一共点了三堆火,冒起三股烟。当他们看到这三堆烟的时候,就知道我们带着战利品凯旋了。

“全体议会接见我们,但是也有些人将信将疑,因为这也可能是敌人耍的花招。

“当我们到达的时候,没有一点儿喧闹。你知道,我们没有损失一个人,我们带回来一百匹马和七个头皮。酋长一个字也没有对大家说,直接走到了议会的帐篷那儿。他走进去,我们跟在后面。大酋长和所有的委员都在抽烟。酋长大叫一声‘嗷’,我们都跟着喊‘嗷’。接着我们也坐下来抽烟,大酋长让我们的酋长谈一下这次小小的旅程。

“我们的酋长站起来说:‘离开村子后,我们走了七天,到了小马迪河,在那儿发现了阿拉帕霍部落迁移的踪迹。两天后我们发现了他们的营地,但是他们人数众多,于是我们就藏起来,一直等到晚上,然后我一个人溜进了他们的营地,发现他们有些人正准备明天去打猎。我在离开的时候碰到一个人迎面走过来,我就用刀把他给杀了。因此,我要求给我记一功。我剥了他的头皮,因此我要求再给我记一功,杀死他以前我先用手打他的脸,这应该也算一个伟绩。我截获了他的马,为这我也要求一个功绩,是不是这样?’他转过身来问我们,我们都大喊‘嗷——嗷——嗷’。

因为这个鸣鹤是个相当棒的家伙。委员会同意他戴上三根鹰翎，第一根奖励他在敌营里杀死并剥了敌人的头皮——这是件伟大的功绩，那根翎羽上面有红色的羽尖，毛上涂了个红色的点。第二根奖励他先掌击敌人的脸——这样做当然会给自己增添更多危险，这根翎毛头上也有一撮红，毛上有只红色的手印；还有一根奖励他偷回了敌人的马，不过这一根上面没有红色，因为这不算第一等。

“接着，其他人也提出自己的申请。最后我们都得到了些荣誉。我记得一个家伙被允许跳舞的时候可以在每只脚踝上拖着一条狐狸尾巴；另外一个家伙可以在一根翎羽上做十个马蹄的标记，因为他偷了十匹马。我告诉你们，印第安人对于他们翎羽的自豪感比一般人对自己勋章的自豪感更强烈。”

“天哪，但愿我能去那儿跟这些家伙在一起。”岩叹息着，一听到这些辉煌的传奇故事，他觉得自己的故事太平凡了。

“我想你肯定会烦的，我就很烦。”凯勒博回答，“永远都是射击、杀戮，从来没有一刻的和平宁静，一日三餐勉强不挨饿，接着还是三餐。我可再也不愿忍受了。”

“我真想看你怎么偷马。”萨姆说，“如果是偷鸡的话，谁都不会得到羽毛。”

“我说，凯勒博，”盖伊说（他从来不会想到叫他“先生”），“难道他们不把羽毛奖给猎鹿高手吗？如果我有一杆枪的话，我肯定可以胜过他们。”

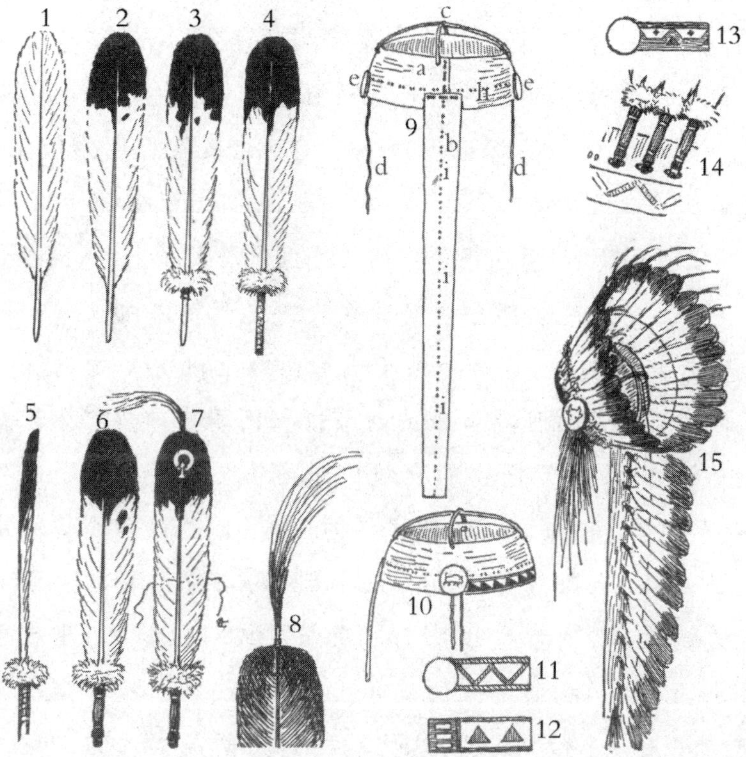

如何制作印第安战帽：

1.纯白鹅或火鸡的羽毛。

2.同上，尖端染黑或涂上擦不掉的墨水。

3.同上，但须用白色翎毛，尾部涂上石蜡。

4.同上，缠上线，系上羽毛环。

5.同上，侧面。

6.同上，红色法兰绒外套布片绑在羽毛管上。这是一根功绩羽毛。

7.同上,把一束红色的马鬃系到顶端表示伟绩,穿过羽毛骨中间的线扎到羽毛的合适位置。这根羽毛有一个代表正中靶子的伟绩的标记。这个标记可以画在椭圆形纸上,再粘到羽毛顶端。

8.羽毛顶端:用一根涂蜡的线把红色马鬃系上去。

9.战帽的基础部分用某种柔软的皮革制作而成:(a)一条宽带绕过头部,连接处系牢或后面缝上;(b)后面的宽尾巴要长到能扎住所有佩戴的羽毛;(c)两根皮绳或皮条罩在上面;(d)系到下巴处的皮绳;(e)纽扣、外耳或帽子的外饰:用贝壳、银饰、兽角、圆木环的圆片,也可以用小镜片或珠饰品圈,有时候外耳也可以全部省掉,它们有的上面有主人的图腾,通常每边挂上一束貂尾或一束马毛,垂在外耳下面;(hh)扎羽毛束的皮条上有些孔,整个帽子需要二十四根羽毛,不加尾巴,这些孔的排列间隔大约为一英寸一个;(iii)尾巴上的孔,依据佩戴的羽毛来定长度,有些帽子没有尾巴。

10.皮制部分的侧面,有时前部有装饰图案。

11.12.13.帽子前的珠饰品图样;所有的都是白色底。11号为阿拉帕霍人的珠串,带子上面和下面是绿色,中间为红色,以“之”字形贯穿。12号是奥加拉拉人的珠串,上下是蓝带的珠串设计,中间为红色三角形,外耳是三条白色配蓝色的带子,被红色栅栏分成条。13是苏族人的,上面的窄带子和下面的宽带子是蓝色,三角形是红色的,黄色的中心有两颗小星星。

14.三根羽毛的根部。带子从帽子皮里穿出,穿过羽毛管底部的圈或孔,再穿进去。

15.完成的帽子。冠状的羽毛铺展开,穿过每根羽毛中间的线在内圈将羽毛固定住;另一根线从两根皮条连接处的顶部穿过,接着向下穿过尾部的羽毛。

“你没听到我说吗?我只说岩那一箭应该称为伟绩。”

“噢,倒霉!我每次都比岩做得好,他这次不过是碰巧了。”

“我们不会让你得逞的。”最大的孩子说,“孩子们,我们想要玩地道的印第安游戏,让这位先生告诉我们应该怎么做一顶真正的战争帽子吧。那样,我们就可以在上面插上自己凭本事赢来的羽毛了。”

“你的意思是我们去剥白人的头皮,去偷马吗?”

“哦,不是,我们可以做很多事情——看谁是跑步健将、猎鹿高手、游泳能手、最好的射击手。”

“好呀。”于是他们询问凯勒博。他很快就教会他们如何收集做一顶战帽的材料。一顶破毡帽被当作做战帽的最基本的材料,把白鹅边角整齐的大翎毛的顶端涂上黑色当作鹰的翎羽。帽子做好了,接着该制定奖励的规则,每个人都有自己的想法。

“如果树液能去果园摘两加仑樱桃,而没有被老坎普咬到,我就给他插一根羽毛,在上面画上怎么获得的。”萨姆提议。

“那么我打赌你也没法去我们家的谷仓弄一只小鸡回来，而且不被我家的狗捉到，尊敬的时髦先生。”

“呸！我才不去偷鸡。你想让我做个黑人吗？我是个高贵的红人、这里的酋长。我要你记住，我有权利拿回现在在你头上的那块头皮。你知道它是属于我和岩的。”他悄悄贴过去，转着眼睛，手指活动着，试图扰乱盖伊的镇静。“我要让你知道，你这个一只脚踏在坟墓里的家伙应该明白有比偷鸡更严肃的事情。现在所有的年轻人都有种病态的狂热。”

岩无意中看到凯勒博的神情，他什么也没看，但是他眼睛里闪烁着的光彩却是岩从来没有见过的。

“我们回帐篷吧，外面太热了。请进来，您不进来吗，凯勒博先生？”

“嗯，里面并不比外面凉快多少，即便里面有点阴凉。”老猎人说，“你应该把篷布抬起一点儿，让里面透点儿空气。”

“为什么？真正的印第安人会这样做吗？”

“是的。只要能使他们的帐篷舒服些他们什么都做，把帐篷翻起来或者卷起来，那样会更舒服。你可以生活在零下四十摄氏度或者零上五十摄氏度的环境里而不窒息，依然感觉幸福。你要懂得帐篷的温度。在平原上的许多炎热的晚上，四周黑暗安静的夜里，‘啪噗——啪噗——啪噗’的声音把我吵醒，我很奇怪为什么所有的女人还在干活。

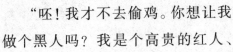

她们起来放下盖布,把所有的木锲往深里打,半个小时不到,一场大暴风雨就开始了。我搞不清她们怎么知道暴风雨就要来了。一个老妇人告诉我是一只小狼狗告诉她的。也许真是这样,因为她们的确改变了起先那种在灾难来临前唱歌的方法。另一个说因为太阳下山的时候花儿看起来不对劲。还有一个说是因为做了一个噩梦。也许这些都是真的,这可能就是起因于一些看起来很小的事情。”

“她们从来没有被骗过吗?”小河狸问。

“偶尔也会,但不像白人那样经常被骗。”

“我想起有一次见过一群画家,其中一个带着一件机器和一顶小帐篷就到村里去了。然后我说:‘你为什么不请印第安妇女给你建一个大帐篷?’于是他给一个妇女三美元来给他搭建帐篷。我敢说那真是妙极了,所有的东西都被涂上红色、黄色和绿色。那个家伙看得眼睛都要掉出来了。他开始着手弄另一顶帐篷。他想得到足够多的色彩,就在他要继续弄颜料的时候,那个妇女对另外一个人大叫一声,然后一个酋长飞快地跑去收起帐篷。那个画家大叫住手,说他租用了帐篷。但是妇女还是不断大叫着指着西边。很快他们所有的帐篷都被放下、卷起来。画家气得像流浪汉那样破口大骂。总之这是快乐的一天,但是太热了,五分钟后西边那片乌云就要来了,十分钟后就会不断刮起小风。”

在凯勒博的指挥下,篷布被微风吹动的一边被卷起了一点儿,阴凉的一边被卷得更多。这种变动把帐篷从一个让人透不过气的蒸汽房变成了凉风习习的阴凉地。

“如果你想知道风从哪个方向来，要是风很小的话，你就把手指弄湿，举起来。有风的那面立刻会觉得凉，这样你就可以调整你们的烟囱布。”

“我想知道有关那些打仗的帽子的事情。”岩提出问题，“我的意思是我们怎么做才能得到翎羽，也就是说我们该做什么。”

“你们可以比赛，游泳比赛或射箭比赛。如果说你们能够在两百码外射中鹿的话，就能在二十英尺内杀死一头野牛。我认为这是最好的。是的，我们可以称之为丰功伟绩。”

“什么才算一件伟绩呢？”

“好吧，我认为，如果你们在五十码以内杀死一只鹿就叫功绩；”凯勒博继续说，“如果在五十码内第一箭就射中那只黄麻袋的鹿的心脏的话，我就叫你‘快手’；如果你无论射多少次都能在七十五码处射中心脏，我就叫你‘神箭手’；如果你每次都能在四十码外射中眼睛，你在印第安人中就能出类拔萃。虽然我必须说真正的印第安人是不会射一个靶子的。他们射在树林里看到的所有东西。我曾看到过一个浑身古铜色的小孩不停地射蝴蝶。他们也有比赛——他们比赛看谁在同一时间里射出的箭最多，同时连发五箭就很不错了。这表示力量大、速度快、射程远。要这样做你就必须在左手边准备一把箭。我曾经看到一个人最多能连发八箭，这被认为太神奇了，因为任何一个人能够连发七箭就相当了不起了。”

“除了射箭，你还知道别的事吗？”

“我想钻木取火也应该算。”萨姆插话道，“我想该算在内是因为盖伊不会。任何一个能生火的人都可以得到一根羽毛，而且只要能在一分钟内生起火来就可以获得一根漂亮羽毛。”

“我敢说我可以射到你们俩周围所有的鹿。”盖伊说。

“噢，闭嘴吧，树液。我们已经听烦了你猎鹿的故事。我们要废除这个游戏。”萨姆继续说，然后他对着凯勒博说，“你还知道别的印第安游戏吗？”

凯勒博不置可否。

这时岩问：“难道印第安人不做游戏吗？”

“好吧，我可以教给你们两个考验眼力的印第安游戏。”

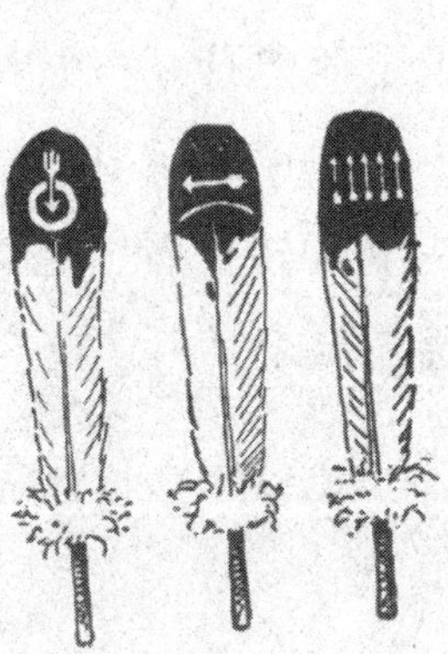

“在这点上我肯定能打败他们俩。”盖伊迫不及待地说，“因为，我在岩之前就看到了那只鹿……”

“噢，闭嘴，盖伊！”岩突然大叫。背后传来一个古怪的声音：“锐特——锐特——锐特——”树液转身看到萨姆手里拿着锋利的刀子，正在起劲地磨，时不时地用贪婪的鱼一样的眼睛打量着盖伊脖子上那簇“黄色的苔藓”。

“该动手了。”他用一种奇怪的声音自言自语。

“你们最好别碰我。”盖伊哀叫起来，那可怕的“锐特锐特”的声响不知怎么刺激了他的神经。他看看岩。看得出来，他自认为岩接到了微笑的暗示，他多少放了心。但是再看萨姆，他刚刚放下的心立刻又悬了起来——啄木鸟的脸上一副高深莫测的表情，他完全是涂着花脸的恶魔。

“你怎么还不磨快你的刀呢？小河狸，难道你不想拿走属于你的那一半了？”大酋长从牙齿缝里挤出这句话。

“让他继续留着，直到他又开始吹嘘他猎鹿的事情。那时我们再剥皮也不迟。”岩又问凯勒博，“告诉我们印第安人的游戏，凯勒博先生。”

“我差不多快忘记了，让我想想。他们在地上或者皮上画两个正方形，像这样用线把每一个正方形平均分割成二十五个小正方形。然后他们拿来十个指环、十个坚果或者十个鹅卵石。一个人拿五个指环和五个坚果把它们各放在一个小正方形中，不让另外一个人看到，直到全放好。另外一个人转身看一会儿，其余的人唱歌，其中一个男孩的歌翻译出来是：

咔伊呀，咔伊耶，

你认为你聪明伶俐，

你认为你眼力敏锐。

但你不如我敏锐,

咔伊呀,咔伊耶。

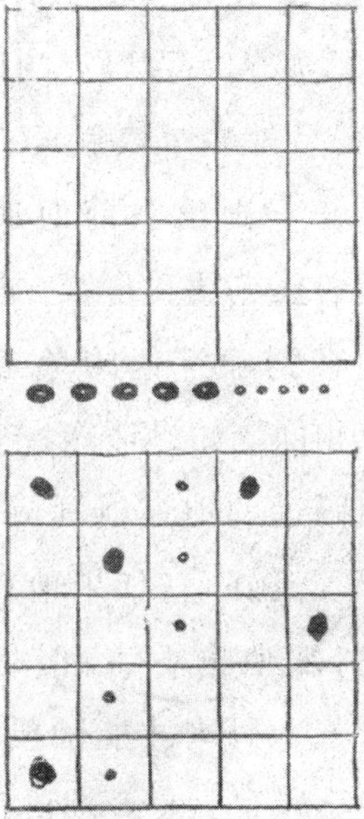

“用一个篮子或者别的什么东西盖起第一个正方形，第二个对手就必须根据他的记忆用筹码去覆盖其他露着的正方形。每放对一个正方形都可以得一分，每放错一个正方形就减一分。”

“我打赌我能……”盖伊刚开始说话,萨姆的手就一把抓住了他。

“放开,别碰我,我不是吹牛。我只是在说明一个简单的事实。”

“哈！最好是说简单的谎话,那样——更安全些。”啄木鸟用一种可怕的冷静和颇有深意的话说,“如果我把你这簇头皮剥掉的话你会着凉感冒而死,你知道吗？”

岩又一次注意到凯勒博不得不看着别处，避免流露出对这出闹剧明显的兴趣。

“还有另外一个游戏。我不知道是不是印第安人发明的。但是玩这种游戏印第安人总是会赢。他们先用白木板或者纸做两个六英寸大小的正方形,然后在每个上面做些像靶子一样的环形或者正方形,或者在上面画两个大小相同的兔子。每个上面画六个黑点,直径半英寸,这些点要随意分散在正方形上，然后将木板放在离人一百码远的地方。这时候，另外一个人就要在另一只兔子身上画出跟前面那只兔子同样的黑点数和位置。他可以往前走直到确定他的兔子跟另外一只相同。如果他能在离目标七十五码远的地方就画成，那他就是个一流好手；如果他在六十码画成，那他也不错；但是如果在至少五十码内才能画成，那他就不怎么样了。我看到男孩们很喜欢这个游戏。他们用各种方式去骗别人，把一个点画在另一个点上，或者漏画一个。这的确是对好眼力的一种考验。”

“我打赌——”树液又开始了，但萨姆发出一声粗野的“锐特锐特”的声音。树液非常清楚萨姆的意思，他要打的赌不管是什么，都到此为止了。

“我想起印第安人还有两个考验眼力的游戏。有些老人会指着昴宿星——那是些小星星，印第安人叫它们‘群’——问年轻人能看到几颗星星。有人说看到五颗，有人说看到六颗，也有人看到

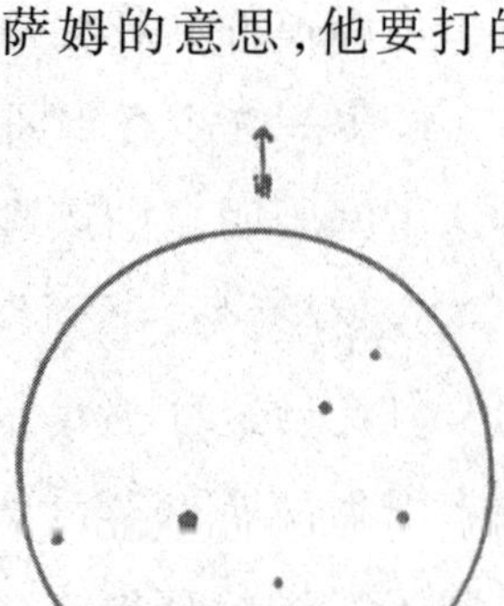

七颗。看到七颗星星的人视力就非常出色。现在你们看不到昴宿星，因为它们只在冬天的晚上才有。但是你们整年都可以看到北斗七星,它绕着北极星转。我听过一个老人问孩子:‘你们看那个老妇人——那颗在手把弯曲处的——嗯，在她的背上有个婴儿。你们能看到那个婴儿吗？’的确，当我的眼睛好的时候，我能看到那颗婴儿星星就在大星星的旁边。这是对你们的视力相当好的测试,看看你们是否能看到。”

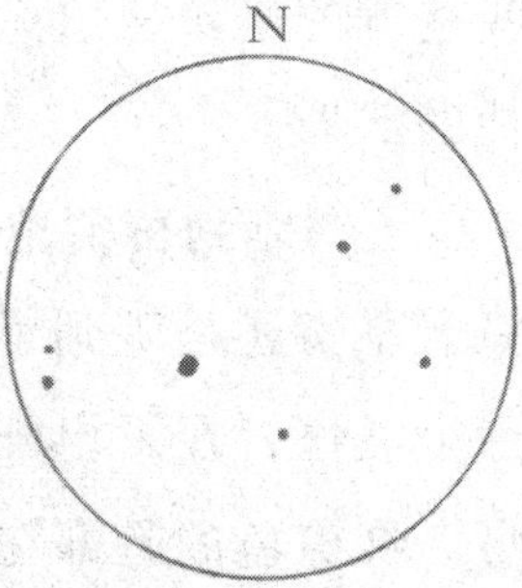

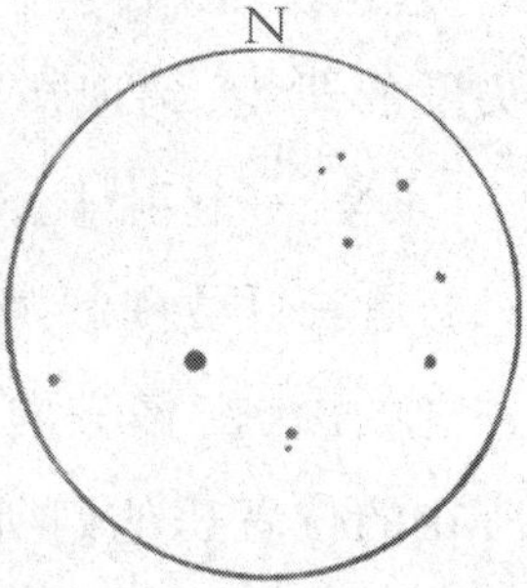

“哦——”盖伊开始说话,但是萨姆发出的“锐特锐特”声又再次制止了他。

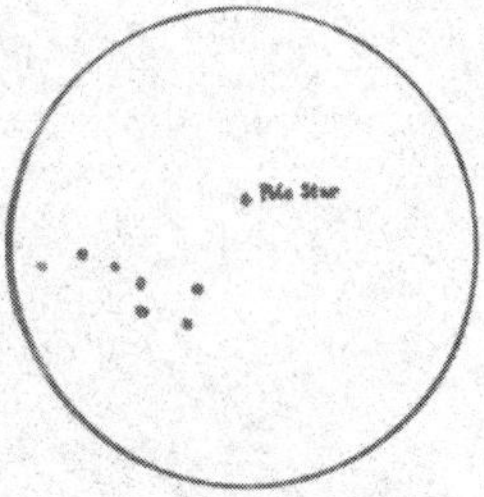

凯勒博的眼睛又一次看着远方。然后他走出帐篷,岩听到他咕哝着:“这个小崽子，他怎么这么搞笑。”他在树林里走了一会儿，然后开始叫:“岩！盖伊！过来。”三个人都跑了过去。“看那是什么？”透过树叶的缝隙,可以看到远处伯恩家的苜蓿地,“看起来像一头小熊。”

“旱獭！那是我们的旱獭！那是个该死的家伙,它曾经把我爸爸的割草机给掀翻了。我的石箭在哪儿?”盖伊跑去拿他的武器。

孩子们跑到苜蓿地的篱笆边,越近就越小心翼翼。然而那只老旱獭还是听到了些什么动静，直直地站起来。它真是一个妖怪，在平坦开阔的苜蓿地里，看起来就像一头小熊崽。红棕色的胸部在它不同寻常的灰色的背和头的映衬下格外醒目。

“爸爸说,因为它罪孽深重所以头变成灰色。它是个灰白头发的罪犯,到现在还不知悔改,看我来收拾它。”

“等等!一起射才公平!”萨姆看到盖伊准备射的时候说。

于是三只弓一起搭起来,站成一排,就像克雷西画的一幅古老的画。三箭齐向旱獭射去。这三箭都射得太远了,旱獭所在的位置比他们所设想的要近多了。它仓皇逃窜到自己的洞里。在那儿,无疑割草机的主人得重新布置陷阱了。

七、 露营技巧

“萨姆,你睡得好吗?”

“睡不着。”

“我也是。我整晚都冷得发抖。我起床把多余的毯子也盖上,但还是冷。”

“我怀疑是不是下寒热雾了或者别的什么。”

“树液,你感觉怎么样?”

“挺好的。”

“没有闻到什么雾的气味吗?”

“没有。”

第二天晚上更糟了。盖伊睡得很安稳,但是萨姆和岩冷得哆哆嗦嗦了几个小时。天刚亮萨姆就起来了。

“好吧,我不开玩笑。玩笑是玩笑,但是如果我每天晚上都冻得打战的话我可要回家去睡了。”

岩什么也没说。他也很犯愁,想的跟萨姆差不多,只不过他打退堂鼓的决心要比萨姆弱。

他们的坏心情在太阳的照耀下几乎烟消云散,可是他俩仍然担心着夜晚的来临。

“真不知道这是怎么回事。”小河狸说。

“对我来说太厉害了,就好像发寒热,但又不像寒热。也许我们喝了太多沼泽的水。我相信可能是盖伊做的饭让我们中毒了。”

“我看更像是肉吃太多得了败血病。我们去问问凯勒博吧。”

下午凯勒博来了，不然他们就会去找他。他平静地听了岩的一番询问后，说：“自从你们来这儿露营，你们有没有晒过毯子？”

“没有。”

凯勒博走进帐篷，用手摸了摸毯子，然后哼了一声，说：“就是这样，毯子都快湿透了。你每天晚上睡觉出汗，汗就捂在毯子里，能不变湿吗？难道你在家的时候没看见你妈妈每天都要晒毯子吗？每个印第安女人都知道这一点，她至少每隔一天就在中午把毯子放到太阳下去晒三个小时。如果不能晒太阳，她们就会生火烘烤毯子让它变干。把毯子晒干你晚上就不会冷了。”

孩子们立刻照办了，那天晚上他们又重新体验了甜蜜而温暖的睡梦。

后来，他们不得不又学习了别的露营技巧。蚊子总是时不时地来骚扰他们。晚上，这些蚊子把孩子赶进帐篷，但他们不久就知道了要把大量绿色的草放到热火上烧出浓烟来熏蚊子。在太阳下山的时候他们就在帐篷里生一堆火，再扔上许多草，然后出去，把帐篷关得很严，在外面围着做饭的火堆吃晚饭。饭吃完了，他们小心地打开帐篷，发现草烧没了，火也小了，帐篷顶上聚集着浓烟，而下面空气还算清新。他们拂掉落在他们衣服上的蚊子，慢慢地钻进帐篷，把门紧紧关上。帐篷里没有一只活的蚊子，烟聚拢在出烟口久久不散，熏得蚊子无法进来，他们终于可以高枕无忧了。就这样,他们抵制了树林里最讨厌的害虫,但是白天还有青蝇。好像随着时间的推移,青蝇越来越多,它们在任何闻起来有肉味或者腐烂的东西上排卵,那些卵是微黄色的。青蝇围着餐桌嗡嗡地转,还飞到盘子上,淹死的青蝇尸体横七竖八地掉在里面,食物没法吃了。凯勒博在他日益频繁的拜访中注意到这些,他评论道:“这是你们自己的错。看看你们到处乱扔的这些垃圾。”

没人能否认这个事实,帐篷周围五十英尺的地上都被扔满了纸的、锡的包装袋和吃的残渣。帐篷的一边是一堆土豆皮、肉骨头、鱼刺和污物,到处是嗡嗡乱飞的青蝇,它们整个白天都来打扰他们。太阳落山了,蚊子又粉墨登场,开始晚上的折磨,让他们不得安宁。

“我想知道,特别是如果换作印第安人的话,我们最好该干什么?”小河狸问。

“好吧,第一个选择,你们可以转移营地;第二个,你们可以把这里打扫干净。”

他们不可能把营地搬到别的合适的地方,除了打扫他们别无选择。岩满腔热情地说:“小伙子们,我们打扫这里,让它再干净起来吧。挖个坑把所有不能烧掉的垃圾都埋到坑里去。”

于是岩拿起铲子开始在离帐篷不远的灌木丛里挖坑。萨姆和盖伊逐渐被吸引过去。他们开始收集垃圾,然后扔进坑里去。当他们纷纷把骨头、罐子还有面包渣扔进坑里时,岩说:“我可不愿扔掉面包。这样做不好,还有许多小动物想吃呢。”

这时，坐在一块木头上正平静地抽烟的凯勒博开口：“现在，如果你们想做真正的印第安人的话，你们就把你们不要了的东西——肉啊、面包啊还有别的什么东西，每天放到一处高的地方。大多数的印第安人都有一块岩石——他们管那叫‘灵力岩’，意思是指神奇的力量——他们留些食物残渣在那儿，以取悦那些伟大的神灵。当然，都是鸟和麻雀吃了，但是只要这些东西没了，印第安人就很满足。如果你惹他们生气，对他们说：‘神灵没有拿去，只不过是鸟吃了。’他们会说：‘这没有关系，如果神灵不想让鸟吃的话，鸟也吃不到。’或者说：‘也许鸟把这些东西带去给神灵了。’”

于是伟大的酋长们全体出动去寻找一块灵力岩。他们找到了一块满意的岩石，就在树林的开阔地带，他们把食物的残渣带到那里，放到岩石上。他们原以为要半年以后树林的生物才会慢慢接受这一馈赠，但是很快他们就发现有许多鸟儿到灵力岩上来进餐。不久以后这里还出现了河狸的足迹，只有二十五码远，看来四足动物也很喜欢这些伟大神灵的慷慨馈赠。

过了三天，青蝇的困扰告一段落了。通过这次教训，孩子们开始认识到把营地搞得肮脏是一种罪过。

还有一件事凯勒博坚决反对。他说：“岩，你们不要再喝河里的水了，那水几乎不流动，太阳把它晒热，喝了会让你们生病的。”

“是的，我们该怎么办呢？”萨姆问。

“我们该怎么办呢，凯勒博先生？”

“挖一口井！”

“别开玩笑了！”萨姆回答。

“挖一口印第安人的井。”凯勒博说，“半个小时就能挖出来。过来，我教你们。”

他拿起铲子，在池塘的上游大约二十英尺处找了一块干燥的地方，挖了一个二英尺见方的坑。当他挖了有三英尺深的时候，水迅速地涌了出来。他一直挖到四英尺深才不得不停下来，因为水流量很大。他拿来一个桶，从坑里舀出那些淤泥，然后等它又满了再舀出来。舀了三次以后，水变得寒冷、清甜、水晶般的洁净。

“虽然，”他说，“这水是从池塘里渗过来的，但是已经经过二十英尺厚的泥土和沙石的过滤。这种方法可以把最脏的沼泽水变成清凉、干净的水。这就是印第安人的井。”

八、 印第安鼓

啊，马鬃和羊皮，

有力量让人心旷神怡。

“如果你们是真正的印第安人，就应该用这东西做一面鼓。”凯勒博对岩说，这时他们正走到一棵刚被最近的一场暴风雨摧折的椴树旁。这棵树显得很脆弱，因为它的心是空的——只有空壳。

“怎么做鼓？我很想知道该怎么做。”

“给我斧子。”

岩跑去拿来斧子。凯勒博砍下一段笔直的没有破损的木头，大约有两英尺长。他们把这段木头带回营地。

“你要知道，”凯勒博说，“如果没有皮就没法做鼓。”

“什么样的皮？”

“哦，马皮、狗皮、母牛皮、小牛皮——最好是那种很结实的皮。”

“我家谷仓里有一张小牛皮，我知道棚屋里还有一张，但是它们都被老鼠咬烂了。这些皮都是我的，我把小牛犊杀了，剥了皮，因此爸爸把这些牛皮都给了我。哦，你们应该看看我是怎么杀那些小牛的——”盖伊一开始自吹自擂，萨姆某个敏感的神经就被触动了，他发出“呜呜”的呐喊，同时猛地一把抓住盖伊，三号酋长一屁股坐在地上，用通常的那句“别碰我”结束了他的自我吹捧。

“噢,住手,萨姆。”小河狸抗议,“你不能让狗停止叫唤,这是它的天性。”然后又对盖伊说,“别介意,盖伊。他不会伤害你。我打赌你肯定能在猎鹿的时候打败他,你能看到的距离是他的两倍。”

“是的,我能。那会让他气疯的。我打赌我能看到他的三倍——也许五倍。”盖伊用被触怒的语气回答。

“现在,盖伊,去拿你的那张牛皮,如果你想要一面鼓来跳战舞的话。你是我们这里唯一有牛皮的人。”这番奉承把盖伊哄得很激动,他立刻跑去拿牛皮了。

这时,凯勒博在修正那块空心木头。他修剪树皮,然后用斧把里面枯朽的碎片清理干净。他把木头一端竖立在地上,在鼓木的中间点火。他仔细观察,不时地把木头拿起来,把烧焦的部分砍掉,磨光削平,直到把木头里外修理得又薄又光滑。盖伊走后不久他们就听到盖伊的叫声。他们想他就要回来了,可是他没有来。做鼓的木头已经被修整了两个小时,但是盖伊还是没有回来。凯勒博估计盖伊在准备鼓皮。萨姆解释道:“我猜是伯恩老头突然抓住了他,让他在果园里锄草呢。可能前面我们听到的就是他挨打的叫声。”

伯恩老头是一个可怜的不中用的人,瘦弱、驼背。他只有三十五岁,但是他的婚龄长得足够可以让他心安理得地被称为“老头”。在桑格,像汤姆·诺兰这样一个单身汉,即使八十岁了,他还是“一个男孩子”;但是如果他二十岁就结婚了,他立刻就成了一个“诺兰老头”。

伯恩太太接连生了几个孩子,但都死了,慈悲的邻居们说是饿死的。只留下盖伊——也是最大的孩子,是他妈妈的心肝宝贝。隔了多年,伯恩太太又生了四个女孩子:年龄分别为四岁、三岁、两岁、一岁。她是一个胖胖的、漂亮的、懒散的女人,对丈夫怀有一种通常的敌对的认识,认为丈夫自然是孩子们的天敌。吉姆·伯恩抱着把小孩正确地培养成人的想法,让他做所有他本人干不了的活。而盖伊有自己的理想,那就是尽可能地不干活。在这两种想法的冲突中,盖伊妈妈是盖伊的坚强后盾和天然盟军,尽管或多或少是秘密的。在母亲的眼里,儿子是没有什么过错的,他所做的一切都是正确的。他那长满雀斑、胖嘟嘟的脸蛋高贵而漂亮,是美丽的评判标准和人类优秀的典型代表。他的作风总是令人快乐的,他总是与人为善。

伯恩有许多朴素的情感,但他是一个怪人。有时候他会无缘无故毫不留情地揍盖伊,但有时候对于盖伊所犯的严重错误他却一笑置之,所以这个男孩从来就不知道自己会遇到什么,最安全的办法就是尽可能地躲开他爸爸。他父亲坚决反对他到营地来,部分原因是这是在拉夫泰的地盘上,部分原因是盖伊会因此逃避劳动。伯恩有一两次对此非常暴怒,但是伯恩太太的坚持不懈有巨大成效,就像一个老练的钓鱼人借助一根柔弱之线的结实的张力,最终战胜了那条强壮的虹鳟的负隅顽抗一样。她想方设法让盖伊参加印第安营地。盖伊夸张地讲他如何打败了其他人,这夸张的陈述让伯恩夫人引以为豪。她说:“尽管他们比他要大得多,可他还是赢了他们。”

但是,那天盖伊却很不走运。他的爸爸看见他回来,迎头就给他一顿暴打,一直到他爸爸清楚地知道这顿鞭打收到了预期效果时才停下来。盖伊发出声嘶力竭的惨叫,这就是孩子们听到的呼喊声。

“好啦,你这个游手好闲的小子!我知道你四处转悠把篱笆都弄倒了。马上去把篱笆修好。”就这样,盖伊不但没有拿着牛皮荣耀地返回,反而被打发到园子里去干丢人现眼的苦役。

不久他听到他妈妈叫:“盖伊,盖伊。”他蹑手蹑脚地往厨房那边溜。

“你去哪儿?”他爸爸在远处咆哮,“回去,干你的活。”

“妈妈有事找我,她叫我。”

“干你的活去,这辈子你别想再去那儿了。”

但是盖伊趁着他爸爸一不留神,就溜到他妈妈那儿去了。他知道他爸爸在怒气冲冲的痛打之后只是虚张声势,并没有什么危害。不久他就快活地吃起一大片涂满果酱的面包。

“可怜的宝贝,你肯定饿坏了。你爸爸那样对你真是太刻薄了。现在,哦,别哭了。”这时,盖伊想起自己所受的亏待,又开始痛哭起来。后来,她很有把握地小声说:“你爸爸下午要去唐尼镇,他一走你就可以溜了。如果你活干得好的话,等你回来他也不会怎么发火的。但是你一定不要再把篱笆弄倒了,因为如果猪跑到拉夫泰的树林里,他就会知道是怎么回事了。”

这就是盖伊之所以耽搁的原因。那天下午很晚他才带着牛皮返回营地。他一走，溺爱他的糊涂妈妈就被沉重的家务压垮了。她干了盖伊留下的所有家务，还锄了两三沟的卷心菜地。爸爸回来发现盖伊工作干得不错，因此很满意。

牛皮像锡一样硬，当然，上面还有牛毛。

凯勒博说：“把这个弄好得两三天。”他把牛皮埋在整天都能晒得到太阳的潮湿的泥池里，“越暖和越好。”

三天后，他把牛皮取出来。牛皮不再是薄、硬、黄色、半透明的了，现在皮更厚了，呈灰白色，像丝一样柔软。上面的毛很容易就刮掉了，有两片很显然可以用来做鼓面。

凯勒博用温水把牛皮彻底地刷洗干净，用肥皂洗掉上面的油脂，用一把钝刀刮牛皮的两面，然后把最大的那块牛皮拉平整，沿着外圈切了一条细长的皮，一圈接一圈，最后他得到了一根足有六十英尺长的窄牛皮条，大约有四分之三英寸宽。他把这根皮条一圈一圈地缠起来，绕成接近球形的一团，接着，从剩下的那块牛皮上割下一块圆形，直径约为三十英寸，从另一块牛皮上没有被老鼠咀嚼的部分上也割下一

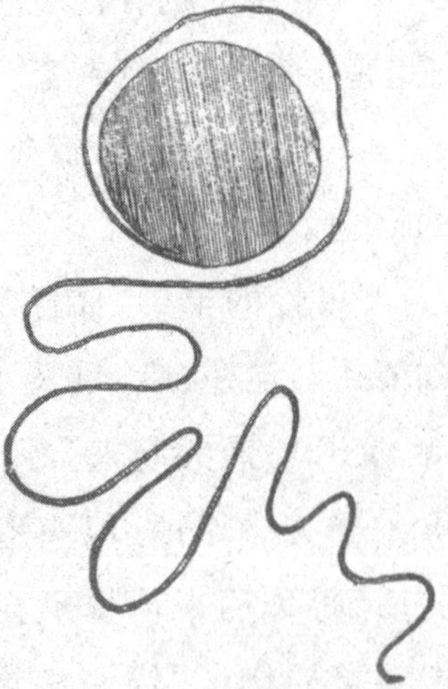

块类似的圆形。在其中一块上，用刀子锋利的刀刃在两边各戳出一排小孔，离边有一英寸，每个小孔相隔两英寸。然后，他把一块皮放在地上，鼓木放在皮上面，另一块皮放在鼓上面做鼓面，用那根长长的牛皮带穿过朝上的鼓面上的一号孔再穿过朝下的鼓面的二号孔，这样再穿到上面的三号孔、下面的四号孔……依此类推，来回穿梭，把每个孔都用这根皮带给连接起来，这些穿梭的皮带在鼓的一周形成了一个个菱形图案。刚开始，是松松地穿起来，围了一圈后就把带子拉紧，这样两个鼓面就变得紧绷绷的。接着，最离谱的是，盖伊立刻就要把刚完成的鼓据为己有："这是我的牛皮做的。"的确，这话倒也不假。

凯勒博眼睛闪着光彩，说："木头好像和皮同样重要。"

做鼓槌的木头上绑了一块麻袋片。盖伊很烦恼地发现，这面鼓发出的声音很小。

"这声音就像用小羊羔的尾巴去打软乎乎的帽子。"萨姆说。

"你们把鼓挂到阴凉的地方，晾干以后再试试看，就会发现大不一样了。"凯勒博说。

几个小时以后，他们急切地想知道干了的鼓面效果如何。鼓好像被破坏或者自己把自己拉紧了在努力挣扎，时不时发出微弱的声音。生牛皮完全干了的时候，又呈现出半透明状态，这会儿声音听起来足以让印第安人血脉贲张。

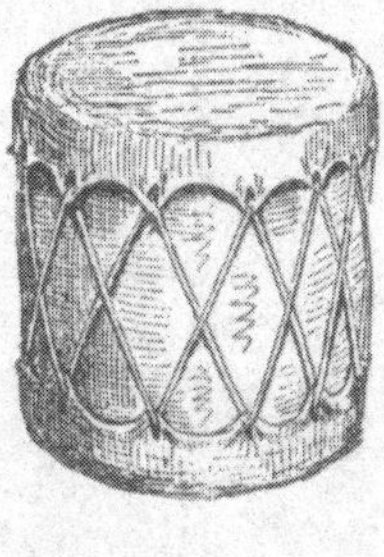

凯勒博教他们一些印第安人战斗的号子，他在一边敲鼓唱歌伴奏，孩子们跟着节拍跳舞。孩子们的本能好像被激发出来了，这里表现最突出的还是岩。当他跟着节拍跳跃的时候，他所有的本性好像都被激发出来。他融入其中，仿佛自己就是舞蹈的一部分。这就是他，他被完完全全地激发，热血沸腾。他甘愿放弃白人所谓的“荣耀”，生活在印第安鼓激发起来的感觉中。

九、 猫和臭鼬

为了获得一些面包,萨姆出发去进行了一次洗劫;盖伊则做了他的天性的俘虏,到果园里去艰苦劳动;而岩则独自留在营地。他围着泥巴签名簿转来转去,但是没有发现什么新脚印,虽然事实上脚印越来越多。大的脚印是一只小臭鼬和水貂留下的。当他沿着灌木篱笆走到路的尽头时,他看到一只娇小的黄鹂正在喂一只小而笨拙的燕八哥。他经常听说燕八哥有玩"布谷鸟"把戏的习惯,把蛋下在别的鸟的窝里,但是这还是他第一次亲眼看到这样的事情。当他看着那只蠢笨的灰乎乎的燕八哥拍打着还没有丰满的翅膀,向那只漂亮的还没有它身形一半大小的黄鹂求援时,他不知道这位慈爱的母亲是否真的愚蠢地认为这就是自己的亲骨肉,或者它这样做只不过是出于对这个可怜的弃儿的怜悯。

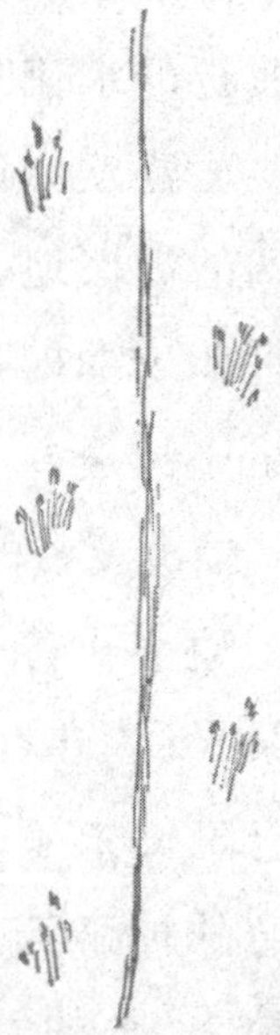

此时他转到小河边的低湿地带的泥巴签名簿,一串新的足迹立刻让他困惑起来。他仔细检查,不过就在他把这个足迹画下来之前,他就已经清楚,这肯定是一只小泥龟的足迹。他还看到很多很相似的足迹。他有些疑惑为什么它们会留下这么多,而这种情况是很难看到的。当然,这些动物主要都是在夜间活动，男孩们却只是偶尔晚上活动，这个解释是不能令人满意的。他趴在河边，那儿有一段六英尺高、二十英尺宽的陡峭泥墙。河水很浅，只是一线蜿蜒曲折的水流穿过水平泥泞的“峡谷”，岩喜欢如此称呼。河两边都是宽阔的泥巴地，这形成了一个凡是经过此地的四足动物都会留下标记的绝好地带，新的和老的足迹都很多。

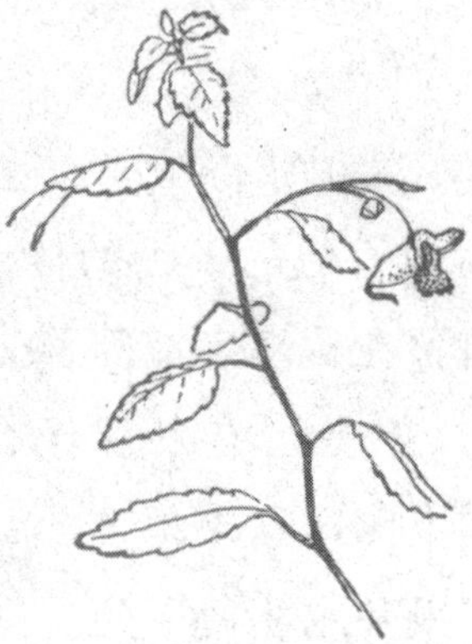

岸边茂密的草丛时不时传来蚱蜢和蟋蟀的叫声。河岸有一边生长着一大丛橙色的凤仙花，间或点缀着些鲜红的花朵，绚烂夺目。岩平静而满意地欣赏着眼前的一切。他现在已经知道了它们的名字，这样它们就从那一系列惹他干着急的神秘名单变成了他的可爱而奇妙的好朋友。当他趴在地上，他的思绪又回到了那个他对于花呀鸟呀的名字一无所知的时代。那时所有的东西都是那么陌生，他十分急切地想了解，这一切以一种新的奇怪的力量让他回忆起波士顿。他的父母、兄弟和同学都在那儿。尽管距离仅有两个月，但这就像一个过去的存在物。他曾经给他妈妈写信说自己已顺利到达，还有一次说他身体很好。他收到妈妈的一封饱含深情的信，还有一两篇经文，他父亲在后面也有附言，提了些合理建议，还加上了更多的经文和文章。从那以后他再也没有写过信。他不明白自己怎么会如此疏忽，然而有一点很明显,就是他在桑格这儿找到了自己渴望已久的快乐。

他正躺在那儿浮想联翩，附近河边一点儿细微的动静吸引了他的目光。一棵高大的椴树被风吹倒在地上,像大多数被吹倒在地的树一样,它的树心也是空的,树干埋在夏天乱糟糟的长成一团的堤岸杂草中。一根树枝已经折断,主干上露出一个大洞,黑色的洞穴里露出一个闪烁着绿色眼睛的头。它悄悄地跃上木头。那是一只普通的灰猫。它坐在那儿沐浴着阳光，舔着脚爪,悠闲地梳理毛发,这番闲适之后,它伸展一下脚爪和腿,走到木头上，从容地斜跳到峡谷的底部。在那儿它喝了点水,优雅地摇了摇脑袋,甩掉上面的水珠,轻柔地抚摸整理毛发。岩觉得好玩的是,它也仔细地观察所有留在泥地上的足迹，正像刚刚自己所做的一样。尽管它看起来用鼻子比用眼睛判断更准确。它沿着河往下游走,突然它站住不动,警觉地抬头看了看,又向四周观望。那是一幅优美生动的画面,自然而优雅。灰猫的眼睛闪着绿色的光芒,它小心地在河床上一纵身,轻巧地跳到河岸上的草丛里,不见了。这给岩留下非常美好的印象，岩决定要赶快把它画在自己的笔记本上。

这看起来好像平淡无奇，但是一只家猫来到树林里肯定是出于某种非同寻常的目的。岩禁不住感受到一种只有真正的野生动物才可能带给他的激动。这只猫展现在他眼睛里的一连串的图景带给他一种剧烈的快乐，足够让他在艺术上大有作为。

他趴在那儿等了一会儿，希望再次看到那只猫，不久他听到河的上游有沙石的咔嚓声。他转身去看，看到的不是猫，而是一只完全不同的、身形更大些的动物。它矮矮的、毛茸茸的，深黑色的毛上带着些白色斑点，还有一根极大的毛茸茸的尾巴。岩一眼就认出那是一只臭鼬，尽管他以前从来没有在白天见过一只野生的臭鼬。它谨慎地一摇一摆地前行，用鼻子不时地左嗅嗅右嗅嗅，以此来探路。它巡视着弯道，几乎正对着岩的方向而来，有三只今年刚出生的小臭鼬一个接一个地跟在这位母亲的后面。

那只臭鼬妈妈也像猫一样认真地察看泥地上的脚印。岩看到这些野生动物跟他一样研究观察，一种情同手足的奇特感觉油然而生。

臭鼬妈妈走到猫刚刚留下的新鲜脚印旁，停在那儿不停地嗅了很久，三只不耐烦的小臭鼬也走近去跟着嗅来嗅去。其中一只小臭鼬循着气味走到岸边,那正是猫跳下来的地方。它耸着它那小小的鼻子找寻踪迹,臭鼬妈妈也蹒跚着循味而来。它很感兴趣,往河岸上爬。小臭鼬们跟着它,它们中的一个从陡峭的斜坡上骨碌碌滚下来,把队伍搞得七零八落。

老臭鼬到了河岸上,它爬上一根木头,准确无误地跟踪猫的踪迹找到了树干上的洞穴。它窥视了一会儿,用力吸气,爬进洞去,外面只剩下它那根大尾巴,别的什么也看不见。就在这时,岩听到叫声,从木头里面传出"喵呜,喵呜,喵呜"的尖叫声,那只老臭鼬钻了出来,拖着一只灰色的小猫咪。

小东西拼命地喵喵尖叫,紧紧抓着木头的内侧。但毕竟老臭鼬太强壮——它把小猫从洞里拖了出来。两只爪子把它按在地上,嘴巴紧紧叼着它,转身把它带到岸下的河床上。小猫奋力挣扎,最后它的爪子抓到了臭鼬的眼睛,剧痛迫使这个恶棍稍稍松了一下口,这给了小猫又一次锐声长呼的机会。它怀着希望,把吃奶的劲也用上了,发出令人心碎的连声呼救。岩的心被打动了。他刚想要冲过去拯救小猫,只见远处草地上一阵骚乱,一道灰色闪电跃过,猫妈妈出现在眼前。它宛如狂怒的恶魔的化身,眼里燃烧着怒火,毛发直竖,耳朵贴后,像鹿般敏捷地跳跃,像狮子般无畏地勇往直前,化身为一名黑色的杀手。臭鼬畏缩着后退,傻傻地看着它,但是时间不长,对于它来说没有什么是"长"的。当猫妈妈像一只猝然袭击的猎鹰把羽翅合上时,它的每一

块健壮的肌肉都被力量和仇恨的愤怒刺激起来。臭鼬没有时间瞄准,在这种危急紧张的状况下,它那讨厌的屁股向后喷射出极为难闻的飞沫,把它自己那些蜷缩在路上的孩子们都给淋湿了。

愤怒的老猫用爪子和牙齿致命地抓咬,四面八方都是它灰色的身影在跳动。臭鼬有一次昏了头竟然胡乱把喷向老猫的令人窒息的飞沫洒了自己一身。臭鼬的头和脖子都被猫给撕咬破了。空气中弥漫着的毒气使人呼吸困难。遍体鳞伤的臭鼬万分无奈,败退着跳进水里。老猫没有流血,只是有点儿看不清楚,呼吸困难。它喘息平稳了,但是那卡在木头下面的小猫凄惨的喵喵呼唤使这位慈母暂时把怒火放到一边。虽然小猫满身难闻的飞沫,但还是被太太平平地拖了出来。很快,老猫带着自己的孩子回到自己在空心木头的窝里去了。一会儿它又钻出来,直直地站在那儿,闪动着它炽热的眼睛——因为它的眼睛正受着飞沫的烧灼。它甩动着尾巴,活像一只跃跃欲试的母老虎,随时准备为自己的儿女们去对抗某些东西或者整个世界。但是老臭鼬已经打够了。它从水里爬出来。它的三个小家伙推来挤去,指责它们的妈妈第一次意外的挫败。它摇摇摆摆地走,留下一条血迹和难闻的踪迹;它们跟在后面,留下的味道跟它们的妈妈一样浓烈。

英勇的猫妈妈奋不顾身的战斗令岩激动万分。猫的种族气质从那天起得到了岩更高的敬意。单就一只家猫真正地搬到树林里来住并且自己打猎为生这一事实,它就应该在岩的动物英雄谱里占一席之地。

猫妈妈不安地在木头上来来回回地走动，从小猫们所在的洞口走到木头尾部。它艰难地眨动眼睛,显然被飞沫刺激得很痛,但是岩非常清楚世界上没有任何动物足够大或者足够壮到把这只母猫从自己家门口的岗哨上吓跑。没有什么比一只保卫自己幼崽的母猫更勇气可嘉的了。

最后,看来所有袭击的危险都过去了,猫摇着脚爪,擦着眼睛,钻进它的洞里。噢,刚刚发生的一切对于那些可怜的小猫咪肯定是一次巨大的惊吓,尽管部分是由于它们臭烘烘地归来。每次总是以一股新鲜的老鼠或者鸟儿的美妙味道宣告它们的妈妈回来了,混杂着猫身上的可爱而友爱的气味,这本身就是一种幸福的气氛。气味在猫的生活中占据主要位置,现在洞里的美好气味被那个给每个小猫咪的鼻子以致命打击的恶臭破坏了。

不知道为什么它们都慌张地逃开,在黑暗的角落呕吐。这是件很棘手的事，小猫的胃经历很长时间的翻江倒海。它们什么也不能做,除了尽力一点点去习惯这个气味。它们住在这儿,洞穴从来没有停止过散发臭味,即便后来它们长大后住到别的地方去。经过多场暴风雨后,臭鼬留给它们的味道才散去。

十、 松鼠一家的历险

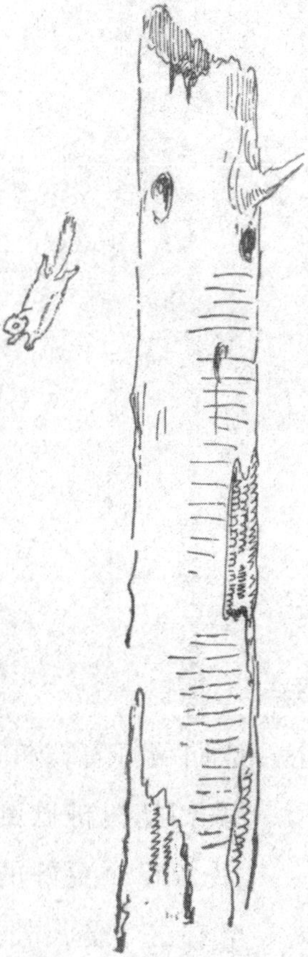

他们三个组成一支印第安队伍，每人手里都握着弓，正穿过伯恩家远处的灌木丛。

“我打赌我能把那个洞里的啄木鸟给弄出来。”树液指着一个在高大的枯死的树桩上面的洞口说。说着，他走上前去，用一根木棒用力地连续敲击树桩。令他们惊奇的是，啄木鸟没有从里面飞出来，冲出来的是一只飞翔的松鼠。它爬上树桩的顶端，看清路线，然后展开四肢、翅膀和尾巴，滑翔而下，这是为了能够轻松飞到二十英尺开外的一棵树上。岩想要抓住它。他的手指抓到了它毛茸茸的尾巴，但是松鼠露出尖利的牙齿狠咬了他一下，他很乐意地放它走了。它迅速地爬上树干，很快就消失在枝叶中。

盖伊非常得意他许下了把啄木鸟从洞里赶出来的赌誓。“一只飞的松鼠难道不是相当于一只啄木鸟吗？”他争辩道。因此，那一天他都显得趾高气扬。只要他们一走到有树洞的树干前，他就很自负地坚持要从里面赶出一只松鼠。在多次失败之后，他总算得到了一个满意的答复——

一只不合时宜的啄木鸟从洞里被惊扰出来。

这样做显然是个发现动物的好办法。岩立即付诸实践，当他们来到一个有洞的树桩前，他捡起一根大木棒，使劲敲击了三四下。一只红棕色的松鼠从一个较低的洞里蹿出来，躲到高一点儿的洞里去；紧接着的敲打又把它从里面赶出来爬到树桩顶上，但是最后它还是又钻进低一点儿的洞里。

孩子们非常兴奋。他们敲打着树桩，可是松鼠再也没有出现。

“我们把树桩砍倒。”小河狸说。

“我教你个更好的办法吧。”啄木鸟说。他四处打量，找来一个有二十英尺长的树干。他把树干直立移到树桩高处粗糙的地方，然后用力猛推，仔细地观察树桩的顶部。太好了！它摇晃了一下。萨姆又接着推，小心地和树桩摇晃的方向保持一致，推的时候正好是树桩远离他这面的时候。其他的孩子抓着树干，萨姆一喊“开始”，大家一起推。

想要把这个树桩推倒，至少要有三四百磅的推力。但是孩子们创造的五十磅左右的推力越积越大，三四分钟后，树根部发出咔嚓咔嚓的声音，开始断裂，最后，咔嚓一声——树桩轰然倒下。从树桩空了的顶部断下一段木头，一阵尘屑木片从腐烂的木头中溅落。孩子们跑过去想抓住松鼠,如果可能的话。但松鼠并没有如他们所预想的那样从洞里钻出来,甚至当他们翻弄那些碎片的时候,也没有动静。他们找到树桩前面的那个旧啄木鸟洞,洞的下部有一团精巧的雪松树皮的碎片,显而易见这是个小巢。岩很兴奋地把窝翻过来,里面躺着那只红松鼠,它很安静,从外表看似乎也没有受伤,但是它的鼻尖上有血珠。紧挨着它的是五只小松鼠,显然是最近刚出生的,因为它们浑身光溜溜的,其中一只的鼻子上也有血点,也像它的妈妈一样平静地躺在那里。刚开始,猎人们以为母松鼠在玩“装死”,但是它的身体很快就开始变得僵硬。

此刻孩子们心里充满了负罪感和内疚感。他们一味地随着追猎的本能而不考虑后果，杀死了一只不会伤人,而且为保护儿女做出如此高尚行为的松鼠妈妈。而幸存的小松鼠们除了饿死,别无出路。

岩在这次追猎中最积极，他所受到的良心谴责远远超过另外两个人。

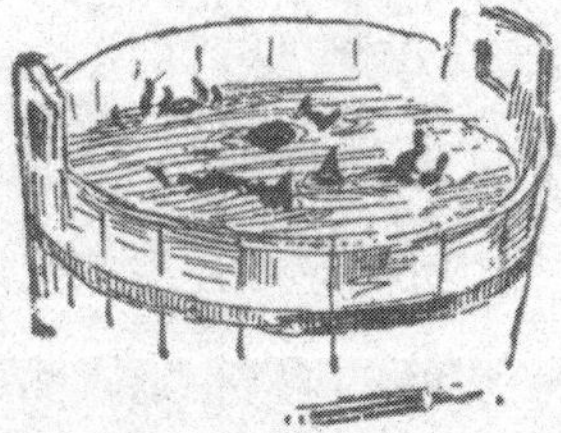

“我们该拿这些小东西怎么办呢？”啄木鸟问,“它们太小了,还不能当宠物养。”

“最好把它们淹死，一了百了。”树液想起家里的几窝小猫的最后命运,这样提议道。

“但愿我们能再找到一个松鼠窝把它们放进去。”小河狸极为懊悔地说。他看着手里四个蠕动的、无助的小东西,悔恨的眼泪涌了上来。“也许我们最好杀了它们,结束它们的痛苦。如果我们找不到别的松鼠窝, 那我们只能这么做。”但是,沉默了一会儿,他加了一句,“我知道谁不会让它们受苦,就是那只灰色的老野猫。等它出去,我们把它们放到它的窝里吧。”

这好像是摆脱这些孤儿的一个既有道理又简单又仁慈的方法。于是孩子们匆匆地往河边的峡谷去了。下午的时候,太阳照耀着,洞里的一切都清清楚楚。孩子们悄悄地走近岸边,看到只有小猫在里面。岩蹑手蹑脚地爬过去,把小松鼠放进窝里,然后又爬回他朋友的身边继续观望,等待着这些弃儿的命运。

等那只老猫回来,已经足足过了一个小时。在他们非常安静地等待的这段时间里,也得到了回报,他们看到许多漂亮的野生动物。

一只蜂鸟嗡嗡飞进他们的视野, 悬垂着薄雾般的金色翅膀,从一朵宝石花上飞到另一朵宝石花上。

“小河狸,你说过蜂鸟非常漂亮。”啄木鸟指着从他们面前飞过的那只不起眼的灰绿色的鸟说。

“我是那么说过,快看!”这时,随着它在空中飞转,它深黑色的喉部变成鲜红色,闪着夺目的光辉,这让批评家无话可说。

蜂鸟飞走后，又来了一只田鼠，它在草丛里躲躲闪闪了一会儿。不久又来了一只鼹鼠，不如老鼠大，紧紧地追踪而来。

后来，又来了一个短腿的棕色动物，有兔子那么大，它来到河床上干燥而又阴凉的地方。当它到了孩子们所在位置下方的时候，他们看到它那像河狸似的小脑袋和有鳞的桨状尾巴。岩认出这是一只麝鼠，显然它在找水喝。

游泳池里储有许多水，孩子们意识到这里已经成了动物们的聚集地，因为这些野生动物如萨姆所说“就要被干旱渴死了”。

麝鼠离开还不到二十分钟，另一个深灰色的动物出现了。“又一只麝鼠，肯定是集会。”啄木鸟小声说。但等这一只走近了，他才发现这是一只完全不同的动物。这家伙身长像猫那样，但是更矮些，宽阔扁平的脑袋，白色的下巴和喉部，短腿，样子像一只大黄鼠狼。这是一只貂——麝鼠的死对头，现在它正在追寻猎物的踪迹。它很快转到拐角，像猎狗一样用鼻子嗅着足迹。如果它在麝鼠到池塘之前追上它的话，肯定会有一幕惨剧上演。如果麝鼠到了深水里，它就有可能逃过厄运。正如池塘成了麝鼠们聚集的地方，这里也成了貂出没的地方。

貂离开不到五分钟，河对面的木头上面突然悄无声息地闪过一个灰色的身影。噢，它看上去多么光洁优雅！在看过了步履蹒跚、身肥体赘的麝鼠和敏捷但粗陋的貂之后，它看起来优雅得无与伦比。没有什么东西比一只漂亮的猫更灵敏高雅的了，全世界的科学家都把猫当作动物构成的完美标准。猫观察了一会儿，看四周是否有危险，它没有带回一只鸟或者老鼠，因为小猫们还太小，不能吃这些东西。孩子们充满兴趣地观察着它。它悄悄地沿着木头来到洞口——弥漫着臭鼬气味的洞，发出咕噜咕噜的低吼，这声音总是让那些饥饿的小猫咪渴望不已，它们蜷缩着围拢过来。它看到了在它的孩子中间的那些粉红色的小松鼠。它不再去亲昵地舔那只最近的小猫咪，而是盯着一只小松鼠，用鼻子闻了闻它。岩搞不清楚，洞里所有东西都带着一股臭鼬味道，它这样做能有什么帮助呢？但是这样的确使它做了决定，因为它舔了小松鼠一会儿，然后把小家伙们统统都归拢到它的身子下面，而后躺了下来，把它的下巴高高地翘向空中。树液开心地宣布："小松鼠被当成小猫咪抚养了。"

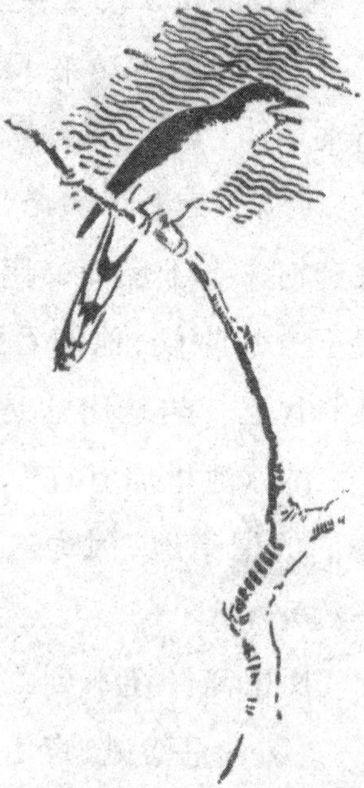

孩子们等了很久，直到确信小松鼠确实被它们的天敌收养，他们才悄悄地返回营地。此举看来颇为成功，岩想起曾经听说过有关猫抚养一窝兔子的事，他们期待有一天看到小松鼠和小猫咪在阳光下一起嬉戏玩耍。一周过后，吃早饭的时候树液坚持说只看到一只松鼠，十天以后一只也看不到了。岩偷偷跑到木头那里，证实了这一事情。四只小松鼠都死在窝的底部。不知道为什么会这样。老猫已经尽其所能——给了小松鼠所有的爱和温存，但是很明显它的一番母爱没有奏效。

十一、 如何认识林中居民

孩子们现在每天都过得很快乐，每天早上都以对旱獭的追猎开始。孩子们与树林建立了友好关系，这与他们第一天晚上在树林里露营的感觉形成鲜明对比。

这是某天萨姆跟岩聊天时的想法，他说："岩，你还记得那天晚上睡觉时我握着大斧子，你攥着小斧子吗？"

印第安人已经学会面对和应付所有营地生活的小烦恼了，所以也就都忘记以前的恐惧了。他们白天的任务很简单。他们对树林的生物群族和路线熟悉得非常快，如今他们在树林里生活就跟待在家里一样驾轻就熟。高耸的树梢上传来的"咔啊—咔啊—咔啊"的叫声不再单纯是婉转的叫声，而是黑嘴布谷鸟在唱夏天的歌。在沉闷的天气里，低矮的树上传来的响亮的咔哒咔哒的鸟鸣似的声音，岩已经追查出那是树蛙的叫声。

在炎热的下午，那拖着长音的"噗——哦——"是京燕在叫。还有许多神秘的夹杂着颤音的吱吱声，这已经被追查出是永远都伶俐又爱搞恶作剧的蓝色鹈鸟发出的声音。

筑巢的季节已经过去了，就像唱歌的季节已经过去，因此，很少看到鸟儿了，但是池塘边聚集了众多生物。栅栏都建好了，所以牛群只能到河流的一头去饮水，但是远离这些庞然大物的脚是安全的，各种野生动物在这里大量盘踞。

每天一大早就能看见麝鼠们聚集在水平如镜的池塘边,池塘的更深处有成群结队的鱼儿游来游去。尽管鱼儿都很小,但是孩子们发现它们的数量很多,而且又很愿意咬他们的钓钩。钓鱼是一项了不起的运动,他们不止一次从池塘里获得美餐。每天他们都发现些有价值的事情。在一个邻居家的田里,萨姆“以人头担保”发现了另外一只旱獭。晚上兔子开始在营地出没,尤其是月明之夜,晚些时候他们常常听到抱怨的叫声,凯勒博说那是狐狸叫,“可能那个老恶棍就住在考拉汗家的树林里。”

住在木头里的灰猫总是那么有趣。孩子们定期在远处观望它,没有好的理由不会轻易靠近它。第一,他们不想吓到它;第二,他们知道如果靠得太近,它会毫不犹豫地攻击他们。

岩学到的最重要的经验就是:在树林里,安静的观察者总是看到的最多。观察时最大的困难是如何打发时间,解决的办法就是坐着画图。如果手头有书还可以读书,但是不如画图好,因为看书的时候眼睛会盯着书上而不是树林,翻动白色的纸很容易惊扰害羞的树林居民。

就这样,岩几个小时都坐在那儿画池塘边的生物。

有一天,他安静地坐在那儿,一条鳕鱼从水里跃出抓住了一只苍蝇。几乎就在同时,一只翠鸟疾驰而来,停在空中盘旋,然后俯冲而下,衔起那条鳕鱼,飞到一根树枝上吞咽起来。但是它在那儿没多久,一只食鸡鹰从浓密的树枝间

闪现，用爪子抓起翠鸟，将它狠狠地摔到岸上——用不了一会儿工夫翠鸟就会给杀死，但岸边的一个洞穴里很快冲出一只灰色的动物，它也加入这场厮杀中。转瞬间局势顿变，如此一来三个搏斗者被冲散，食鸡鹰向左边飞去，翠鸟飞向了右边，鳕鱼扑通落进了池塘里。水貂则在河岸的左边，含着一撮羽毛，看上去傻透了。水貂站在那儿晃动鼻子，另一只动物跃过灌木丛滑落到岸边——是那只灰猫。水貂皱起鼻子，露出两排尖利的牙齿，暴怒地咆哮着，但是却往后退到一堆树根下面。猫垂下双耳，背上的毛和尾巴直耸起来，它蹲伏了一会儿，眼睛闪着亮光，尾巴梢骤然抽动，它用一声低沉的怒吼来回复水貂的咆哮。水貂显然害怕和猫决一死战，而猫显然没有受任何影响。水貂向后退缩到树根下面，只能看到它的眼睛闪着绿光，但是那只猫继续平静地向前逼近，经过它的藏身之所，继续干自己的事去了。树根下面的咆哮声没有了，等它的敌人一走开，水貂立刻跳进水里，不见了。

这两个冤家还有一次会面，那次岩非常幸运地目击了全部经过。他听到扑通一声熟悉的跳水声，即刻看去，只见展开的波纹扩散到岸边，然后水波在池塘更远处荡漾开来，可以看到一个灰色的东西远去了。一会儿它又出现，然后又再次消失了，像第一次那样。随后，一只麝鼠爬上岸，蹒跚着走了二十英尺远，然后跳进水里，潜下去游了会儿，又爬上岸边,爬到一堆悬垂的树根下面。一分钟后,水貂出现了,毛发紧紧地粘在一起,看上去活像一只长了四条腿的蛇。它走到麝鼠出现的地方,跟着足迹,结果跟丢了,水貂在岸上来回飞奔,跳进水里,游过对岸,到了另一边。最后它找到了足迹追踪而去。树根下面传来搏斗的声音和水貂的咆哮声。二三分钟后,水貂拖着麝鼠的尸体又露面了。它舔吸着麝鼠的血,正在吃麝鼠脑袋的时候,灰猫又从池塘边巡游而来,离它不到十英尺的距离,跟它面对面站着,像前一次相遇时那样。

这个水里的卑鄙小人看到了它的敌人,但是它没有做任何从敌人面前逃跑的打算。它直立起身子,爪子放在它的猎物身上,发出一声威胁的咆哮,对猫发出挑衅。猫看了一会儿后,轻轻地跳上高高的堤岸,从水貂头顶走了,然后在更远的地方跳下来,重新开始它在岸边的行程。

为什么第一次水貂怕猫,而第二次猫却怕水貂呢?岩相信通常猫会打败水貂,但是现在水貂有权利占上风,因为它在保护属于自己的利益,而猫明白这一点,于是一场争斗就避免了。当然在同样情况下,猫为保卫自己的孩子,即使面对一千只水貂也会去战斗。

这两个场面并非发生在同一天,但是它们却是被放在一起讲述的,因为岩后来讲这两件事是为了表明动物是懂得审时度势的。

但是后来岩又获得了另外一次与麝鼠相见的经历。他和萨姆正在清除河坝下游的签名簿上的足迹以便为夜里造访的动物作记录，这时一道哗哗的水流声从河床上传来——那里已经干了至少一周多了。

“嗨，”啄木鸟说，“这是从哪儿来的？”

“也许水坝上有漏洞。”小河狸带着恐惧的声音说。

孩子们跑到水坝上，发现这个猜测是对的。水在水坝的末端找到了一个迂回的出口，他们再仔细查看，发现这是一只正在挖洞的麝鼠干的好事。

要把这个洞牢牢地塞住可不是件轻松活儿。好在铲子就在手边，他们把一排紧密的树桩用坚硬的黏土塞糊住，不仅堵住了漏洞，而且确保今后水坝的这一角至少会安然无恙。

当凯勒博听说了麝鼠所造成的这次麻烦，他说：“这回你们可知道为什么河狸是麝鼠的死对头了。它们知道这些老鼠说不定什么时候就会把它们的水坝给毁了，所以，它们决不放过杀掉老鼠的任何机会。”

若在这块湿地上没有看到什么有趣的东西，小河狸很少会观察一个小时。另外两个斗士没有耐心等那么久，他们不能从画图中得到任何乐趣。

岩给自己安排了几个藏身之所，在这几个地方最有可能看到活的生物。就在水坝的下游，有一个小水塘，那里有各种小龙虾，还有大量线状的鳝鱼，吸引了许多翠鸟和乌鸦，斑鸠或者斑鹟有时也会在水平的堤坝上摆动着后尾。每天傍晚，连绵不绝的麝鼠会爬到一块大石头上，坐在上面，好像一顶带皮毛的帽子。岩的另外一个藏身之处在小河的峡谷处，但是最好的藏身地在水塘的上游。原因很简单，那里到处可见各种不同的陆上生物。最初水里有麝鼠，有时候还会有水貂。紧挨这里的是一小片沼泽地。这片沼泽一直在这儿，现在由于水流的范围更大了，有一两只田鼠和黑脸田鸡在此安家。旁边挨着浓密的树林。那里时常可见鹧鸪和黑松鼠。

有一回，为了打发时间，岩在那儿画了一整天毒芹树的枝干，他还因此爱上了那棵老树。他从来不是因为爱画画所以才画，从来不是，而是因为他对于所画的东西的喜爱才去画。

一只黑白相间的爬行者缓缓爬过来，看起来像一只全身布满树干的蜥蜴。一只啄木鸟从树干里面啄出一只虫子，大多数鸟儿可能会认为即便给一打这样的虫子也不值得费这样的力气。一只花栗鼠越走越近，它竟然被自己的脚绊倒。惊惶于自己的轻率，它牙齿打战地匆匆跑了。最后，一只荒谬的小雄山雀高唱着“春天来啦——春天来啦”，好像任何人都会对这无中生有、没人肯信的小谎言感兴趣。有时只看到一团褐色的毛从池塘边的绿叶中无声地跳出来，足不沾水地从狭隘的河湾跃过，偶尔停一下。当它站在一片开阔的沼泽地中间，才可以清清楚楚地看到是一只野兔。它站在那里那么长时间，那么安静，岩先花了三四分钟的时间来给它画了一幅素描,然后他走过去观察。他发现这只兔子长达三分多钟纹丝不动。它吃了一会儿东西，岩想要把它吃的和不吃的东西记录下来列个清单,但是他不能确定怎样才能做得到。

一阵嘈杂的扑腾声传来，紧接着他注意到那根干枯的树枝。野兔,或者说这只正宗的北方野兔,好像冻住了——它待在那儿一动也不动地停了一会儿。但是这个扑腾声很容易就可以辨别出来,很久以前兔子就已经学会把这当作朋友的标记,所以,野兔继续享用自己的美餐。当扑腾声再次响起的时候,它毫不留意。一只乌鸦飞过,然后又飞过一只。“不,它们没有什么危险。”一只红翅鹰在树林中哀叫,野兔听到了所有的声音，但是它知道红翅鹰没有什么威胁。一只红尾的大老鹰静静地在沼泽地上空盘旋,野兔马上不动了。那个所谓的红色尾巴是可怕敌人的标志。兔宝宝对这一切已经心知肚明了!

一束三叶草诱惑它吃了完满的一餐，之后它跳进沼泽地中间的一蓬草丛里,在那儿把自己变成一丛草。它的腿遮盖在毛茸茸的身下;它的耳朵趴覆在它的背上,好像一副空手套抑或一对圆形的小招牌;它的鼻子缩成团,看起来它就像是在太阳最后的温暖光线下酣睡。岩非常想看看兔子的眼睛是睁着还是闭着的。他听说兔子睡觉时也睁着眼睛,但是在远处他看不清楚。他没有望远镜,盖伊又不在旁边,所以兔子睡觉是不是睁着眼睛还真是一个疑问。

太阳的余晖从路上消失了，池塘完全被西边树林的阴影所覆盖。在一棵高高的树上，一只知更鸟开始唱起它对夜晚的赞美诗。在树上可以看到红红的太阳正在落山，画眉鸟在小溪边的接骨木丛中唱着叽叽喳喳的颤声。这时候，远处的路上隐约可见一只更大的动物悄悄地向岩这边走来。它的头很低矮，岩没有认出这是个什么东西。它在那儿站了一会儿，岩把手指头放在嘴里弄湿，举起。岩暗自冷静一下，知道这个走近的动物是什么了，从它那儿吹来的微风不可能欺骗他。它越来越近，看着也越来越大。等它稍微转向侧面，从它尖尖的鼻子和耳朵还有浓密的毛尾巴，岩明明白白地知道，这是一只狐狸，可能就是经常晚上在营地附近号叫的那只。

它倾斜着身子快步小跑，既对那个正在观察它的男孩一无所知，也不晓得正蜷缩着的那只野兔。岩只是为了有个更好的角度来观察这个狡猾的家伙，他把手背放在嘴上吮吸，发出老鼠那样的吱吱轻叫，这对于一只饥饿的狐狸来说无疑是最甜美的音乐、最神效的咒语。它像一道闪电般转过身。它站住停了一会儿，头直竖起来，那么镇静和有魄力。第二声轻叫——它慢慢转向身后发出声音的地方，这样做的时候它已经从岩和野兔之间穿过。它穿过时并没有产生多大的兴趣，但是现在这微风带来了它自己身体的气味。很快，狐狸放弃了对老鼠的追猎——当有一只大猎物就在手边的时候谁会去追一只小老鼠呢——它开始对野兔展开了一场精细而漂亮的搜猎——它还没有看到那只野兔,但是它的鼻子是它最好的向导,就像一只猎狗的指示器。它谨慎地在风里左嗅右嗅,小心翼翼地踮着脚寻踪觅迹。

它所迈出的每一步都在慢慢靠近猎物，而兔宝宝睡在那草丛中,好像真的睡着了。岩不知道自己是不是应该大叫,在兔子被狐狸捉住之前喊醒它,结束这场捕猎。但是作为一个自然主义者，他也很渴望看到整个事件会如何发展,想弄清狐狸是怎么对付它的战利品的。红色皮毛的绅士现在就在离草丛不到十五英尺的地方,而灰色的那位依然伏在那里纹丝不动。十英尺——兔宝宝还在安静地沉睡。八英尺——此时狐狸第一次真切地看到了它的猎物。岩费了好大劲才阻止自己叫出声来警告兔宝宝。六英尺——现在狐狸很明显在准备做最后的一跳扑过去。

“让它那样做对吗？”岩的内心在做激烈的斗争。

狐狸把脚缩到身后,寻找落脚点,直到它们完全收拢并聚攒起所有的力量。它无声地跳起来,恶狠狠地向着那个安睡者扑去。安睡？噢,不！根本不是那么回事。兔宝宝在玩自己的把戏。就在狐狸跳起来的时候,它也用同样的活力朝相反的方向跳去,从它敌人的身下穿过,于是狐狸就跳到了那空空如也的草丛上。狐狸又跳起来扑向野兔,但是兔子已经像个皮球一样朝另一个方向跳去,它接二连三地跳来跳去,搞得敌人眼花缭乱、毫无头绪。狐狸想要继续捕猎是徒劳的，因为这些奇妙的侧向跳跃是兔子的强项，但却是狐狸的弱项。兔宝宝左跳右蹦——单脚跳、双脚跳——跳进了灌木丛，在狐狸捉到它肥美的身体以前就跑掉了。

如果野兔一看到狐狸朝它来就跳出来逃跑，那样可能会毫无必要地暴露了自己；如果当狐狸朝它扑去的时候它径直向前逃跑，它可能也会在三四跳后被捉住，因为敌人正全速前进。但是它把握好时机，逃脱了危险。危险确实在眼前，它只好玩这唯一可能的求生把戏，让自己依然在树林里活着。

狐狸不得不到别处去寻找晚餐。岩很快乐地回到营地，他又了解了丛林里新的秘密。

十二、 印第安标记和迷路

“凯勒博先生,你说的印第安标记是什么呢?”

“任何能够表示印第安人方向的东西都行:鹿皮鞋留下的脚印、烟味、弄弯的小树枝、村庄、一块放在另一块石头上面的石头,或者一块被剥掉并且烧焦了的白人的头皮——这些都是印第安的标记。它们都表示某种含义,印第安人读得懂而且也能做这些标记,就像我们写字一样。”

“记得有一天你说三股烟表示你们正带着头皮返回。”

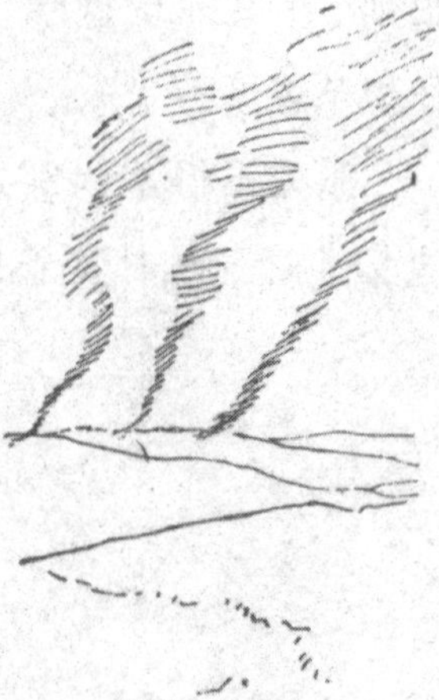

“它不仅是那个意思。在有些部落它的意思是指好消息。不同的部落使用它表示不同的意思。”

“那么,一股烟表示什么意思?”

“一般只是表示‘营地在这儿’。”

“两股烟呢?”

“两股烟就是‘麻烦’——也可以表示‘我迷路了’。”

“我会记住的,两股烟就是麻烦。”

“三股烟表示‘好消息’。奇数总是带来好运。”

“那么四股烟呢?”

“噢,几乎从来没有用过。如果在营地看到的话,一般是有什么重大的事情发生——也许是部落大集会。”

“那么,如果你看到五股烟的话你会认为那代表什么呢？”

“我会想是有个该死的傻瓜把整个营地给点着了。”凯勒博哈哈大笑着结束了回答。

“刚才你说一块石头放在另一块石头上也是一个标记，那指什么呢？”

“我不能说它适用于所有印第安部落。有的部落表示这个意思，有的表示那个意思。但是通常在西部，如果有两块石头或者野牛骨片，一个放在另一个上面，意思就是‘这是路’。在这两块石头的左边再放一块小石头就是说‘我们从这儿转到左边去了’，在右边放就是‘我们转到右边去了’。三块石头叠放的话就是指‘这的确是路’。如果一堆石头被扔在一起的话就是说‘我们的营地在这儿，因为有一个人生病了’。他们把石头堆起来是为了给病人洗个蒸汽澡。”

“哦，如果没有石头他们会怎么办呢？”

“你是说在树林里吗？”

“是啊，或者在大草原上。”

“噢，我都快忘了，那是很久以前的事了。不过现在让我想想看。”岩的刨根问底让凯勒博颇伤脑筋。他绞尽脑汁，终于弄出一个大概的图来解说印第安标记，尽管凯勒博慎重地指出“有些印第安部落有不同的做法”(见98页图)。

岩立刻生了一堆信号火，他沮丧地发现如果在一百码以外，烟就不能从树梢上被看到。最后凯勒博向他演示了明火、烟和浓烟滚滚的区别。

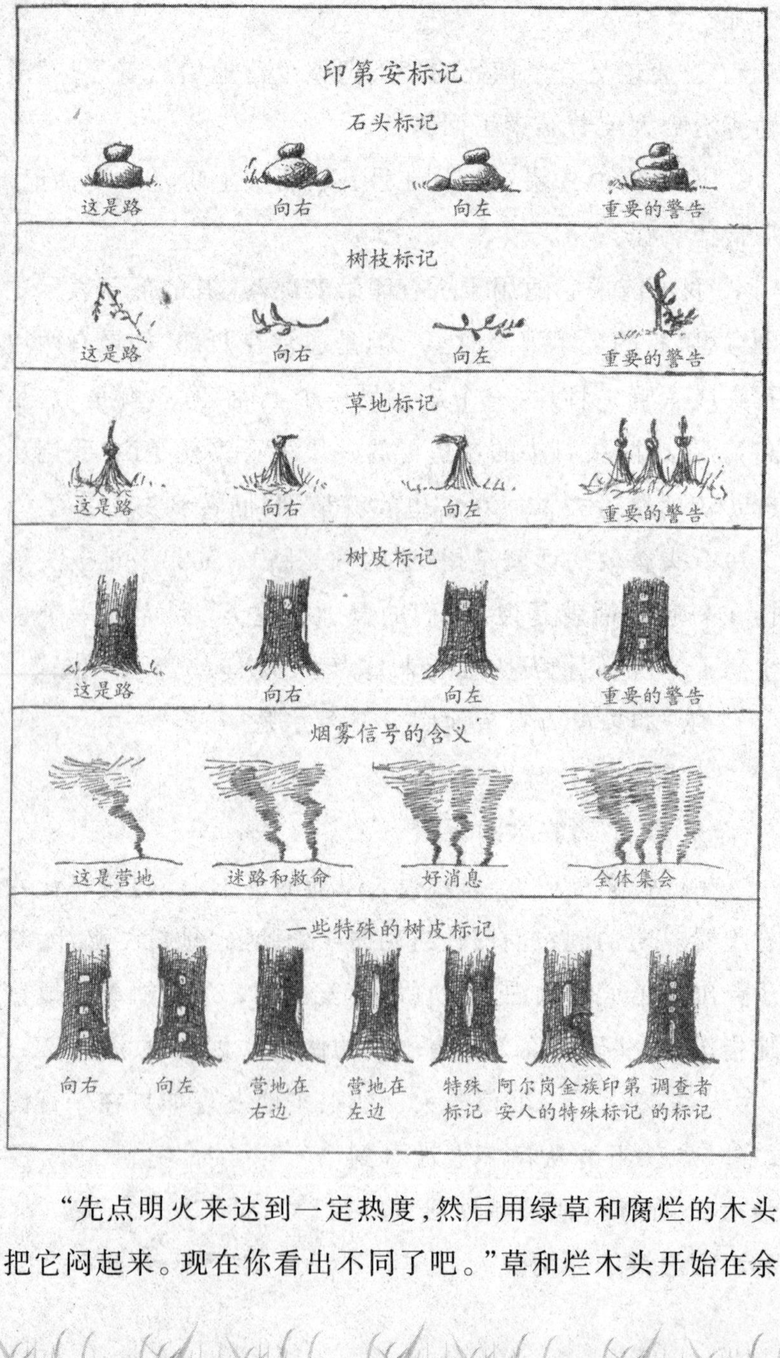

“先点明火来达到一定热度，然后用绿草和腐烂的木头把它闷起来。现在你看出不同了吧。”草和烂木头开始在余

烬的火上嗞嗞烧响，一股很大的弯曲的像钓鱼竿似的烟从上空盘旋升起。

“我敢说即使你站在十里外的高处也能看到。”

“我打赌我在二十里外也能看到。”盖伊抢着说。

“凯勒博先生,你迷过路吗?”不知疲倦的发问者继续打破砂锅问到底。

“我当然迷过路,而且不止一次。每个到树林去的人肯定都会迷路的。”

“印第安人也会迷路?”

“当然啦!他们也是人啊。如果你听到一个人说自己从来没有迷路，那就可以知道他肯定没有离开过家。每个人都会迷路,但是真正的印第安人都能安然无恙地走回来。”

“好吧。如果你迷路了,你会怎么办?”

“这要看是在什么地方。如果是在一个我不认识的农村,我的朋友在营地,我会尽力就地生两堆火。如果我单独一个人，我会做一个蜜蜂线。如果你能看到太阳和星星的话,这是很容易做到的,但是暴风雨的天气就行不通了。你得跟着溪流,这样让你不用兜圈子。这样做的话,一天之内你走的路不会超过四五英里。”

“你不能通过树干上的苔藓来辨别方向吗?”

“可以!但只能试试看。这种方法适合于一棵独自生长的突出的树，生长在开阔地上——最大的那圈苔藓是在南边，但这不适用于一棵长在南边的树，那样的树最大的苔藓圈长在北边。如果你们身边有指示方向的植物，也不能全信它,也就是说,它只是有一点点接近事实,但不会是完全真实的,甚至它可能只是一个大谎言。所以要把你们的智慧调动起来，时刻保持警惕。我从来没有看见过什么好的指南针植物,除了一个,那就是草原黄金秆。在野外找一根黄金秆树枝,它们大部分都指向北。

“如果你们发现一条人迹罕至的路,你们就沿着这条路走,它会带你们找到水——也就是说,如果你们走的是正确的路，你们就会发现它越走越宽。如果它渐渐消失了,那你们就走错了路。一群鸭子或者一只潜鸟飞过的地方,肯定有水源,你们可以很放心地跟着它们。

“如果你们有一条狗或者一匹马的话,它可以带你们安全地回家。它们从来不会出错,我只遇到过一次,那次是一匹傻马,只是偶尔一次。如此这般的傻狗倒是更多些。

“不过说到底，指南针是最保险的；其次是太阳和星星。如果你知道你的朋友会来,你最好的计划就是安稳地待在原地,生两堆冒烟的火,给他们引路,每隔一会儿叫喊一次,保持镇静。如果你不胡来,你就不会受到伤害。就这样等着人来,原地待着的人最后都会被找到。”

十三、 硝皮做软皮平底鞋

萨姆有一个发现。一头小牛被宰杀了,牛皮软塌塌地搭在篱笆的一根弯曲的横梁上。他爸爸允许他拿走牛皮,这次他身披“新鲜的小牛皮做的长袍”出现了。

“我不知道印第安人是怎么穿袍子的。”他解释道,“但是凯勒博知道。”

老猎人无事可做,他孤独的生活中唯一的乐趣就是拜访营地。每天他都来营地,因此,这成了惯例。按照这个惯例,在萨姆回来后过一个小时,凯勒博就会“碰巧路过”。

“印第安人是怎么晒黑皮肤,怎么做袍子的?”岩立刻就问。

“哦,有不同的方法。”

但是在他说出更多以前,盖伊又出现了,他大喊大叫:“听我说,孩子们,爸爸的老马死掉了!”他开心地咧着嘴笑,仅仅因为他是这个消息的送信人。

“树液,你笑得太狠了,你的后牙都让太阳给晒焦了。”萨姆看着他难过地说。

“哦,我要剥下它的尾巴做带发的头皮。”

“为什么你不把整张皮都剥下

来呢？那样我就可以教你们怎么用皮做许多印第安人的东西。”凯勒博一边点上烟管一边补充道。

“你会帮我吗？”

“这跟剥小牛皮一样。把皮剥下来后，我会教你去哪里弄缝东西用的肌腱。”

于是全营的人前往伯恩家的地里。盖伊看到他的爸爸正在用牛把死马拖走，他犹豫了一下，藏了起来。

“你好啊，吉姆。”凯勒博问候伯恩，因为他们是好朋友。“这匹马突然死了？”

“是的！不过这没什么。不值什么钱，只够换一双靴子。很高兴它死了，因为它已经跛了。”

“如果你不要的话，可以把它的皮给我们吗？”

“你们把整匹马都拿走吧。”

“好啊，就把它拖到篱笆墙边，我们剥了皮后就把剩下的全部埋在那儿。”

“好的。你们没看到我那个该死的小子吗？”

“怎么了？哦，刚还看到他呢，”萨姆说，“那时他正要回家呢。”

“也许我能在家里找到他。”

“可能。”接着萨姆低声加了一句，“不过我可不这么认为。”

于是伯恩离开他们，过一会儿盖伊鬼鬼祟祟地从树丛里溜出来参加了第二步计划。

凯勒博教他们怎么沿着每条马腿的下部划破皮，然后向上一直划到马腹。剥皮是一项缓慢细致的工作，但并不像岩以前担心的那么令人不愉快,尽管动物还是新鲜的。

大部分的工作是由凯勒博完成的，萨姆和岩帮忙打下手。盖伊帮的忙是回忆自己剥小牛皮的经验,并从他自己丰富的经验中提供建议。

上半部分的皮剥离下来后，凯勒博说:“别以为我们能把整张皮剥下来。印第安人手头没有马就用野牛皮,他们过去一向是沿着牛或马的背部切成两半。我想我们最好也这么办。不管怎么说,我们会得到整张生皮。”

于是,他们切下他们剥的一半的皮,割下尾巴和头皮上的鬃毛,然后凯勒博派岩去拿斧子和水桶。

他切出一团肝脏和马脑。“这个,”他说,“可以用来硝皮制革。”

他将刀深深地切向马背骨,从马背的中央切到马腰部位,接着用手指伸到一团宽大发白的纤维组织下面,将之抬高然后切,从臀骨开始向前切到肋骨。这根缝衣服的肌腱大约有四英尺,很细,可以很容易地一次一次地撕开,一直撕到像缝衣服的线那么细。

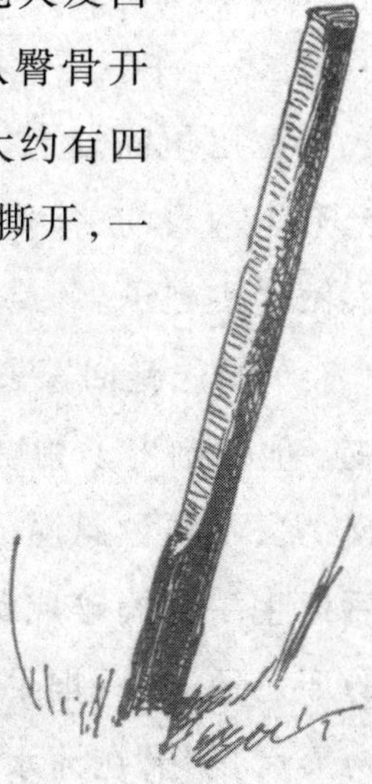

凯勒博说:“这是一卷线。收好。它会变干的,但任何时候都能够撕开,泡在温水里二十分钟就会变软,就可以用了。女人缝衣服的时候，总是把一根线含在嘴里备用。这下我们有了马皮和牛皮,我想我们最好弄一个硝皮的场地。”

“好啊，怎么来硝皮呢，凯勒博先生？”

“有好多方法。有时候只是一遍一遍地刮，一直把里面的油脂和肉都刮干净，然后用明矾和盐涂一遍，把它卷起来等待两天，直到明矾全部剥掉，根部的皮变白，半干的时候拉扯皮子，它就会变得完全柔软。印第安人没有明矾和盐，他们用肝脏和大脑也能很好地硝皮，就像我刚才做的那样。”

“哦，我想用印第安人的方法。”

“好吧，你把你的小牛的肝脏和大脑取来。”

“为什么不用马脑和马肝呢？”

“哦，我不知道。我从来没有见他们这么做过。”

“现在，”哲人似的啄木鸟发言，“我宣布，大自然教我们要用牛脑和牛肝脏做成牛皮。”

“第一件事是先把你的生皮洗干净，你来做。我把马皮放在泥巴里面浸泡掉马毛。”他把马皮放进温暖的泥巴里浸泡了两天（正像他用牛皮做了一面战鼓），然后指挥其他人做牛皮袍子。

萨姆先跑回家去拿牛脑和肝脏，接着他和岩一起刮牛皮。他们刮出了相当多的油脂，留下蓝白相间的黏黏的肉，摸上去不再油腻腻的。他们把牛的肝脏煮了一个小时，然后把生牛脑捣碎成硝皮的浓液或者糊状，涂抹在皮的长肉的那一面，然后把牛皮对折，卷起来放到一个阴凉的地方。两天后打开，在河水里洗干净，晾晒到变干。然后，凯勒博把一块硬木砍出锋利的边缘，教给岩如何拉扯牛皮的边缘，一直将牛皮扯得非常柔软坚韧。

马皮也是如法炮制，先把马毛去掉，但是比较厚的部分需要在硝皮的浓液里泡更长的时间。

两天后猎人把它刮干净，用边缘锋利的木棍在上面加工。很快它看起来好像皮革了。检查这些的时候凯勒博说："硝皮液不可能把所有的地方都弄得妥帖。"于是他又涂了些捣碎的生牛脑糊在上面，让它又放置了一天，然后像之前那样拽着边缘扯，一直扯到皮子变软，呈现出纤维状。

他说："这是印第安人的硝皮。我见过他们把生皮泡在用毒芹或者凤仙花树皮掺水熬沸的溶液里，泡几天，直到看起来像褐色的墨汁，但是那样也还没有这样效果好。现在还需要再做一件事情，那就是用烟来熏烤，防止皮子在湿了之后变硬。"

于是他用腐烂的木头点了一堆明火，再弄成冒烟的火，然后用一些木质的钉把马皮固定成锥体。他举着牛皮在浓烟中熏烤了两个小时，先烤一边，再换一边。马皮完全变成了烟熏的碳色，闻起来也像那些买卖印第安人皮子的人所熟知的那种味道。

"这就是印第安硝皮，我希望你们明白擦干油脂是硝皮最关键的步骤。"

"现在，你要教我们怎么做软皮鞋和战服吗？"小河狸一如既往地热切地问道。

"好吧，做软皮鞋很容易，但我不敢保证可以做成战服。那是相当麻烦的一件事情。照你衣服的样子,用前面的马皮做一件,裁剪下来的皮够把头钻过去,不用其他的方法,用带子固定在喉部,接缝和下部用流苏装饰。这做起来可不容易。但是谁都能学会做软皮鞋。每个部落都有自己的做鞋的方法,印第安人一看到对方的鞋就能判断出他说的是哪种语言。样式以奥吉布瓦人的最有名。他们的鞋用软底,并且鞋底和鞋面是一体的,鞋面是皱的——也就是奥吉布瓦人所说的'褶鞋'。另外一种样式是在平原上的印第安人最常用的。他们必须穿硬底鞋,因为这个地区到处都能遇到像锋利的石头一样的仙人掌和荆棘。"

"我想要苏族人穿的样式。我们要原封不动地按照他们的帐篷和战帽的样子做——不管怎么说,苏族人是最棒的印第安人。"岩说。

"也许是最差的,要看你站在什么立场上。"凯勒博回答,但是他继续说,"苏族印第安人是平原印第安部落,他们穿着硬底鞋。现在,让我们试试看。我给你裁一双下来。"

"不,给我做一双,这是我的马。"盖伊说。

"不,这不是你的马。你爸爸把它给我了。"凯勒博直率地说。盖伊的懒惰给他留下了坏印象,所以他现在站到岩这一边,量了岩的脚的尺寸。凯勒博留出一块没有硝过的皮,完全是干净的,放在温水里浸泡到软。岩把脚放在皮子上面,凯勒博拿刀沿着他的脚边划了一圈,然后割下来,这个就是鞋底(图 A)。他又把它翻转朝下放在皮子上,比着样子割下了另外一只鞋底。

现在凯勒博量好岩的脚的长度，在这个长度上加了一英寸，又量了鞋面的宽度，在这个宽度上加了半英寸，按照最大的长度和宽度裁剪下一块软皮(图 B)。在这块皮子上横着的中间部分割出 a–b 切口，竖着的中间线上割出 c–d 切口，第二块皮子翻过来也如法炮制。下一步是将一小块做鞋里的舌头的软皮 C 缝到大块的软皮 B 上，使得 C 上的 ab 边正好对应着 B 上的 ab 边。第二块皮子被缝到另外一块皮子上(翻着的 B)。

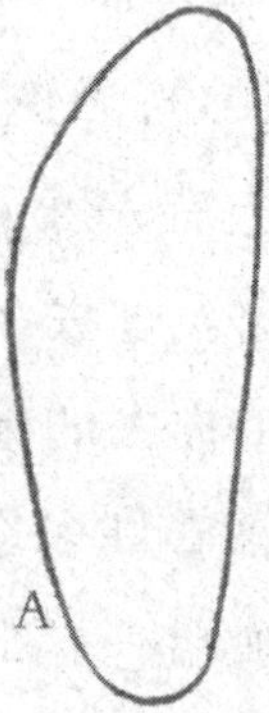

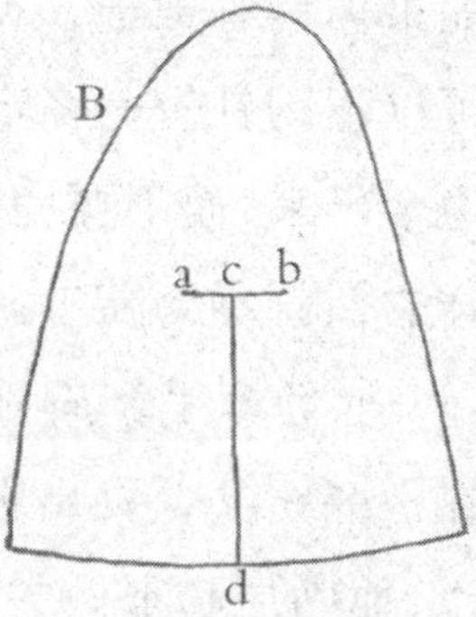

“这两块就是你的鞋面。现在，该在上面做些装饰的珠子，如果你们想要的话。”

“该怎么做？”

“好吧，我不能教你这个，那是女人干的活。但是我可以给你们看我曾经穿过的第一双鞋的图案。我不可能忘记，因为我自己新手杀死了那头野牛，亲眼看到了制作的全过程。”他还想说他随后还娶了那个印第安女人，但是他没有说。

“这就是那种样式。这一圈红白相间的三角形代表的是山脉(图 D),无论你到哪里软皮鞋都会带你平安到达。在脚后跟上有一小段蓝色的路，里面什么也没有。这是后面——代表过去。脚背上这三个红、白、蓝的路径,是软皮鞋将会带你去的地方。它们在前面——代表未来。每条路里面包含着许多东西,大部分是指变化和踪迹。每根鹰羽有三个顶端——那代表着荣誉。你们获得荣誉后可以照样子画上去。好了,现在,我们用一股肌腱做的好线缝上去——或者如果你们有锥子，关键时候你们可以不用针——一定要把线从一边牵出来,而不要完全穿过去,那样它们就不会穿破。就是这样。”

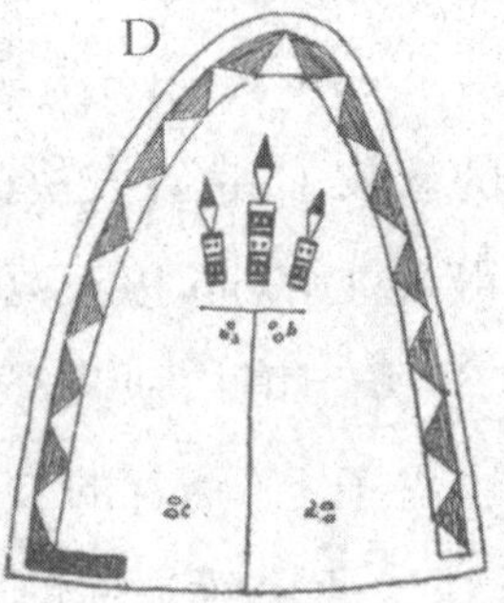

他们笨手笨脚地缝着，盖伊在一旁窃笑，发出嗞嗞声。萨姆说,他俩加起来做的也没有瑟·李缝得那么好。

鞋底和鞋面一样软，他们可以将软皮鞋的里翻出来，他们常喜欢这样干——他们的确喜欢。鞋好像必须每隔几分钟就翻过来。但是最终这两片皮子被牢固地沿四周缝合在一起，鞋后跟也很快被缝合，四个鞋带的穿孔也留出来了，十八英寸的两根软皮被搓成了鞋带。

岩在鞋面上用他的印第安颜料画上凯勒博建议的图案，软皮鞋做好了。

虽然岩和凯勒博做这么一双蹩脚的鞋子花的时间足够一个印第安妇女做出一半打的好鞋，但是她却体会不到他们的这种快乐。

十四、 凯勒博的哲学

水貂的脚印不时出现在河边的泥巴签名簿上，岩不知疲倦的观察终于有了收获,这表明水貂也像臭鼬一样常来这里享受盛宴。

通过足迹可以推断出,这只水貂体形巨大,凯勒博被请来帮忙猎捕它。

“凯勒博先生,你是怎么捕水貂的？”

“一年中的这个时间不要猎捕水貂,它们要到十月份才长得足够好。”

“好吧,那么季节到了的时候,你怎么捕呢？”

“哦,有许多的方法。”

这是一项慢活，但是岩打破砂锅问到底，最终使得老猎人打开了话匣——

“以前,我们总是设置陷阱来对付水貂。用一只鸟或者一只山鹑的头做诱饵。如果天气冷的话,它会冻僵,保存完好,一直到你来把它取走。但是如果天气暖和，它的皮毛就会因为时间太久而腐烂,所以你必须常常来转悠,巡查你捕杀的所有水貂。有人采用新近流行的捕捉器,抓住它们的脚,这样可以把它们关好些天。有时候,它们会饿死或者啃断自己的脚逃脱。记得有一次,我逮住一只只有两条腿的水貂。它以前肯定被捕捉器夹住过两次,后来咬断自己的腿逃掉了。使用这样的捕捉器,可以省去猎人很多时间,但是这些东西很贵,搬起来也很重,你们在使用之前必须要狠下心。当我想到水貂因为这些捕捉器所受到的痛苦时,我要求自己用致命的陷阱或者用活的捕捉器,不要让它长时间因受伤而遭受折磨。这些新式的水貂捕捉器把它们用钢爪抓起来,法律应该禁止,这是不人道的。

“打猎也同样,打猎是一项伟大的运动,它不能成为残忍的事情。我不想在有生之年看到打猎让人变坏。依我看,打猎的人应该比一般人更人道,而不应该更加残忍。说到残忍——好吧,我们知道没有一只野生动物是安乐地死在床上的。它们迟早会被杀死,如果人要杀死它们,我认为他应该像狼或野猫那样恰如其分地去猎杀。这种猎杀不会造成更多伤害。被一颗子弹杀死比被狼咀嚼了更无可指责。我要说的唯一事情就是不要残忍地对待动物——不要毁掉整个兽群。如果你从来不杀对你的生命没有危害、对你的死亡也没有好处的动物,不超出这片土地能够承受的,依我看,那你就不会做什么有害的事,事后你也会有许多真正的乐趣去回想。

“但是,我记得有一个从欧洲来的家伙,他有点儿过分。那时我在西部做向导。他开枪打瘸了一头鹿,它跑不掉了。然后,他坐下来吃午饭,每隔一会儿他就朝那只鹿的某个部位开一枪,长时间拿它练手瞄准,却不杀死它。我听到枪声和鹿咩咩的惨叫,赶来看到眼前这一幕。告诉你们吧,我当时气炸了。我将他痛骂一顿,要求他尽快扣动扳机让那头鹿没有痛苦地死去。这破坏了我们的关系,我不想再提他了。那天他就躺在那头鹿边上。这让我想起来就很恼火。

“如果他射倒那头鹿,而且尽快杀死它的话,鹿就不会遭那么多罪,比它被一点点戳破要好些,因为当子弹射中身体,它会麻木。打猎的人本该对它慈悲,让它忍受更短时间的痛苦。连发枪的发明是一种灾难。一个人知道他有许多子弹,他就会朝他能够看到的一群鹿扫射,许多鹿受伤跛脚逃脱,然后受更多的痛苦死掉;而当一个人知道他只有一颗子弹,他就会小心地利用并发挥它的最大效力。如果你认为打猎是项运动,那就带一支单发子弹的来复枪;如果把它当作一种破坏,那就拿一把机关枪。运动是件好事,但是我反对那种大规模的杀戮。捕捉器、轻型子弹和连发枪都是不人道的。我告诉你们,就是这些东西制造了所有的不幸。”

这番话对凯勒博来说可算是

长篇大论,但是的的确确跟这里的一切没有太多关联。岩不得不提一些应景的问题使他继续说下去。

“凯勒博先生,你认为弓和箭呢?”

“在捕猎像熊和鹿这样大的动物时我可不喜欢用弓箭,但是如果只是猎捕小动物我是很高兴使用的,一些小猎物只要用箭就可以杀死。它们或者被一箭致命,或者安然逃跑,没有跛脚逃掉再痛苦死去的情况。你不可能用一支箭射杀一群或是消灭一百只鸟,就像那些人用该死的机关枪做的那样。这样一来所有的小猎物都被灭绝了。如果有一天他们发明了一种散射枪,一种新型的连发枪,随便一个傻子都有一支,他们就会怀疑所有的小猎物都跑到哪里去了。”

“不,先生,我反对这样。弓和箭破坏性很小,我们要鼓励使用更多的丛林技巧和做更多的运动——当然,是对小猎物而言。此外,他们不能干那种可恶的勾当。你会知道射箭的人是谁,因为每个人的箭都是有记号的。”

凯勒博不赞同用箭猎捕大动物,这一点也让岩感到很遗憾。

目前猎人开了一个好头,他好像为今天的信息做了足够的准备。岩知道这足够可以“推动洪流滚滚向前”。

“怎么做一个活动的捕捉器呢?”

“抓什么用?”

“抓水貂。”

“现在不是抓水貂的时候,那些小水貂还需要妈妈照料。”

“我不会关着它的，我只是想画一张水貂的图。”

“如果你不关它太久，我想不会造成什么伤害。你们有木板吗？我们过去常将一块香液木或者白松木削成一个完整的捕捉器，现成的木材越多越容易做。如果你们能够对我发誓，捕捉器放置好后每天都去检查的话，我现在就教给你们做活动捕捉器的方法。”

孩子们不明白怎么会有人放弃检查如此有趣的捕捉器的机会，他们欣然答应了。

于是他们开始做活动捕捉器，或者把它叫作“盒子陷阱”，它有两英尺长，末端是用金属线做成的结实的网。

“现在，”猎人说，“这东西能够抓住水貂、麝鼠、臭鼬、野兔等大部分猎物，这要根据你们安置的位置和放的诱饵而定。”

“依我看，灵力岩是安放它的好地方。”

于是，活动捕捉器里金属线的扳机上牢牢地绑上了一块鱼头做诱饵。

早上,岩走近捕捉器,他看到捕捉器在那里蹦跳,里面传来哀号和刮擦声,他兴奋地大叫:“孩子们,孩子们,我抓到它了！我抓到水貂了！”

他们抓住捕捉器，小心翼翼地抬到阳光下透过栅栏往里看,发现他们俘虏的只是一只令人恶心的老灰猫。盖子一打开,它从里面跳出来,吐着白沫,一边喷着气,呲呲叫着,一边毫不迟疑地匆忙赶回家去告诉它的孩子们,它安然无恙。

十五、 拉夫泰来访

“萨姆,我需要一个新的笔记本了。对白人来一轮新的‘劫掠’没有好处,因为那里没有什么笔记本,但是也许你爸爸下次去唐尼镇的时候可以带一本回来。我想我不得不等举行和平集会时请他买一本。”

萨姆没有回答,但是他一边看着小路一边侧耳听,然后说:“说曹操,曹操就到。”

一个魁梧的男人大步流星地走过来,岩和盖伊都害羞得手足无措,满脸涂着战斗颜料的萨姆却用他惯常的方式跟他爸爸闲扯起来。

“早上好啊,爸爸!我过得很好,但是你是不是遇到什么麻烦想要得到我们的建议啊?”

拉夫泰咧开紫黄色的大嘴笑了,露出巨大的黄牙,这让孩子们悬着的心放了下来。

“我想知道你们是不是早就讨厌露营了。”

“不是你让我们待在这里直到假期结束吗?”萨姆打断他的话,没有等拉夫泰说出那个他不想要的回答就继续说道,“爸爸,这里有鹿大概多久了?”

“差不多二十年了。”

“哦,现在请看那边。”啄木鸟小声地说。

拉夫泰看过去,大吃一惊,因为在灌木丛里半藏着的模型看起来非常像一只真正的鹿。

“您想不想射一箭试试?”岩冒险说。

拉夫泰拉起弓箭射出去,等他拿着标记回来的时候,可以明显看出这是一次蹩脚的演示。“显然,一支枪对我来说更合适,”然后他问,“老凯勒博常来这附近吗?”

“老凯勒博?他常来。他是我们忠实的伙伴。”

“看起来,他对你们比对我友好多了。”

“爸爸,你怎么知道是凯勒博开枪打你的?”

“我们那天在镇上交易马匹后吵了一架,他发誓说要报复我,然后就离开了镇子。他自己的女婿——迪克·迫各,站在旁边听到他说这话的。后来那天晚上我走到绿色灌木丛边时,有人向我开了枪。第二天,我们在不远的地方找到了凯勒博的烟袋和一些信。这就是我所知道和我想要知道的。迪克用卑鄙的手段抢占了他的农场,但是这不关我的事。我希望老家伙快点离开这里。”

“他看起来很和善。”岩说。

“啊,他脾气糟透了,他喝了酒什么都干得出来。不过平常他还不错。”

“哦,那个农场怎么样了?”萨姆问,“已经不属于他了吗?”

“我猜现在还属于他。当然,撒央不是他的亲生女儿,她不能继承,但是凯勒博没有其他亲人,迪克是我雇佣的伙计——一个地道的油嘴滑舌的家伙,但是他是一个干活的好手。他娶了撒央并劝说老凯勒博把那地方过户给他们，保证在老凯勒博有生之年能舒舒服服地跟他们生活在一起。但是，一旦他们得到那块地，迪克就会用卑鄙的手段摆脱凯勒博，去年他就已经开始行动了。他们不让他的狗留在家里，说它会惊吓到母鸡，还追赶羊。这倒像真的，因为我相信它杀死了我的一只小羊，肯定就是它，这当然是意料之中的。为了不丢掉这条狗，凯勒博搬进了农场另一头河边的小木屋。迪克和撒央稍微缓和了点儿，他们给他送些面粉和别的东西，但是大家都说他们正设法将老人从那里赶走，永远把他踢开。不过我不知道，那不关我的事，尽管他归罪于我，认为是我教唆的。”

“笔记本怎么了？”拉夫泰的目光捕捉到岩手里拿着的摊开的笔记本。

“哦，您提醒了我。”岩回答，“您看这个是什么？”岩把他画的蹄印给拉夫泰看。拉夫泰认真地观察了一番。

“哦，我不认识，看起来很像一头大雄鹿。但我想不是，这儿一只鹿也不剩了。”

“我说爸爸，”萨姆还是不依不饶地追问，“如果你是一个老人，被我抢了财产，你难道不生气吗？”

“当然生气。但是我不会因为在马匹交易中失算了，就背后打黑枪暗算人家。如果我对他不满，我就直接去揍他一顿，或者被他揍一顿，这样都是光明磊落的行为。好啦，这个问题说得够多了，我们还是谈点儿别的吧。”

“下次您去唐尼镇,能再给我买个笔记本吗?我不知道这要花多少钱,要不然我把钱给你。”岩说,心里暗自祈祷不要超过五美分或十美分,因为那是他全部的资产。

“没问题,我会买的,但是你不需要等到下一周。在白人居住地有一本,你不用付一分钱。”

“听我说,拉夫泰先生,”盖伊插嘴,“我在所有的猎鹿比赛中打败了他们。”

萨姆看了看岩,岩看了看萨姆,然后两人瞪着盖伊,做出一副穷凶极恶的样子,手抓长长的刀子,扑向三号酋长。但是他躲到拉夫泰后面,发表他的常用语:“你们不要碰我。”

拉夫泰的眼睛闪着笑意:“的确,我想你们是一个和平的部落。”

“我们要打击犯罪。”他的儿子回击道。

“让他不要碰我。”树液战战兢兢地说。

“如果你找到那只旱獭,这次我们就对你从轻发落。这是将近两天来我们的第一次小冲突。”

“好吧。”树液去找旱獭了。不到五分钟他就跑回来,招呼其他人。孩子们拿起弓箭,但又有点儿犹豫,怕盖伊要花招。盖伊抓起自己的弓箭冲出去,他如此热切的态度证明其可靠性是不应该被怀疑的。于是所有的人都向那边的地里跑去。拉夫泰紧跟着,在后面问安全不安全,他要跟着一起去。

那只老灰旱獭正在一丛车轴草里进餐。孩子们蹑手蹑脚地在篱笆下面前进,用地道的印第安人的方式爬过草地。这时候旱獭直起身子四处张望,但他们趴在地上一动不动。旱獭伏下身子继续吃,孩子们又继续匍匐前进,爬到离旱獭不到四十码远的地方。此时,老家伙似乎起了疑心,它又直立四望。于是萨姆说:“等它再吃的时候,我们一起射箭。”正说着,旱獭的胸部已被灰色背部代替,孩子们一边爬起来一边射箭。箭支飕飕射在老旱獭周围,但是都没射中,在孩子们发射第二支箭以前,它慌忙逃进了自己的洞里。

“嗨,盖伊,你为什么没有射中呢?”

“我下次一定射中它。”

他们回到拉夫泰身边,盖伊受到了他们的奚落。

“如果你们不是挨着白人居住地近的话,你们肯定会饿死。如果你们是真正的印第安人,你们就该整夜守候在那个洞口,一直等它早上出来,然后抓住它。我还有很有趣的任务让你们完成呢。”

说着,拉夫泰离开他们,萨姆在后面叫住他:“爸爸,给岩的笔记本放在哪里?岩是管功绩簿的酋长,我肯定他不久就会需要笔记本。我想它可能在我的屋里。”

“我会把本子放在你床上。”他按照所说的那么做了,岩和萨姆很高兴地取到手——是用一根木棒从窗子里挑出来的。

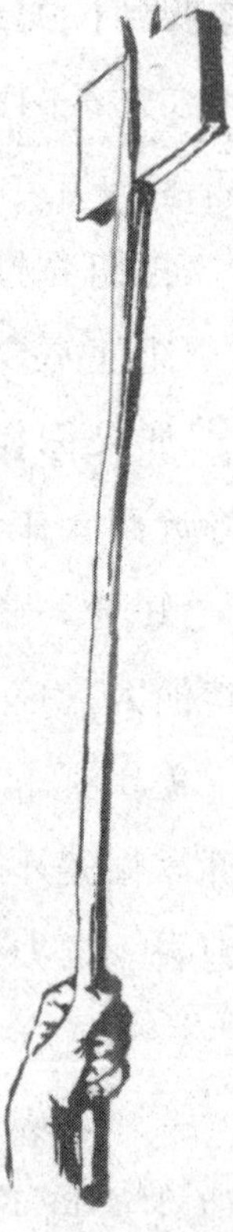

十六、 岩如何认识远处的鸭子

一天,大酋长啄木鸟仰面躺在树荫下,用高傲的腔调命令道:“小河狸,我想要找点儿乐子。过来,给我讲个故事。”

“我来教你学习‘图特尼’语怎么样?”二酋长回答。但是他以前试过,他发现萨姆和盖伊都对这种已经不用的语言毫无兴趣。

“我说的是,给我讲个故事。”啄木鸟阴沉着脸皱着眉恶狠狠地回答。

“好吧,”小河狸说,“我给你讲一个故事。有一个很棒的男孩——哦,他是个高贵无比的小英雄,但他在学校曾经被人当作傻瓜,挨过打。于是,这个男孩就去树林里生活,他想要了解所有活的野生动物。他发现了很多不同的动物,没有人能帮助他认识这些,但是他继续不断地找啊找——哦!他是那么高贵,那么勇敢——做了许多记录,他研究新东西的时候总是坚持不懈,绝不放弃。不久,他得到一本书,那本书给了他一些帮助,可是并不多。书上说的一些鸟好像就在他旁边。但是这个英勇的年轻人只在远处看到过它们,他被迷住了。有一天,他看到池塘里有只野鸭,离得很远,他只能看到它身上有些斑点,但是他把它画了下来,后来他根据自己的素描从那本书里知晓了这是一只白颊凫,从此之后这个聪明的男孩就有了认识野生动物的方法。所有的鸭子各不相同,每只都有些小的斑点和条纹,这些就是它们的特征,就像是战士的军服。于是他开始工作,画下所有他所发现的鸭子。他的一个朋友有一只活鸭的标本,于是这个什么都想知道的男孩就绕了很远的路去画它。他有一次把版画上的一只鸭子画了下来,还有一次把标本剥制师商店橱窗里的两只画了下来。他非常准确地知道二十到三十种不同种类的鸭子,因为他经常远距离地看到它们,画下远距离素描,希望有一天他能够查出它们都是些什么鸭子。有一天,这个什么都想知道的男孩画了一只池塘里新来的鸭子的样子, 他一遍一遍地看,但是还是不知道这是什么鸭子,它身上有漂亮的条纹,但是没有人能告诉他它的名字,因此当他明白这一点的时候他只能进了帐篷。为了掩饰他失落的情绪,他偷了大酋长最后的一个苹果并吃掉了。”

这时候,岩拿出一个苹果,带着伤心的表情开始吃起来。

大酋长啄木鸟不动声色, 继续这个故事:“后来, 大酋长听到这个备受煎熬的痛苦的故事,他说:‘呸,我并不想要这个烂苹果。无论如何它不过是从泔水桶里捞出来的,但是对我来说,当一个人准备做一件事情却没做,他就是一个愚蠢的失败者,跟一个讨厌的傻瓜没有什么差别。真是傻透了。’现在,如果这个英勇的年轻人有足够的才干,直截了当地说出来,不再这么笨手笨脚,不去偷猪在上面踩过的烂苹果,把他的苦恼禀告给伟大的大酋长,那么本族高贵的红种人就会说:‘孩子,非常好。有困难就要来找爷爷。你想要了解鸭子。好啊!’那么他就会带这个头脑简单的年轻人去唐尼镇的唐尼旅馆,在那里他会看到很多鸭子,所有的都被贴上标签。啊!我说完了。”

大酋长凶狠地对盖伊皱起眉头,盖伊正徒劳地想要在他脸上找出蛛丝马迹,不敢信以为真,因为这整件事情中有些微妙的嘲讽。但是岩立刻就明白了。萨姆面无表情。但是他最后的建议里那种好意是显而易见的,结果他们立刻组织了一次去唐尼的探险。唐尼是个离他们只有五英里远的小镇,有一条公路穿过在斯卡格博格河上的一块长长的沼泽。唐尼的建造者让公路穿过一片所谓的无底的沼泽,幸运的是沼泽实际上是有底的,他获得一笔小小的财富。用这些钱,他修建了一个旅馆,他做的这些事也使他成为这个镇上的大人物。

“我们走了,就由三号酋长负责营地。”萨姆说,“我想我们应该假扮成白人进城。”

“你的意思是回去吗?”

“是的,还要一匹马来拉车,有五英里远呢。”

这可是个不怎么动听的建议,因为岩在想象中勾画的是穿过树林的步行探险,但是萨姆的这个建议更理性,于是他让步了。

他们回到家，受到了妈妈和小梅妮充满爱意的接待。拉夫泰不在。孩子们迅速套上马，也记着妈妈嘱咐的一些事情，然后赶车去了唐尼镇。

一到唐尼镇，他们先去马房寄存了马，然后去商店购买了萨姆妈妈需要的东西，萨姆还督促岩买了铅笔、纸和橡皮。然后他们去了唐尼旅馆。岩感觉就像乡下孩子第一次看马戏似的——现在他真真切切地看到了他长久以来梦寐以求的东西，他感觉现在天堂都是他的了。

店里那么新奇，他一点儿也不失望。唐尼是个粗犷、生机勃勃的生意人。他只是简短地说了句“早上好啊，萨姆”，就不理睬孩子们了。人人都爱艺术家，等他看到岩画的那些生动的素描后，孩子们获得了太多意想不到的帮助。

这些橱窗不能打开，但是可以转向，只要把它们从阴暗的地方抬高就能使那些鸭子展现在充足的光线里。岩立刻奔向他远距离勾描的那只在池塘里的鸭子。令他惊奇的是，这是一只母鸭。他花了整个下午画那些鸭子，雄的、雌的——唐尼有五十多种鸭子，岩感觉像阿拉丁进了仙女花园——面对无尽的财宝眼花缭乱。这些鸟的标签用的是最通行的名字，做得相当好，岩画了大量的素描，他快乐极了。仔细完成后，他把这些素描一起放入有关鸭子的图表中（见 126 页图），这样就解决了他关于鸭子的许多困惑。

黄昏时分，他们回到了营地，吓了一跳。路上有一个白色的东西，经过检查，他们发现那是一个鬼，显然是盖伊做的。鬼的头是用一个巨大的马勃菌刻成的，像一个骷髅头，身体则是用报纸做的。

但是营地空无一人。可能做了这么个鬼之后，在这样寂静的夜晚一个人待在营地，盖伊也觉得太可怕了吧。

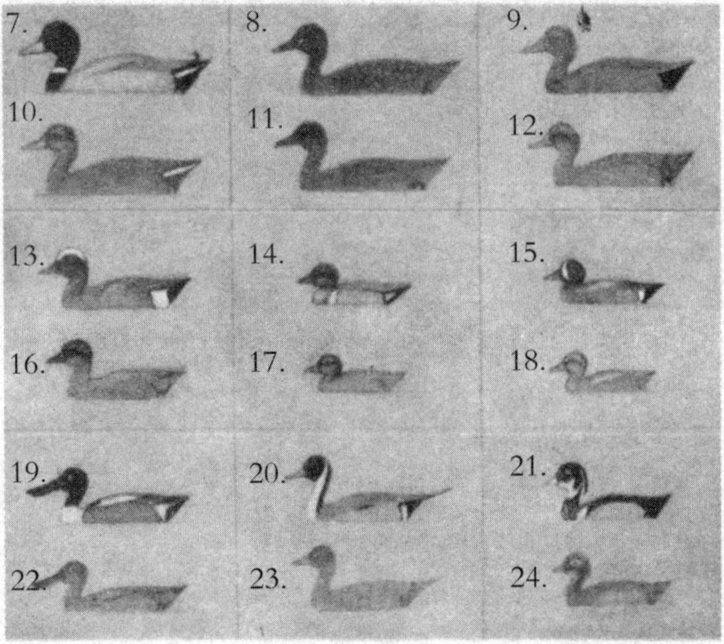

注意：远距离素描显示的是在五十码外看到的水中的普通鸭子。每个方阵的鸭子都是成对的，雄鸭在上面，雌鸭在下面。野鸭游泳时翅膀很难看到。

1.秋沙鸭：喙、脚和眼睛均为红色。

2.齿喙鸟或红腹秋沙鸭：脚和嘴为红色。

3.冠状秋沙鸭（羽冠隆起）：嘴和脚为黑色，脚蹼为浅黄色。雄性通常头和翅膀是闪光的绿色和黑色，雌性有灰褐色条纹或斑点。

4.野鸭（阿纳斯野鸭）：脚为红色，雄性嘴呈灰白色、发绿。飞翔时能看到羽毛尾部的白色，翅膀上有细白色条纹。

5.黑或暗褐色鸭、阿纳斯美国黑鸭：黑嘴、红脚，只在飞的时候能看到翅膀里面的羽毛是白色的。

6.赤膀鸭或灰鸭：嘴的边缘为肉色，淡红色脚，飞的时候能看到翅膀上的白点。

7.水凫或赤颈凫：嘴和脚为淡蓝色，飞的时候翅膀上有大白点，雌性两侧呈淡红色。

8.绿翅水鸭、卡罗莱纳鸭：嘴和脚是黑色的。

9.蓝翅水鸭、蓝水鸭：嘴和脚为黑色。

10.琵嘴鸭、铲嘴鸭：嘴为黑色，脚为红色，眼睛为黄橙色，飞时能看到翅膀上的白色小点。

11.针尾鸭、灰鸭：嘴和脚为淡蓝色。

12.林鸳鸯或夏鸭、木鸭：雄性嘴为红色，脚蹼为浅黄色；雌性嘴和脚都为黑色。

13.红头鸭:头和脖子是鲜红色的,雄性眼睛是黄色的,嘴和脚是蓝色的。

14.帆布潜鸭:头和脖子为黑红色,雄性眼睛为红色,雌雄的嘴和脚都是黑色或浅蓝色的。

15.环颈或铃凫:嘴和脚是浅蓝色的。

16.大铃凫:嘴和脚为浅蓝色。

17.小铃凫:和大铃凫颜色相同。

18.鹊鸭:脚为橙色。

19.巨头鹊鸭。

20.长尾鸭:这是它们冬天时羽毛的样子,通常看到的就是这身羽毛。

21.黑海番鸭:嘴为橙色,浑身墨黑色,没有一处白色。

22.白翅海番鸭:脸颊和翅膀上有白色羽毛,脚和嘴为橙色,飞翔时能看到翅膀上的白色。

23.黑凫:一种头部为白色的黑鸭,翅膀上没有白色,嘴和脚是橙色的。

24.拉迪鸭或硬尾鸭:嘴和脚为浅蓝色,雄性通常白色的脸上带有淡红色。

十七、萨姆丛林技艺的功绩

萨姆的拿手好戏是伐木。即便在当地，他用斧子的本领也是响当当的，当然，在印第安人中更可称得上是一个奇迹。岩要把一块木头劈开，他不停地挥了半个小时斧子，可也没有什么进展。这时萨姆就会说：“岩，对准那儿砍。”或者他直接拿过斧子替岩劈，第一斧落下，木头就被一劈两半。但这运气好的一斧的位置并不固定。有时候劈在树结上面，有时候劈在树结旁边，有时候正在树结中间，有时候在远离树结的木块末端——常常在最不可能的地方，有时候只是轻描淡写的一斧，有时候是聚精会神的一斧，有时候顺着纹理或稍有倾侧，有时候很复杂或每一砍都很复杂。但是不管怎么样都是恰到好处的一斧。萨姆好像本能地知道这一点，总能准确无误地砍在那个位置上。这独一无二的位置足以让坚硬的木头一击裂开，几乎从没失过手，好像那是事前准备好的把戏。萨姆对此并不吹嘘。他只是认为自己掌握了这门手艺，因此其他人都认可他。

有一次岩正在费劲地对付一块又大又粗的木头，他认为自己开始掌握一些砍树的本事，就按照他所想的去尝试，可每一种可能的方法都用了，木头依然没有一丝裂缝。盖伊坚持要“给他演示怎么做”，但也没有更好的结果。

“来啊，萨姆，”岩喊道，“我打赌这对你来说也是一个难题。”

萨姆把木头翻了过来，选了一个看起来毫无依据的位置,没有先将斧子砍下去,而是把木头末端固定住,然后往那个地方倒了一些水,浸润了一会儿。然后他使出浑身的力气直直地对准那条线——一斧劈下去。丝毫没有误差,木块迎刃而开。

“万岁！”小河狸崇拜地欢呼。

“呸！”树液说,“只不过碰巧罢了。他不可能再成功一次。”

“没有相同的木头!”岩反驳道。他已经意识到这种技巧的完美和智慧,正是这不可或缺的一杯水剥夺了木头的弹性,改变了平衡。

但是盖伊继续他的不屑:“我要为他准备一个难题。”

“我想这应该算作一次功绩。”小河狸说。

“这算什么功绩。”三号酋长轻蔑地表示反对,“我要给你一些事情做,看你能不能砍倒。你能在三分钟内砍断一棵六英尺粗的树,并让它逆风倒下吗?”

“哪种树?”啄木鸟问。

“哪种都行。”

“我拿五美元和你打赌,我可以在两分钟内砍断一棵六英尺粗的白松,而且我想让它朝哪个方向倒它就朝哪个方向倒。你去给我挑一个地方,用一根木棒做标记,我会让树倒下的时候把它砸倒。”

“我不认为哪个部落会用五美元打赌。如果你能办到,我们可以给你个表示伟绩的羽毛。”小河狸回答道。

“不能用有弹性的木杆。”盖伊说,他希望设置障碍,让萨姆无法办到。

“好吧，”啄木鸟回答，“我不用有弹性的木杆也能做到。”

于是他开始磨斧子，想要让斧头更锋利，但发现斧子有点问题，斧的力量没有集中在手柄下面一指远的地方，而是在离手柄半英寸的地方。他把一根钉子钉进斧眼来校正。酋长们着手挑选合适的树。不久他们在附近找到一棵白松，粗略地测量一下大概六英寸粗，他们允许萨姆先清理掉周围的灌木。岩和盖伊拿来一块粗壮的树标，放在树旁，检查枝干。当然了，树林里的每棵树都多少有点儿向某个方向斜，很容易看出来这些树都稍微有点儿向南倾斜，因为风是从北边吹过来的。于是岩决定树干需要朝北倒下。

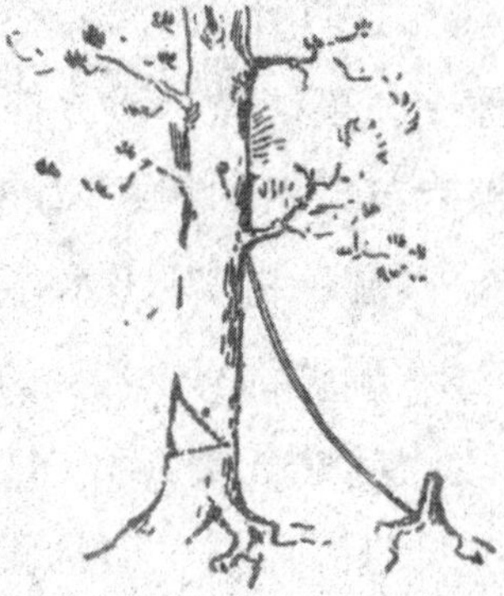

萨姆的小眯缝眼露出笑意。但是，盖伊当然知道砍树的一些门道，他极其轻蔑地推翻了这个决定。“呸！你知道什么？那样太容易了，谁都能让它逆风倒下。给他出个难题，让他试试那个方向。”盖伊指向西北，“现在，自作聪明的家伙，让我们看看你要怎么做到。”

“好吧。你们看我的吧。但要先让我看一分钟。”

萨姆围着树，研究它的斜度和树梢的风力，然后挽起袖子，脱掉背带裤，在手掌上吐了口水，站在树的西边，说：

“准备好了。”

岩拿出手表,喊道:“开始。”

萨姆稳稳当当、从容不迫地对着树向南边砍去,砍出一个鲜明的横切口,约有两英寸深。萨姆接着朝前迈出一步,对准北边偏西北的方向比第一个切口低十八英寸的地方,然后反手——这个动作很少有人能做到——他很快地削了个坡形切口。没有一斧不是胸有成竹,没有一斧落空。最先劈下来的木条有十英寸长,但是很快,随着切口变深,木条变小,等到坡形切口大概占了树围的三分之一时,岩说:“还有一分钟。”萨姆停下手里的活,显然没有什么原因,然后用一只手推树的南侧,漫不经心地看着树梢。

“抓紧啊,萨姆。你在浪费时间。”他的朋友喊道。萨姆没有回答。他正在观察风的大小,等着一阵大风。风来了,树干发出不祥的断裂声,萨姆离开树足够远,然后用力推来核实状况。反冲力一开始,他就连续不断地快速砍,砍掉西边所有剩余的木头,只留下三英寸的三角形没有砍。树枝所有的重量都压向西北面。树摇晃着,一股风吹来帮了忙,随着最后一晃,树向着西北方向轰然倒下,正好盖住了插在地上做标记的木棒。

“万岁!哈哈!一分四十五秒!”岩欢呼雀跃。萨姆面无表情,但是他的眼睛看起来没那么呆板和迟钝了。只有盖伊说:“呸!这有什么了不起。”

岩取出他口袋里的尺子,去测量那个树干。他一确定就大声喊道:“你砍的地方有七点五英寸粗!”他再一次扔起帽子，快活地大叫。

“好吧，老人家，你的确做到了。这是我见过的一个伟绩。”然后，不管盖伊如何建议“让凯勒博来决定”，萨姆都得到了桑格印第安部落的证明斧手的伟绩的第一等鹰羽。

十八、 制作猫头鹰标本

一天晚上，萨姆进帐篷前在星光下进行最后一次巡查。一只猫头鹰在不远的地方叫："咕——咕咕——咕咕——咕咕咕。"

他循声看去，除了猫头鹰还有什么东西能够悄无声息地飞翔呢？它落到插在二十码外的地上的药旗杆上面。

"岩！岩！快拿我的弓箭来。这儿有一只猫头鹰——一个偷鸡贼。这是个公平游戏。"

"他只是在骗你，岩。"盖伊在他的毯子下面睡眼惺忪地说。

但是岩带着萨姆给自己的弓箭冲了出去。

萨姆瞄准那个巨型的有羽动物，并向它射去，猫头鹰展开翅膀飞走了。显然，他没射中。

"我最好的箭没了。那是我的'夺命'。"

"噗！"岩低声说，他看到了这次失误，"你根本没有射中它一点点。"

他们站在那儿，远处响起了猫头鹰扑扇翅膀的声音。在那儿，他看到那只猫头鹰又像原来那样停在了药旗杆上面。

“这次轮到我射了！”岩小声地喊道。他拉满了弓，箭飞了出去，猫头鹰又像第一次那样毫无损伤地滑翔而去。

“岩，就是白痴也能射中。你为什么没有抓住它呢？”

“因为我不是白痴，我想。我射的地方跟你的地方一样，而且正像我想的那样射出了箭。”

“如果它再回来的话，你们叫我。”盖伊用他尖细的嗓音说，“我要让你们这些家伙见识一下怎么射箭。你们都没有我会射箭。我想起那次我射鹿——”但是整个部落对盖伊发起了一次猛烈的打击，打断了他的浮想联翩，代之以“不要碰我，我什么也没干”的回应。

夜里，他们又一次被树顶发出的尖叫声惊醒。岩坐起身来，说：“肯定是那只猫头鹰。”

“没错，”萨姆回答，“很奇怪以前我怎么没想起来呢。”

“我知道，”盖伊说，“我一直都知道它。”

早上，他们出了帐篷去找他们的箭。药旗杆是个很高的杆子，杆子上有羽毛做的护盾，上面画有部落的图腾——一头白野牛，这是岩依照印第安人的样式做的。他们查看从帐篷到烟杆的这条路线，一路巡查，找得很远，因为他们已学会了怎么把箭找出来。走出不到五十英尺，岩发出异乎寻常的惊叫：“看！看那儿——那儿——”

在不到十英尺的地上，有两只巨大的猫头鹰，两支箭都不偏不倚射中心脏，一支是萨姆的“夺命”，一支是岩的“哨箭”。两次都射得准确无误。孩子惊讶地说：“如果你看到这个画面,你肯定会说这是个大谎话!”但那的确是发生在真实生活中的令人惊异的事情。除了一个人反对,整个部落一致表决通过给两个猎人一人授予一个伟绩。

盖伊对此蔑视不已,不停说着“他们离那么近,碰巧射中”“不知道他们怎么搞的”“如果他现在射的话,也可以做到”诸如此类的话。

“在树顶叫的是什么东西,盖伊?”

“嗯——”

博物学家岩在一只可爱的鸟身上找到了惊喜。岩醉心于这两只鸟。他测量了它们翅膀的宽度和从喙到尾部的长度。他研究它们羽毛上的图案。它们大大的黄色眼睛和长而有力的脚爪让他兴奋,他爱它们身上的每一部分。他不愿意去想,几天以后这些美妙的东西都会腐烂,只能埋掉。

“我真希望知道怎么把它们做成标本。”岩说。

“你为什么不叫瑟·李来教你呢?”萨姆建议,“我好像常看到印第安药师剥制鸟来做标本的图片。”他狡猾而快乐地补充了一句。

“好啊,这正是我想做的。”

接下来就有麻烦的问题了。他要去瑟·李那里,就得变成“白人”,打破印第安生活的魔咒,或者他可以设法劝说瑟·李来这儿做,但是没有合适的时机。他们投票表决,决定让瑟·李来营地。“爸爸可能会认为我们打了退堂鼓。”然而,事情很顺利地解决了,瑟·李被侦察兵半路截住,他同意来营地，举办一个动物剥制课的讲座。

他带来了需要的工具和其他东西，有一捆拆开的绳子、一些绵羊毛、粗壮的麻线、两根长针、肥皂、玉米粉、一些软的铁丝（有的大约有十六英尺长）、一把锉刀、一把钳子、一把锋利的刀子、一把剪刀、一个手钻、两个已经做好的木头底座，还有一盏好灯——孩子们到目前为止还是满意这火光的。

这样一来，在树林的营地，岩学习了艺术方面的第一课。这给他带来了欢乐，但也有些许悲伤。

盖伊尽管不太重视这件事情，但也表现出了某种兴趣。萨姆非常感兴趣，岩更是着了迷，瑟·李就是他的偶像。他粉红的脸颊和圆滚滚的身体骄傲地膨胀，甚至他半秃的脑袋和肥胖而笨拙的手指好像也因为参与其中而显得兴高采烈。

首先，他用棉花羊毛填充猫头鹰的胸腔和伤口。

然后，他拿起其中一只猫头鹰，从它的胸骨的背面切开一道口子，一直切到尾巴附近。这时候，岩拿起另外一只猫头鹰，试着忠实地如法炮制。

瑟·李用他的手指甲把猫头鹰的皮从身体里剥离，剥到每条腿的膝盖部位,再用刀子切开关节连接处。每根腿骨到脚跟处的肉被剥出来,只留下腿和皮。接下来对尾巴的两面进行处理。他把猫头鹰的屁股切下,留下带羽毛和尾巴的部分。对此,瑟·李解释,这个坚硬的地方要避开。剥肉的时候,瑟·李用玉米粉使劲地擦,这样做可以避免羽毛被弄脏。

剥到翅膀之前速度很快。到了翅膀的部位,他沿着胸部的关节处切下, 每只翅膀的第一块骨头上的肉被剔除干净,然后把皮翻出来,从脖子到头用玉米粉仔细擦干净。

对此, 瑟·李的解释是, 大多数鸟很容易一直剥到头,但猫头鹰除外。啄木鸟、鸭子和其他一些鸟的颈背上有一道纵长的裂缝,有时候利于剥制。“不管怎么说,猫头鹰是很难处理的,”他继续说,“虽然没有像水鸟那么难弄。如果你们想要一只简单的鸟来练习的话,应该选知更鸟或者黑鹂,或者任何一只差不多这种尺寸的陆上的鸟,除了啄木鸟。”

到耳朵的部位,瑟·李将猫头鹰耳朵上的皮剥下,但没有把里面的头骨取出来,然后,绕过眼睛、皮和身体。现在,连着脖颈的头后部和身体一起被切了下来,第一步剥皮工作大功告成。

岩在一边跟着做得非常好,虽然有一两次把皮撕破了,但他学得很快。

现在开始清洗皮毛。

随后眼睛被完好地切下来, 大脑和肉也被小心地从头骨上剔除干净。

翅膀的骨头和肉也已经被剔除干净，一直到肘关节处。这个地方是大羽毛开始的地方，翅膀的其他部分必须被切开并清除掉骨肉，露出紧邻的连接处。屁股和皮上的肉和油膏基本上都被他们用玉米粉和刀子刮掉了。

接下来该消毒了。每一块骨头和肉都必须涂上肥皂，头部要安放回原来的位置，然后把皮翻过来。

等做完这些，天已经很晚了。盖伊睡着了，萨姆也差不多快睡着了，岩也完全筋疲力尽。

"我现在得回去了。" 瑟·李说，"这些皮子要放到阴凉的地方，只要别让它们干了就行。"于是他们把皮子卷起来装进一只潮湿的口袋里，放进锡桶，一直搁到第二天晚上。瑟·李保证来，在第二节课上完成工作。

当他们做这些的时候，萨姆正忙着剖开猫头鹰的胃——他称之为"检查一下它的履历"。他汇报说，其中一只猫头鹰将一只小鸽子处以极刑，另外一只的最后一餐吃的是一只知更鸟。

第二天晚上，瑟·李如约而来，但是他带来了坏消息。原本他希望在他的皮箱里找到玻璃做的猫头鹰眼睛，但是一无所获。然而，他的聪明才智使他不会在这点儿小事上栽跟头。他拿出一些黑色、黄色的油彩，解释说："我们现在就用木头来做眼睛，等你们去镇上的时候再给它们换上玻璃眼睛。"于是萨姆就开始削四个木头眼睛，削成发得很好的圆面包的形状，直径大约四分之三英尺。经过一番削、擦、磨平滑，瑟·李将它们涂成明亮的黄色，中间涂一个黑点，然后把它们搁在一边晒干。

同时，他和岩取出两张毛皮，用一杯温水将猫头鹰胸部沾血的羽毛清洗干净，然后用棉花蘸干，撒满粉末来吸干残留的水分。腿骨和翅骨现在已经用线层层包裹起来。眼窝也用棉花填充起来。一个大约和猫头鹰以前的脖子长度、粗细差不多的软线圈填进脖子皮和脑壳中。两根翅骨末端用结实的线做成的勾环系紧，相距两英寸。这样，身体就准备好了。

为此，瑟·李用结实的线绕着捆成一个卷，做成一个与取出的猫头鹰身体尺寸形状相同的样本，把它挤塞缝成坚实牢固的团状物。接下来，他割了一段大约两英尺半长的粗金属线，把两头锉得尖锐，折成四分之一英尺长的钩子，然后把长的一端从尾部穿过身体，从脖子的位置出来。这样穿好是为了使短的带钩子的那头埋在身体中不露出来。这时瑟·李把长金属线露出的顶端穿过脖子，把它绕过头骨，从猫头鹰头顶露出来，然后把身体拉出来的线正确地放在用线裹成的皮肤里，那些线绑住翅骨，把它固定在背部。

两根一端尖锐的十八英寸长的粗金属丝用来做腿，穿过每只腿的皮下面。然后从一侧的中间穿过线圈，接着尖锐的一端用钳子折弯做成一个钩子，插进坚硬的身体里。另一根金属丝被打磨尖后插进了尾骨，也系紧到身体上。

现在有些柔软的线圈被包裹起来，塞进了那些看起来需要填充皮肤的地方。翅膀的裂缝、后颈的裂缝各缝了六针，都是从肉体的一侧把针插进皮里。

脚部伸出的金属丝也被固定住了。现在瑟·李的猫头鹰的各个部位都各就各位了。它看上去是一副能想象得到的最可笑的模样，低垂着翅膀，耷拉着脑袋。

“这是艺术家的杰作。”瑟·李骄傲地说，自觉地把艺术家的头衔授予他自己。他弯曲猫头鹰腿部的金属丝使它身体的主线直立起来，把它的脖子束进肩膀里让头固定。“猫头鹰总是察看它的翅膀。”他解释说，没有注意到萨姆的“它希望察看的是谁的翅膀”的疑问。为了让岩高兴，他将每只爪子的两个脚趾朝前，两个脚趾朝后固定在栖木上，因为岩坚持认为这才是猫头鹰的方式，尽管瑟·李有些怀疑。他把尾巴夹在两个纸片之间，使尾巴展开一些，给它一个合适的斜面，把翅膀安置好。

猫头鹰的翅膀低垂着，就像一只咯咯叫的母鸡的翅膀。小尺寸的锋利的金属丝被插进每个弯曲的翅膀中，钉进去固定在身体上。一个长长的大头针固定在背部中间，然后用那些插进翅膀的金属丝和头的金属丝作为捆扎点。瑟·李用线把鸟整个包裹起来，在包裹物下面放一卷棉花或塞一些枝条，直到他把姿态和羽毛侍弄得完美。

“现在我们可以把眼睛放进去了。”他说，“或者晚点儿再放。等到我们把湿棉花放进去超过二十四个小时，眼窝周围的皮肤就会松软。”

岩制作第二只猫头鹰标本的时候，一丝不苟地按照瑟·李的方法，速度不同寻常得快。

他的师傅评价道：“不错，我认识很多做鸟类标本的，但你是我见过学得最快的一个。”

瑟·李所认为的完美可能不同于那些经过训练的剥制师。确实，这些相同的猫头鹰标本在以后的几年中给予岩无穷的乐趣，但目前来说它们还只是一种单纯的快乐。

它们都是同样的姿势。这是瑟·李唯一知道的姿势，他做的所有的鸟都是这样。不过当它们完全晾干，拿掉外面捆绑的线圈，撤掉全部金属丝，安上完好漂亮的木头眼睛时，这些猫头鹰就成为快乐的源泉，它对整个印第安部落来说是个奇观。

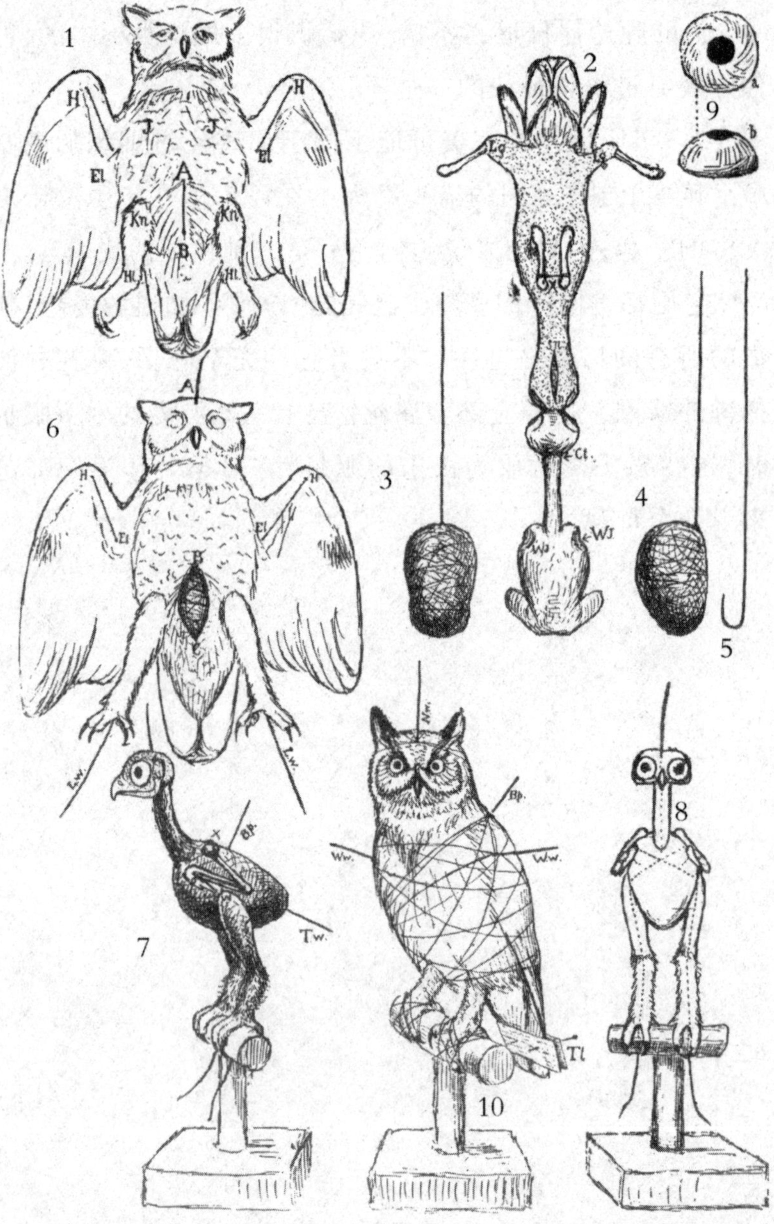
1
2
9
a
b
H
J
El
A
B
Kn
6
3
Ct.
4
5
7
Tw.
Ww.
10
Tl
8

1.死猫头鹰,能看到剥皮的切口。

2.剥皮后,紧贴着皮保留脑壳的部分,里面翻出来。

3.从上部看身体,脖子末端朝上,脖子上的金属丝露出来。

4.从侧面看身体,脖子金属丝穿过身体,尾巴末端朝下。

5.穿脖子的粗金属丝。

6.身体放进去之后的猫头鹰,准备缝合。

7.去掉所有的羽毛看到的模型,显示了腿和翅膀在身体上的正确位置。能看到腿上的金属丝从体侧穿进身体。

8.从另一面看没有羽毛的身体,点状组成的线条表示脖子和腿上的金属丝穿过坚硬的身体。

9.其中一个木制的眼睛呈现出的两个样子。

10.完成的猫头鹰,用线圈包扎好,金属丝还露在外面。最后的步骤是把线圈去除,紧贴着身体切掉所有金属丝露出的部分,羽毛遮住留在身体里的金属丝。

十九、 勇气和毅力的考验

男孩们依照从凯勒博那里学来的“地道的”印第安方式制作战旗。火鸡尾巴上的白色羽毛和白鹅翅膀上羽毛的尖端染成黑色充当上等的鹰羽。几卷从旧马具上扯下的流苏染成红色的马鬃。几束从旧衬衫上扯下的红色法兰绒、几块绵羊皮提供了有待加工的材料。凯勒博越来越有兴趣，不仅帮助他们做旗，而且帮助他们决策哪些事应该算得上功绩，哪些是伟绩。萨姆因为射击、潜水、“劫掠”白人获得了许多羽毛，代表伟绩的成簇状羽毛则是因为用斧和射中猫头鹰。

岩把追猎看作功绩。猎鹿行动越发真实，扮成鹿的孩子穿着旧靴子做的凉鞋，每一双鞋底都用平头针摆出“V”字形，指向前方。鹿走到哪里都会留下这些类似蹄印的标志。

用谷粒的麻烦是它不能留下成双的足迹，但穿凉鞋则只需要用很少的谷粒就能帮助他们获得理想的足迹。所有人都变成了行家里手，能够很快地跟踪非常不明显的痕迹，不过岩依然是最棒的。他在视力上不占优势，更多的是依靠耐心和观察。他已经在搜寻和射鹿方面获得了伟绩。有一次，在别人赶上来之前他已经射出了第一箭，此外他还赢得了其他方面的六个伟绩——一次是在五分

钟内游两百码，一次是十二秒跑了一百米，一次是识别出一百种野生植物，一次是知道一百种鸟，一次是射中一只猫头鹰。

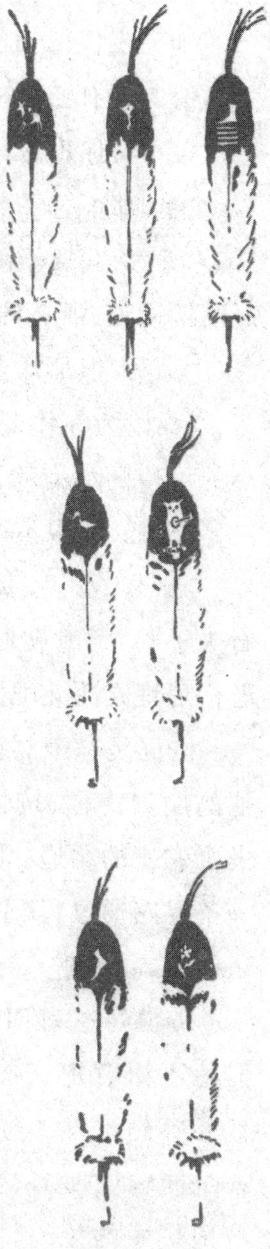

盖伊有几次好的功绩，主要是因为视力。他能够看见“印第安女人后背上的毛”，在猎鹿时他也有几次赢得了功绩，甚至可以称为伟绩，但运气老跟他作对，甚至一向偏袒他的老凯勒博也不能公平地授予他一次伟绩。

“印第安人最欣赏什么？我的意思是，他们最想要拥有什么能力？”树液问，他很希望他的好视力受到赞美。

“勇敢！”这是回答，“只要一个男人勇敢，大家才不关心他是什么人。以勇敢来获得支持是男人们最伟大的事情。这也不仅限于印第安人。我告诉你们，没有别的什么能让一个人持续获得如此多的支持了。有些人假装认为某样事是最好的，另一些人认为是别的，但归根到底，人们爱戴和尊敬的是勇气、坚毅和坚持。”

“哦，我告诉你们，”盖伊说，他被对勇敢的赞颂激励起了热情，“我什么都不怕。”

“好啊，你想怎样？跟岩到那边去较量一下？”

“噢，那不公平。他年龄比我大。”

“听着，我要给你一个机会。你一个人到果园那边去摘一桶樱桃吧，所有的大人都在九点离开了。”

“好啊，但那样老坎普会把我吃掉的。”

“我以为你什么都不怕，可一只比一岁大的小母牛还要小的可怜的小狗就让你怕了？”

“好吧，我根本就不喜欢吃樱桃。”

“那么，盖伊，我要给你一个真正的考验。你看到这块石头了吗？”凯勒博拿起一块上面有洞的圆石头，“你知道老格尼埋在哪儿吧？”

格尼是一个放荡的士兵，由于意外，他的头给炸掉了。他的朋友声称，按惯例他会被埋在自己的土地上，就在拉夫泰农庄的北边。但是，后来证明他被埋在了路上，那里有一条界路通过，坟墓就在两条路的交叉口。就这样，由于命运的捉弄，比尔·格尼被标记为一个自杀者。

传说每次有四轮马车经过他的头顶时，他都会呻吟，但他不愿意把这些喊叫声浪费在车轮滚滚的隆隆声中，他要等到半夜才呼号出来。任何一个听到的人都应该做一个同情的回应，否则他们就会遭受某种厄运。这是凯勒博记忆中的传说，他用自己特有的表述使之给人留下深刻的印象。

“那么，”他说，“我要把这块石头藏到格尼坟头的那块石头标记后面，晚上我要派你去拿回来。你愿意吗？”

“好的，我去。”三号酋长的回答听不出任何热情。

“既然他现在这么想干，那到晚上也没有什么能够阻止他。”啄木鸟首领宣布。

“那好，记清楚，”当凯勒博离开他们，返回他那间简陋悲惨的小木屋时说，“这是一次显示你们拥有什么品质的机会。我会在这块石头上拴一根线，确保你们能够拿到它。”

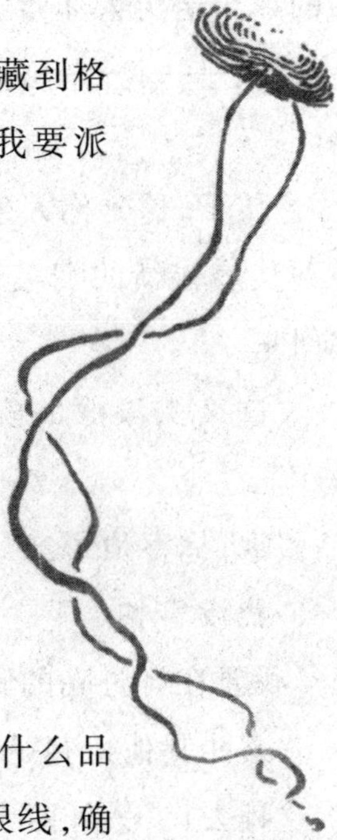

“我们正准备吃饭。你不想要留下来和我们一起吃吗？”萨姆说，但凯勒博大踏步地离开了，没有注意到这个邀请。

到了半夜，外面的叫声和木棒在帐篷上的刮擦声把孩子们弄醒了。

“孩子们！盖伊！岩！喂，盖伊！”

“是谁？”

“凯勒博！听着，盖伊，现在是十一点半。你正好可以在夜半时分赶到格尼的坟上去拿那块石头。如果你找不到确切的地点，你就听那个呻吟声，它会引导你。”

这个令人振奋的信息使用了一种低沉的声调，好像说话的那个老男人非常害怕似的。

“我——我——我，”盖伊结结巴巴地说，“我看不清路。”

“孩子，这是你人生的一次机会。你拿到那块石头就能得到代表伟绩的羽毛，这是勇气的最高荣耀。我在这儿等你回来。”

“这么黑漆漆的晚上，我找不到那该死的东西。我不去。”

“哦，你害怕了。”凯勒博悄声说。

“我没害怕，只是，我找不到那块石头，去了有什么用呢？我要在有月亮的晚上去。”

“这儿其他人有足够的勇气去找那块石头吗？”

“我去！”另外两个男孩异口同声，尽管都带着“不管怎么样，我希望还是不去得好”的口气。

“你可以拥有这份荣耀，岩。”啄木鸟带着明显的信任说。

“当然，我想要这个机会，但我不想抢在你前面，你是年龄最大的，这样不公平。”岩回答。

“看来我们最好抽签决定。”

于是在岩把炭火调亮时萨姆找来了一根长草秆。这根长草秆被折成不一样长的两段，藏在萨姆手中。萨姆经过一番搅乱后伸到岩面前，只露出两个头，说：“谁拿到最长的草秆就得到这个任务。”岩根据老经验，认为普通的伎俩是让短的那根露出得长，于是他选了另一根，慢慢抽出来——但它好像没完没了的长。萨姆摊开手，显示那根短的留在手里，然后明显地松了口气，加了一句："你得到了。你是我见过的最幸运的家伙，每次都是如你所愿。"

如果有任何漏洞，岩都可能识破，但是显然他的责任就是去找到那块石头，是自尊而不是勇气帮助他战胜恐惧。他安静又紧张地穿好衣服。当他系鞋带时，他的手有点儿颤抖。凯勒博听说是岩要去完成任务时，他在外面等着。他鼓励岩说："你是好样的。我很高兴看到了你的勇气。我要和你一起到树林边——走远了就不公平了——我在那儿等你回来。这很容易找到。沿着四面的篱笆穿过小榆树林，然后横穿过马路，另一边就是那块大石头。好啦，在北面篱笆的边上，你会找到那块圆石头。那根线绳用十字交叉的方式系在大白石头上，所以你很容易找到。来，拿着这根粉笔，如果你的勇气跑没了，你就在篱笆上做个标记，表明你走了多远，不要担心那些号叫——那只是传言而已——没什么可怕的。"

"恐怕我是有点儿害怕，但是我仍然会去的。"

"这就对了。"困难设计者强调说，"勇气不是当你向前的时候什么也不怕，而是你害怕的时候能够控制你的恐惧。"

他们边说边走，走出了幽暗的树林，来到开阔地带，光线相对亮了些。

"还有十五分钟就到午夜了。"凯勒博借着火柴的光看他的表说，"你能做到的，我在这儿等你。"

于是岩独自朝前去了。

这是个阴暗的夜晚。他沿农场的围栏一路摸索着走到边界，爬过围栏走到大路上。路上的能见度不高。岩警觉地走到路中间。他的心猛烈地跳动，他的手冰凉。这是个宁静的夜晚，偶尔从围栏角落发出的窸窸窣窣的声音让他心惊肉跳，但他继续前行，没有退缩。突然，他听到从路右边的黑暗中传来很响的声音，接着他看到一团令人毛骨悚然的用白色布罩着的东西。它像是一个浑身裹着白布罩的男人的形状，但没有头，正如故事里所说的那样。岩僵直地站在路上动弹不得。后来，他的智慧拯救了他瑟瑟发抖的身体。“胡说八道！那肯定是坟头的一块大石头。”然而，不，它开始动了。岩的手里拿着一根大木棍。他喊道：“嘘，嘘，嘘！”死尸又动了。岩在路上摸索了些石头，捡起一块朝那个白色东西扔了过去。他听到了呼噜声和一阵匆促的奔跑。那个白色东西跳起来跑向岩，它所发出的咔哒的蹄声告诉岩刚才他把德·尼维尔家的白脸奶牛给吓着了。

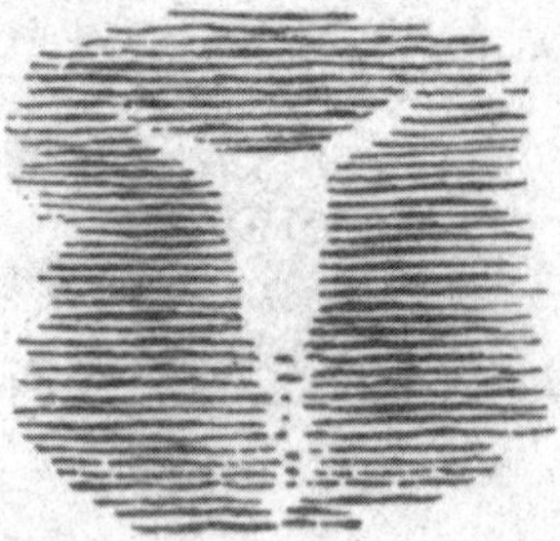

起初，他的反应是双膝发软，但接下来这种感觉被一种更好的感觉所取代。如果一头无害的老奶牛都能够整晚上在外游荡，他为什么还要害怕呢？他更镇定地向前走，走近路上的那个坟墓。他应该很快就能看到小榆树林。他一直走在路的左边，悄悄潜入黑暗，越来越慢。目标没有他想象得那么近,探险早期的紧张更剧烈地再次袭来。他想,他应该回去吗?不,他不能接受这种想法,那意味着退却。无论如何,他要用粉笔做个记号显示他走了多远。他小心翼翼地朝着篱笆方向摸索过去做记号,接着他宽慰地发现小榆树林就在离他不到二十五英尺远的地方。一到榆树林那里,他就发现他就在自杀者坟墓的对面。此时已经接近午夜。他想他听到不远处有什么声音,穿过公路他看到了发白的东西——墓碑。他非常振奋,尽可能平静地向墓碑移动。他不知道自己为什么那么平静。他跌跌绊绊走过路两边低浅的沟渠,到达了那块白石头旁,用湿冷的手摸索石头的表面去找那根线绳,如果凯勒博放在那儿的话。但它现在不在了。因此,他拿出粉笔在石头上写下“岩”。噢,粉笔发出的刮擦声真是太美了!他用手指摸索到了那块大鹅卵石。没错,就在这儿。无疑是风把它吹掉了。他把石头往自己这里拖拽过来。这块鹅卵石从石头上拖过时发出的摩擦声在黑夜中听起来格外刺耳可怕。就在这时,有什么东西似乎扭打、冲撞、飞溅在泥地里,或者是水里,这是一种使人窒息的可怕声音。此时,岩恐惧地蹲下。他的嘴唇不能动了。但那头奶牛的经历帮助了他。他起身尽可能地跑向大路,冷汗直流。他那么盲目地跑,差点儿冲向一个正在对他喊

话的人。“嗨，岩，是你吗？”是凯勒博来接他。岩说不出话来。他颤抖得那么剧烈，以至于紧攥着凯勒博的胳膊。

“怎么了，孩子？我听到了那个声音了，是什么？”

“我不知道，”他气喘吁吁地说，“不过它就在坟墓里。”

“哎呀！我听到了，”凯勒博没露出多少不安，但他加了一句，“我们必须在十分钟内回到营地。”

他握着岩发抖的手领着他走了一会儿，等到了有亮光的路上，岩就完全恢复了正常。凯勒博在前面带路。

岩现在能够开口说话了：“我拿到了那块石头，我也在墓碑上写了我的名字。”

“好小子！你是条好汉！”凯勒博赞美地回应。

当他们靠近营地时，很高兴地看到了营地里的篝火。到了空地边上，他们发出“嗷嚎——嗷嚎——嗷嚎”的叫声。他们采用猫头鹰的叫声，因为这是印第安人在晚上常用的一种信号，他们也得到了同伴们相同的回应。

“不错，”凯勒博大声说，“他做到了！他是一个非常棒的勇士，取得了非同一般的伟绩。”

“如果我去了，”盖伊说，“我也会做得像岩一样好的。”

“好啊，那你现在就去吧。”

“哦，现在已经没有石头做证据了。”

“你可以在墓碑上写下你的名字，就像我那样。”

“啊，那不能证明什么。”盖伊放弃了这个话题。

岩并不想讲述这天晚上的冒险，但是他的兴奋是显而易见的，所以不久他们就让他一五一十地和盘托出。他们表情古怪,围坐在闪烁的篝火旁,当岩讲的时候他们感受到了岩刚刚所经历的恐惧。

岩讲完的时候说:“现在,盖伊,你不想去试试看吗?”

“哦,算了。”盖伊说,“我从来没有看到过像你这样的家伙,老在同样的话题上纠缠不清。”

凯勒博看了看他的表,正准备走,岩说话了:“凯勒博先生,你为什么不在这儿睡呢?盖伊的床很大。”

“好吧,看起来是很晚了。”

二十、 白色左轮手枪

那天早上凯勒博很满意地吃了他死对头的儿子为他准备的早饭,因为那天轮到萨姆做饭。

伟大的啄木鸟在早饭后的议会上发表了他的想法,他说:“现在,我想要去看看那个墓地。我相信岩把名字写在某头躺在地上的老奶牛身上了,它不喜欢,所以叫得那么大声!”

他们几分钟就到了那个地方。没错,粗糙的墓碑上歪歪扭扭但却相当清晰地写着——“岩”。

“书法太差。”盖伊评论。

“很好,你的确做到了!好小子!”萨姆亲切地说,“我想我可能没有这种勇气。”

“我打赌我能。”盖伊说。

“我是从这儿跨过水渠的。看到我在泥里留下的脚印了吗?我听到的叫声就是从那儿传来的。我们去看看那些鬼有没有留下什么脚印。嗨,那是什么?”

泥地里有个大人留下的印迹。这个人四仰八叉地摔倒,手和膝盖着地。这儿有他的许多手印。泥地里还隐隐约约露出一样闪光的东西——盖伊最先发现并捡起来,是一支白色手柄的柯尔特式左轮连发手枪。

“我看一下。”凯勒博说。他擦掉手枪上面的泥。他的两眼炯炯放光。“这是我的手枪,在我回家的路上被偷走。那次我还损失了衣服和钱。”他翻来覆去地仔细察看,陷入深思。“这打击了我!”他摇着头,不时地喃喃自语,“这打击了我!”看起来也没有什么更有趣的发现,孩子们返回营地。

在回去的路上,凯勒博明显在沉思。他一声不响地走着,等他们走到葛兰妮·德·尼维尔的木屋对面(这是离坟墓最近的住所)。在门口,他转过身来说:“我要进去坐会儿。岩,昨晚你有发出什么叫声吗?”

“没有,先生,一点儿也没有。唯一的声音就是圆石头从大石头上拖过的声响。”

“好,我们营地见。”他说着,转身走进了葛兰妮家。

“很高兴见到你,你的灵魂可以进来歇会儿。”这是好客的老妇人的欢迎辞,“进来,凯勒博,坐下。撒央和迪克好吗?”

“他们看起来很幸福也很有前途,”老人苦涩地回答,“葛兰妮,你听过在路那边的格尼坟墓的传言吗?”

“你为什么问我这个?我的确不止一次听到这个故事,而且昨天晚上我还听到那个鬼的动静,听了让人发抖。”

“你听到什么了,葛兰妮?”

“噢,那是地狱里的鬼魂发出的最毛骨悚然的号叫。狗和猫都受到了惊吓,那头白脸的奶牛跑出来,跳过篱笆蹿到路上去了。”

这正是凯勒博想要的,他表现出强烈的兴趣鼓励老太太往下说。在她不耐烦地提供更多有关夜晚号叫的真实细节后,凯勒博巧妙地和她闲聊其他的话题,希望引出更多的信息。

“葛兰妮，你听说上周在唐尼镇的抢劫了吗？”

“是吗？我不知道。”她说，她的眼睛闪现出兴趣——凯勒博倒不是对那桩事情感兴趣，但他想要引起抢劫的话题——“嗯，谁被抢了？”

“我不清楚，是不是约翰·伊文思家？”

“哦，我不认识他，但我想他应该经得起损失。这些强盗曾盯上我和卡尔·考纳，那时到处都在谈论我们卖了奶牛。”

“你是什么时候被抢的？”

“被抢？我可没说我被抢了。”她咯咯地笑着，“这些强盗找上我时的确打着如意算盘。”她终于讲了她的经历。她的奶牛卖掉后，两个强盗破门而入。她笑着讲他们享受了镇肺膏，简单地说了那个大个子绷着脸，个子矮而敦实的那个却很有趣。他们留着黑胡须，高个子的头受伤了，他是左撇子，他不小心露出的右手只有三根手指头。她把这些絮絮叨叨地都讲了。

“那是什么时候，葛兰妮？”

“哦，大概是三年前。”

在他受到款待后，老凯勒博告别了葛兰妮，开始了深深的思考。

在过去的四年里，周围常常发生抢劫，没有留下什么有价值的线索，了解到的情况仅仅是这都是同一伙人干的，他们只拿现金别的不要。这些强盗好像熟知这一地区的内情，他们下手的时间都是在住户刚刚有一笔现金进账

之后。

就在凯勒博转身进了德·尼维尔家时,岩决定把迟来的想法付诸实施,他说:“伙伴们,你们回营地去,我要晚到五分钟。”

他想去画出那些泥地里的印迹以便追踪那个人,所以他又返回墓地。

他非常仔细地研究那些印迹,打开本子画下与实际大小一样尺寸的靴印。他注意到每个靴子的后跟上都有三行小的平头钉,钉得那么不规则,很明显那人是自己在家钉的,而左边的鞋底已经穿破了一个洞。接着,他察看那些手印,挑选最清晰的来画。他在画右手的时候,一个奇怪的现象吸引了他的注意。没错!所有右手的手印上都显露出这个特征——中指不在了。

岩跟着这些脚印在路上走了一小段,但在街角处,足迹朝南,在草地上消失了。

他在返回营地的路上碰上了正要回去的凯勒博。

“凯勒博先生,”他说,“我回去描画那些印迹。你知道吗——那个人的右手只有三根手指头。”

“听我说,”凯勒博说,“你确定吗?”

“来,你自己看。”

的确!千真万确。在回去的路上凯勒博对岩说:“岩,这件事目前不要跟其他人提起,一个字也别说。”

老猎人立刻去了迪克的房子。他在门口附近的尘埃上发现了相同的脚印，但这些当然不是迪克留下的。一根绳子上搭着一条正在变干的泥迹斑斑的裤子。

从这个晚上开始，老人对岩的评价提高而对盖伊的评价降低了，因为那天当别人认为岩勇敢的时候，他直率地说出了自己害怕的真实感觉。凯勒博邀请岩来他住的棚屋参观他亲手做的一双雪地鞋。这个邀请表达得含糊笼统，结果整个部落全体到场。自从第一次拜访后，岩就没来过。他们拜访的步骤和第一次一样。回答他们敲门的是猎狗响亮的犬吠，然后一个声音命令它回去。凯勒博打开门，但这次说的是“进来”。即使他对另外两名随行者的到来并不高兴，但他也没说什么。岩在看那双雪地鞋的时候，盖伊在老人的床铺上发现了一件更令人感兴趣的东西——那把白色的左轮手枪已经被擦得锃亮，整整齐齐地摆放在那儿。凯勒博对它的失而复得尽管没有表露太多的情绪，但是那份高兴却是难掩的。他没有能力给自己另买一把手枪，所以对这就好像迎接自己唯一的长期失散的孩子那样热烈。

“凯勒博，让我们射一枪试试。我打赌我能打败所有人。”树液声称。

凯勒博拿了些子弹，指定四十码外树桩上的一块白色为目标。盖伊和岩都射了三四枪，但没一个打中。凯勒博说：“让我给你们演示一下。”

他那只粗壮的大手看起来把小手枪完全包了起来，那长骨节的手指用一种奇怪但很熟稔的方式非常妥帖地握着手枪。凯勒博是个曲臂枪手，短的枪管对准了目标，看起来就好像是他自己的食指那样。他快速地连续射了六枪，全部打中白点，有两枪正中标记为中心的木炭画的点。

“太神了！看哪，射中了!”孩子们大声赞叹欢呼。

“二十年前我曾是个相当好的枪手。”凯勒博解释道，他带着不必要的谦虚语气，脸上露出非常和蔼的表情，“不过这个太容易了。我给你们看点儿真本事。”

二十五英尺开外，他把三颗子弹摆成一行，子弹的保护盖面向他，他用三枪快速的扫射将它们连续打爆。接着他把左轮手枪放进了大衣的侧口袋，并不拔枪，更不用说看见或展示，只在二十码外留下一个白色的记号。最后他环顾四周，看到一个旧的水果罐头盒。他扳起枪栓，把枪放到右手的拇指上，把罐头盒放在手上。接着他猛地将枪和盒子同时抛起，枪抛出十英尺高，罐头盒抛出二十英尺高。他一把抓住落下的枪，在罐头盒落地之前在上面射出一个洞。

孩子们目瞪口呆。他们已经在第一次简单的目标射击中耗尽了所有的欢呼。

凯勒博走进棚屋去拿清洁布擦拭他的宝贝，萨姆突然激动地嚷道：“啊，现在我清楚了，他绝对不可能开枪打爸爸，因为如果他要打肯定能打中。”

这话不是说给凯勒博听的，但凯勒博听到了。这个老猎人立刻在门口发出一声长长的富于表情的“哼”。

无言的蔑视就这样被打破了。因为这是凯勒博第一次对萨姆说话。

洪水冲开了关卡,但它仍然在通道留下了许多障碍物,需要时间来冲走和磨尽。要凯勒博跟萨姆像跟其他两个孩子那样自如地说话还需要很长时间,但他迟早会学会的。

此时形成了一种愉快融洽的气氛,岩趁机问了他一些自己一直憋在心里的想法。

“凯勒博先生,你能带我们去猎浣熊吗?我们都知道这里有很多浣熊,它们吃河那边谷地里的玉米。”

如果这个问题岩在一个月前提出来,肯定会得到他轻蔑的拒绝,在岩去格尼墓之前提出来也可能会被拒绝,但眼下凯勒博心情很好,他的回答是:“噢,好啊!我乐意去,但是首先要等天气凉爽的晚上,这样猎狗才能追踪。”

二十一、 盖伊的胜利

自从第一次碰到那只旱獭后，孩子们就形成了围猎它的习惯。他们的行动计划大致是相同的——每天早上九点或十点钟,他们蹑手蹑脚地前往车轴草地。通常都是盖伊第一个发现那只旱獭,然后全体向它发起让它毫发无损的攻击,直到这只旱獭蹿回巢穴,这天的军事打击就结束了。这已经像吃早餐那样成为例行公事,洗盘子远没有打旱獭的次数多。有一两次旱獭只能夺路而逃,但它的境况一点儿也没因此变得更糟,反而更好地逃脱了,它变得更聪明了。另一方面,孩子们一无所获。盖伊可能是例外,他那小而无神的眼睛变得不可思议地敏锐起来。最初,岩或者萨姆常常先看到那只旱獭,但后来总是盖伊第一个发现它。

一天早上,萨姆从一边开始围猎,盖伊和岩从相同距离的另一边进入。“没有旱獭！”这是第一反应。但盖伊突然说:“我看到它了。”在离窝六十码远的地方有一个小凹谷,离孩子们大约有一百码,它藏在一丛车轴草中,盖伊看到了一簇灰毛,那毛仅仅只有两英寸长,盖伊说,“那就是它,没错。”

岩什么也没看到。萨姆看到了但不确定。就在这时,那只旱獭用后腿站立起来,从那丛车轴草上露出它栗色的胸部,所有的疑虑都被一扫而空。

“太棒了！”岩赞美地喊道,“这太了不起了！这是一项功绩。你的眼力是我见过的最了不起的。你的名字应该叫‘鹰眼’——这应该是你的名字。”

“好啊,”盖伊兴奋地尖叫,“你呢,萨姆,你愿意叫我‘鹰眼’吗？”他恳求地补充。

“我认为应该这样，萨姆。”二酋长说。“他有这样了不起的本事，这种本领是印第安人承认的。”

“这件事我们必须开一次部落会议来决定。现在我们就开始准备吧。”

“我说,树液,你是挺敏捷的,你为什么不穿过你那边的树林，偷偷爬到那丛车轴草那儿，这样你就可以堵在那只旱獭和它的老巢中间了,不是吗？”大酋长建议。

“我打赌我能做到,我赌一美元。”

“听着,”岩说,“印第安人可没有美元。”

“好吧,我赌我带发的头皮——我黑色的那块,我的意思是如果我先杀死这只旱獭,我要萨姆的头皮。”

“哦,那就让我先来杀它吧——你后杀。”萨姆哀求道。

“哦,你怕输掉你的头皮。”

“我跟你赌了。”萨姆说。

每个孩子各拿出一块他们称之为头皮的黑色马鬃。马

鬃用绳子捆扎在头顶,这就是盖伊想要的赌注。

岩现在出来干预了:“别斗嘴啦，你们是伟大的战斗首领,干些实事吧。如果啄木鸟杀死旱獭,他就得到树液的头皮;如果盖伊杀死了旱獭,那他就得到萨姆的头皮。胜利者还可以获得一根代表伟绩的羽毛。”

盖伊偷偷摸摸地上前去，萨姆和岩在树林中不耐烦地等着。今天这只旱獭似乎超乎寻常的鲁莽。它溜达到距离老巢很远的地方,不时消失在低凹处。孩子们看到盖伊爬过篱笆,而旱獭却无动于衷。实际情况是,总有敌人从另一面接近它,所以它没有朝东面看。

盖伊匍匐着爬过那丛车轴草。他爬了大约三十码,现在处于旱獭和它的洞穴之间。旱獭还把自己藏在车轴草里,聚精会神地望向拉夫泰的树林。孩子们异常兴奋。盖伊能够看到他们,但看不到旱獭。他们打着手势指示目标位置。盖伊想他们的意思是“现在开火”。他小心翼翼地站起身来。旱獭看到他后,笔直地朝自己的窝跳去,也就是跳向盖伊。盖伊胡乱地射击。那支箭从旱獭头上十英尺的高处射过。“一团巨大的抖动的毛”向盖伊直扑过来,吓得他几乎灵魂出窍。他仓皇地向后退,不知道该往哪里跑。他挡在了洞穴口。旱獭的牙齿发出吱吱的震颤声,它纵身一跳闪过盖伊,盖伊的恐惧与它的恐惧不相上下。盖伊害怕

得向后猛跳一下,重重地摔倒,恰好落在企图从后面避过他蹿回家去的旱獭身上。盖伊将近一百磅重,所有的重量都压向这只旱獭,把它压得喘不上气。盖伊快速爬起来准备拼命跑,却看到旱獭躺在地上扭动。他鼓起足够的勇气猛踢了它的头几脚,这要了它的命。岩和萨姆的大叫第一次让盖伊确认了自己已大获全胜。他们跑过来,发现盖伊站在那里像一张照片上的业余猎人,一只手拿着弓箭,另一只手提着旱獭的尾巴。

“现在,我想你们这些家伙要向我学习怎么杀死一只旱獭了。难道它不是一个老家伙?我打赌它有四十磅重——也许,差不多六十磅。”

“好小子!好家伙!三号酋长万岁!三号酋长万岁!”

盖伊挺起胸膛,不可一世地傲视两人。“我希望知道哪里有更多的旱獭,”他说,“因为我知道怎么抓到它们,可是其他人不会。”

“好吧,这应该算一项伟绩,树液。”

“今天早上你们说过要叫我‘鹰眼’。”

“我们必须举行一次会议来决定这件事。”酋长回答。

“没错,今天下午我们就开会,怎么样?”

“好的。”

“四点钟怎么样?”

“好的,任何时间都行。”

“你们会封我为‘鹰眼’,还要为我杀死这只旱獭给我一根上等的鹰的羽毛。就定在四点钟了。”

“好的,没问题。只是,为什么你想要在四点钟呢?”

但是盖伊好像没听见这个问题,吃过饭他就立刻消失了。

“他又逃避洗碗。”啄木鸟认为。

“不,他不是。”二号酋长说,“我想他是去请他的家人来分享他的胜利。”

“肯定是。那我们就成全他,让这次会议成为一个永恒而古老的宴会——成为他人生中新时代的一个起点。你会听到我像个六十岁的人那样在会议上演说来帮助他成名。”

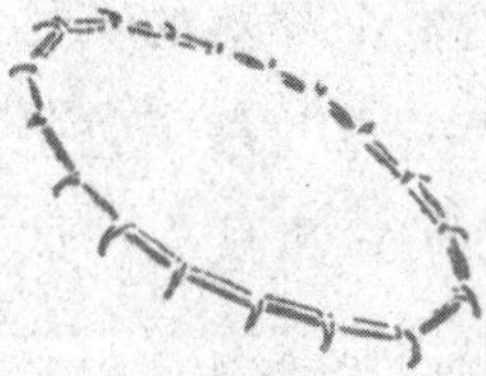

“好极了,我支持。你去请你的家人,我去找老凯勒博,我们要授予他‘鹰眼’的称号,还要授予他代表伟绩的羽毛。”

“恐怕我家人和凯勒博合不来。”萨姆回答,“但我相信盖伊肯定希望我的家人来。你知道,爸爸对他们的农场有抵押债权。”

这就是同意了。萨姆去请他的妈妈,而岩去准备鹰羽并给旱獭剥皮。

这只旱獭没有大得像一头熊,但它确实是只巨大的旱獭。岩比任何人都对这次胜利感到兴奋。在四点之前他还有一个小时甚至更多的时间,他热切地想要使盖伊的庆功会尽可能像印第安人的那样。他割下旱獭所有的爪子,然后穿在一根线上,每两个指爪间用一小段剥了皮去了芯的接骨木隔开。尽管有些指爪非常非常小,但做一根项链是足够了。

盖伊飞快地跑回家。他到果园附近时，他的父亲招呼他,明显有让他服役的计划,但盖伊冲进了餐厅、起居室、卧室、厨房——这个房子里十分之九的房间。

“噢,妈妈,你真应该看看我,你今天下午一定要来,我是整个部落的英雄,他们要让我做首领。我杀死了那只大得差点儿杀了爸爸的老旱獭。没有我他们什么也做不了。他们试来试去，试了几千次想要逮住这只旱獭——我打赌他们试了有一万次,但我只是等待着,直到他们累得放弃了。后来,我说:‘现在,该我给你们看看怎么来逮了。’首先,我必须把它找出来。那些家伙视力不行,看不到。后来我说:‘好吧,萨姆、岩,你们待在这儿,我让你们见识一下抓住它是多么容易。我要留下我所有的弓箭,赤手空拳地去。’他们就站在那里看着我,我就像印第安人那样偷偷地顺着篱笆,爬进车轴草地里,一直爬到它和它的洞穴之间,然后我大喊一声。它喷着鼻息,牙齿咯咯响,向我咬来,因为它看到我没带木棍,什么也没带。我连头发都没有动一动,一点儿都不惊慌地等着,就在它想要跳起来扑向我的喉咙的时候，我猛地转身对准它的鼻子狠狠打了一拳,它一下子就在空中摔出五十英尺，落在地上的时候就死了,就像那只被洋葱撑死的凯丝家的母鸡。哦,妈妈,我就是那个勇敢的男孩!没有我,他们在营地里什么也做不成。我不得不教他们猎鹿、看东西,所以他们推举我做整个部落的首领,还称我为‘鹰眼’,那是印第安人的做法。今天下午举行仪式,你一定要来。”

伯恩先生对整个事情嗤之以鼻，他让盖伊到马铃薯地里干活,并说如果弄倒了栅栏,让猪跑进地里,他就要活剥了盖伊的皮。另外,他可不会愚蠢到去盖伊的营地参加仪式。但伯恩夫人平静地宣布她会去的。对她来说,这就像去看她儿子大学毕业的学位授予典礼。

既然伯恩先生不愿帮忙，照看孩子们的麻烦就显现出来了。然而,这个困难很快就迎刃而解。所有的孩子都要一起去。妈妈花了两个小时的时间把四个近乎赤身裸体、黑乎乎、脏兮兮、头发乱蓬蓬的小家伙,变成了四个小小的殉道者。她们穿上了连衣裙,扎上了丝带,梳好了头发,穿上了高筒靴。然后她们三三两两地穿过田里。伯恩夫人一只胳膊抱着婴儿,一只胳膊提着一罐果酱。盖伊在前面跑着带路,四岁的、三岁的和两岁大的孩子手拉手,在这条斜斜的路线后面尾随着那位母亲。这条斜线勾勒出做母亲的轨迹。

他们到了营地，看到拉夫泰太太战斗首领和梅妮穿着节日的服装已经在那儿了,有些诧异。玛格特最初的感觉是生气,但转而一想又很高兴。这个“自命不凡”的女人、敌人的妻子,会看到她儿子的胜利,伯恩夫人立刻抓住这个机会来上演社交把戏。

“你好吗,拉夫泰太太战斗首领?我希望你还不错。”她的话音里带着一丝恶意的快乐和因为自己的儿子担任领袖而产生的骄傲。

“非常好。谢谢你。我们来看看这些孩子们在营地里过得怎么样。”

“自从我儿子加入进来，他们现在过得相当不错。”伯恩夫人报告说，依旧带着防御。

“另外两个男孩非常喜欢他。”拉夫泰太太战斗首领回答，尝试着解除敌人的武装。

这番话起了作用。伯恩夫人只是为了先发制人，但令她吃惊的是敌人的妻子十分温和有礼，于是她决定休战。这时拉夫泰太太战斗首领不仅亲吻和赞美那四个小家伙，而且还称赞盖伊，这最大限度地使原本潜伏的火药味被友善所取代。

所有事情都已经安排就绪。大家坐在牛皮地毯的一端，盖伊坐在旱獭皮上，几乎把皮全部遮住了，萨姆坐在他左手边，岩拿着鼓坐在他右手边。中间是集会的火堆。为了通风，阴凉一边的帐篷的布升起来，参观者们围坐成一圈，一部分坐在帐篷里面，一部分坐在帐篷外面。

伟大的啄木鸟酋长点燃了和平的烟管，吹了一分钟，然后四口气吹灭了四根烟，把它依次递给二号酋长和三号酋长，他们也如法炮制。

小河狸在鼓上重重击了三下，要求大家安静下来，伟大的啄木鸟起身说道：“大酋长们、小酋长们、勇士们、斗士们、议员们，桑格印第安的女人们、孩子们：我们的部落与其他的印第安人在桦树皮的战斗中抓住了他们的战士中的一个俘虏，对他严刑拷打，让他死去活来，他显示了非比

寻常的勇气,于是我们将他收入了我们的部落。”

酋长岩率先发出“呼嚎——呼嚎——呼嚎”的叫声。

“我们为了让他受益,给他举行太阳舞,但他没有变成棕色——他看起来太绿了——所以我们叫他树液。从那以后他一次又一次英勇地作战,最终得到了第三大战斗首领的位置。”

“呼嚎——呼嚎——呼嚎。”

“有一天,整个部落都去袭击和追捕一只大北美洲灰熊,部落被打败了,树液首领赶来救援,一拳打中它的鼻子,解决了这个老家伙,像这样的行为是令人敬佩的。一个像这样英勇的人是不应该被叫作树液或树液头或跟树液有关的任何名字的。先生们!那是不对的。他是所有战斗首领中年龄最小的,但他比年龄大的看得更远,而且看到的次数更多、看得更准。他能看到很远的地方,也能看清一棵树的所有枝丫,也许除了在晚上。他是我们这个集体里第一流的预言家,议会一致推举授予他‘鹰眼’的称号。”

“呼嚎——呼嚎——呼嚎——呼嚎——呼嚎。”

小河狸拿给大酋长一根平展的白色木片，上面用大的字体写着“树液”。

“这是他在变得伟大和有名之前使用的名字，现在是最后一次使用它。”大酋长一边把木片放到火里，一边说，“让我们看看你是不是太绿，所以烧不着。”小河狸这时递给啄木鸟一根漂亮的鹰羽，装饰着红色的丛毛，上面有一个人的轮廓，头是鹰的头形，眼睛里射出一根箭。“这个昂首阔步的鹰羽是为了奖励他的英勇行为，也是为了说明他具有鹰眼的锐利。（在呐喊声和砰砰的鼓声中，羽毛插进了盖伊的头发里，爪子做成的项链也挂到了他的脖子上。）从今往后，任何人再敢喊他‘树液’，就必须弯下身子让他任意踢一脚。”

大家异口同声发出“呼嚎——呼嚎——”的合唱。尽管盖伊竭力试着让自己显得高贵，不咧着嘴笑，然而他做不到。他笑得嘴巴都扯到耳朵后了。他的妈妈一直自豪地笑着，笑得眼睛都湿润了，流下了眼泪。

所有人都以为典礼结束了，但岩站了起来说：“忘了一件事情，桑格的酋长们、妇女们、孩子们。当我们去追捕那只灰熊时，我亲眼目击了两个酋长的一个协议。根据我们部落的习俗，他们赌他们

的头皮,杀死灰熊者可以得到头皮。啄木鸟拿出一个,鹰眼拿出另一个。鹰眼,你可以随意去拿啄木鸟的一块头皮。”

萨姆忘了这件事,但他低下头去。盖伊切断了绳子,挂起那块头皮,他在众人的呼声中发出一声令人毛骨悚然地喊叫。这次盛会达到了高潮。伯恩夫人看到自己英勇的儿子最终被公平地对待,竟然快乐得哭起来。

后来,她走到萨姆跟前说,“你是带你的家人来看我儿子得到赞扬吗?”

萨姆点点头,眨着一只眼睛。伯恩夫人说:“哦,不管你是谁,拉夫泰或者不是拉夫泰,你都有一副好心肠,而且很公正。我从来不会赞同他们说‘拉夫泰家没有一个好人’这种话。我总是认为在每个人心里都有些好的东西。我知道你爸爸确实买了我们那个地方的抵押贷款,但我从来不相信你妈妈偷了我们的鹅,我从不相信。下次我听到他们说起拉夫泰家的什么事,我就会告诉他们我所知道的一切。”

二十二、 捕猎浣熊

岩没有忘记计划捕猎浣熊——事实上，他等不及地要将此付诸实施。两天后，孩子们在日落时分碰到凯勒博，提醒他别忘了自己的承诺。这是个闷热的晚上，但岩确信这正是个捕猎浣熊的好时机，他的热情在这之前就被调动起来。凯勒博对他挑选的“捕猎浣熊之夜”暗自发笑，但他只是表示“再迟些会更好”。

“等一下——等一下，孩子们。”看到他们站起来准备立即出发，凯勒博说，“别这么着急。浣熊不会在太阳落山后跑三四个小时。”

他坐下抽起烟来。萨姆徒劳地想要跟猎狗老特克套近乎，岩给钉在墙上的一些鸟的翅膀做标记，盖伊则宣布猎鹿和杀旱獭的最新计划。此外，他还夸大了他的计划，声称他将光荣地把他们可能面对的任何一只浣熊打得落花流水。

由于岩坚持认为到达目的地要花一个小时，在他的催促下，他们九点钟就出发了。凯勒博接受了盖伊的建议，带了一把小斧头。他牵着老特克，他们走到大路上，向着转角的方向跋涉了半个小时。萨姆领头，他们翻过一道围墙，穿过一片马铃薯地，抵达溪边的那片玉米地。

“向前，特克。去追！去追！追！”这群人在篱笆墙上站成一排，等待进展。特克有一个特点，它只搜寻它想要的猎物，而且只在它高兴的时候才搜寻。虽然它的主人把它带到了浣熊的领地,但却不能迫使它搜寻浣熊或别的什么东西,除非这正合它的兴趣。凯勒博警告孩子们要保持安静,他们一声不吭地沿着篱笆墙坐着,等着来自老猎犬的召唤。它对在玉米秆中间碰头撞脑、嗅来嗅去失去了兴趣。它的脚步声很响,它的鼻息就像蒸汽机在喷气。该是紧张起来专注寻找的时候了,特克却离开此处游荡到很远的地方,甚至连脚步声也消失了。

他们坐着等了两分多钟,从那片地的偏远的一角传来一声短促的低吼,接着是特克响亮的汪汪的叫声,岩的心都要跳出来了。

"游戏开始了。"萨姆低声说。

"我打赌是我第一个听到的。"盖伊尖声说。

岩的第一个想法是赶紧冲去追随猎狗。他经常读到的捕猎方式就是紧随着猎狗们,但是凯勒博阻止了他。

"等一等,孩子们,还早呢。还不知道它找到的是什么东西。"

特克像大多数边缘地区的猎狗一样,会追寻任何一种脚印——甚至有时候连自己留下的脚印它也会追逐。那些了解这些的人就会从它特殊的叫声中猜测它找到的可能是什么动物。他们耐心地等了很久,但没有听到特克叫。这时响起一阵沙沙的声音,特克跑到了他的主人面前,在他的脚边躺了下来。

“去啊，特克，把它找出来。”但是狗纹丝不动，“去啊。”凯勒博用一根小树枝轻轻地敲特克。它站起来避开，但仍旧又躺下，喘着气。

“那会是什么东西，凯勒博先生？”岩想要知道。

“不知道。也许它只是被什么尖的东西伤到了。不过有一点是无疑的，今天晚上这儿是没有浣熊的，不可能找到。不管怎么说，我们来得太早，对于狗来说天气也太热了。”

“那我们穿过小溪，到波尔家的灌木丛吧。”啄木鸟建议，“在那儿我们碰到什么就打什么。拉瑞·德·尼维尔发誓说他那天晚上从格尼的葬礼守夜回来在那边看到过一只独角兽。”

“你是怎么从狗的叫声中断定它碰到的是什么动物呢？”岩问。

“嗯，”凯勒博一边回答一边放进一块新的烟草，“如果你了解这个地区、猎物和你的狗的话，你一定能知道。当然，没有两条狗是相同的。你必须研究你的狗，如果它聪明的话它会学会辨认你教的各种足迹。”

那条小溪如今几乎干涸，所以他们从能走的地方涉过。他们发现穿越那片黑暗的树林时眼睛基本上是漆黑一片，于是就摸索着向波尔家的开阔田地走去，然后穿过这片田,进入茂密的丛林。特克在小溪那里离开他们,顺着它自己的路,跑到一个水塘里洗了个澡。在他们进入丛林地带的时候,它追了上来,身上还滴着水,准备工作。

"到前面去,特克。"大家又一次全体坐下来等着这个专家的报告。

这次信号来得很快。老猎狗转了一圈后,开始很专注地嗅起来,发出低低的哀号。它追踪了一段距离,穿过一丛干枯的灌木丛时,它的尾巴拍打着树枝,发出"哒哒哒"的声响。

"听到了没有?这次它找到什么东西了。"凯勒博低声说道,"再等一会儿。"

猎狗已经揭开了谜底。当最后它追得足够远,确信了自己的判断时,它发出低声的吠叫。先是嗅的声音,然后又是一阵叫,接着是几声间隔的低叫,最后是一声短促的叫声。然后又重新开始叫,但这次没有规律,也不是非常激烈。这叫声说明猎狗正在围着树林转圈子,最终追捕停止了,因为所有的叫声都从一个地方发出来。当猎人们赶到那儿时,他们发现特克的半个身子钻进了树桩下的洞里,一边叫一边抓。

"唉,"凯勒博说,"只不过是一只棉尾兔。从这轻微的气味和特克没有爬树或绕圈子就可以判断。"

于是大家把特克叫回来,继续摸索着往漆黑的树林深处走,去做更多的探险。

"在灌木丛的更低处有一片湿地池塘——那里是浣熊

捉青蛙的好地方。”啄木鸟建议道。

于是特克又一次跑到附近的池塘去忙活。干燥的树林里嗅不到什么气味，但在潮湿的沼泽地边缘地带却容易有收获，特克好像非常感兴趣，在那儿使劲地嗅来嗅去。起初是呜呜的低叫伴着一两声短而尖的叫声，接着是激烈的汪汪狂叫，无疑它发现了一个新的重大目标。哦，那些令人激动的号角是多么美妙啊！岩第一次意识到狂吠的力量，他赞美不已。

猎人们坐下来等候结果，因为，正如凯勒博指出，没有什么可以证明“猎物跑到了任何地方”。

猎狗用尽力气狂叫，以短促的间隔发出一系列圆满的信号，但它不再转圈。它的声音告诉他们这次追捕应该笔直地前进，出了树林，向东穿过一片开阔地区。它以很快的节奏有规律地全力吼叫，叫声持续着，没有被任何改变或怀疑所打断。

“我相信它一定追到了那只老卡拉格含狐狸。”凯勒博说，“以前它就碰到过。”除了狐狸没有什么动物会那样笔直地跑，惹得特克用这种声调叫。

狗叫声最终在远处消失了，可能有一英里远，但猎人们除了等也没什么可做的。如果特克是一只纯种的、被训练来猎狐狸的狗的话，它可能整晚都会跟踪追击，但半个小时以后它就跑回来了，喘着粗气，热气腾腾地把自己投进了浅池塘里。

“现在所有的东西都被吓跑了。”凯勒博评价道，“我们

只能到池塘的另一边去试试。”有一两次特克表现出兴趣，但确定没有什么有趣的之后，它又喘着气回到主人的脚边。

他们现在开始朝着家的方向出发，抄近路，穿过田地，回到自己的树林。

回去的时候，月亮升起来了。他们在黑暗中经过长时间的摸索，此时，月亮使夜晚显得格外明亮、清晰。

他们穿过德·尼维尔家下面的小河，沿着老树边的路行进。就在小河附近，特克突然停下来嗅着，来来回回跑了两三趟，然后不歇气地以激动饱满的声调叫着，并引领大家朝着水中去。

“汪——汪——汪——汪”，它大叫着跑出去四十码然后停下来。低沉的叫声俨然与它追狐狸的时候是一样的，只是这个动物的行踪是曲折的，现在中断了。

他们能听到猎狗在远处跑动，但却没有叫。

“是什么，凯勒博？”萨姆镇定而自信地问，忘记了他俩相熟只是最近的事情。

“不知道。”简短的回答。

“不是狐狸吗？”岩问。

突然，在一百码外的地方，“汪——汪——汪——汪”的叫声再度响起，就在篱笆边。他们的谈话随之结束。猎狗又有了新发现。可以看出足迹是沿着篱笆中断的，因此凯勒博说:“是一只浣熊,也可能是一只老家猫。它们是唯一会在晚上顺着篱笆往上跑的动物。”

现在很容易跟踪，月色明亮，猎狗的叫声响亮而有规律。它一直沿着小河追下去,穿过几个水塘和湿地。

“事情很明显,”老猎人果断地下结论,“猫不可能跑到水里,所以是一只浣熊。”他们匆忙赶上前去。此时他们听到狗的信号突然发生了改变，不再是深沉洪亮的叫声,而是狂暴的吠叫,混杂着短而尖的叫声、低沉的咆哮和汪汪的叫声。

“哈——哦,这表示它已经找到猎物了,就在上面。它看到猎物的时候就会这么叫。”

但是表示“看见”的召唤很快就停了,狗在一个地方发出短促而高亢的叫声。

“没错！那东西爬上树了！是只浣熊,没错！”凯勒博径直带着大家来到那个地方。

特克正对着一棵高大的椴树又叫又跳。凯勒博说:“嗯,只有浣熊才会用这种方式——总是爬到整个树林中最高的那棵树上去。你们谁最会爬树？”

“岩。”萨姆推荐。

“岩,你行吗？”

“我试试。”

“我想我们得先生堆火，看

看能不能看到它。”啄木鸟说。

“如果这是一只旱獭,我很快就会抓住给你看。”鹰眼插话道,但没有人听他的。

萨姆和岩收集木柴，很快就在椴树四周生起了一圈跳跃着红色火苗的火堆。他们仔细地察看这棵高大的椴树,却并没有看到猎物的影子。凯勒博拿着手电筒照,看到树皮上有些新鲜的泥巴。他们回去搜寻脚印,在河流旁发现了脚印——毫无疑问,这是一只体形巨大的浣熊。

“估计它藏到洞里去了。它肯定爬上了这棵树,椴树通常都有洞。”

岩打量着粗大的树干,不确定自己能不能爬上去。

凯勒博注意到他的为难，说:“你的胳膊不够十五英尺宽,抱不住树干,是吗?不过,等一等——”

他走近旁边一棵细而长的树,用斧子把树砍倒,将这棵树靠在大椴树最低矮的分叉处。岩很轻松地往上爬,身后系着一根粗壮的榆木棒。当他爬到大椴树上,他感觉自己迷失在一团绿色中,好在下面的孩子们打着手电筒让他依次看清楚每个部位。最初岩在大椴树上既没发现洞也没发现浣熊,但经过对顶端的树枝长时间的搜索,他看到在高处的分叉处有一团很大的毛球，里面有两只闪亮的眼睛,这让他兴奋不已。他喊道:“它在这儿!下面小心。”他往上爬得更近些,想要把浣熊赶下来,但是浣熊抓得牢牢的,毫不动摇地抵制他的驱赶。最后岩爬到浣熊上面,浣熊跳起来迅速爬到低一点儿的树枝上。

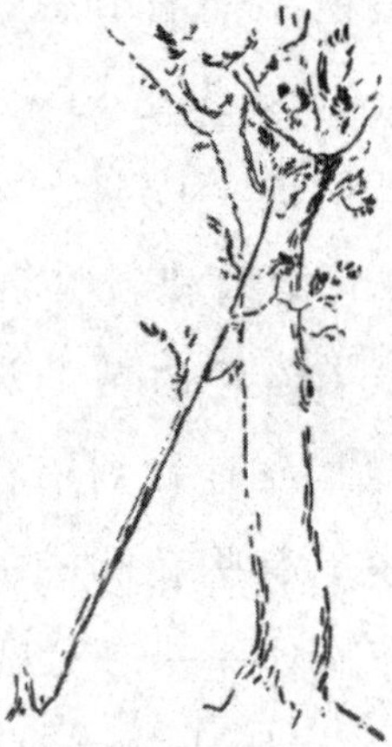

岩追着它，下面的伙伴们也非常兴奋，尽管他们什么也没看到，只是通过咆哮声判断岩和浣熊正在搏斗。经过又一番战斗后，浣熊离开了第二个分叉，慌忙爬到下面的树枝上，最后它被赶到斜靠在椴树上的小树上，在高处瞪着下面的猎手们。老猎狗看到猎物，一阵吼叫，凯勒博走到一边，举起他的左轮手枪开火。浣熊直挺挺地掉落在他们中间。特克跳上去要战斗，但是已经不需要它了，凯勒博温柔而骄傲地擦着那把白色手枪。

岩很快地从树上下来，虽然他觉得爬下来比爬上去更艰难。他激动地匆忙跑进火圈里，带着复杂的感情轻轻地抚摸着浣熊，赞美它光滑的皮毛。岩有些难过，毕竟它被杀死了，不过他还有胜利的喜悦，这次胜利他功劳在先。这是他的浣熊，大家对此都没有异议。萨姆拎起它的一条腿掂量重量，说："我敢打赌，有三十磅重。"

盖伊说："呸！没我杀死的那只大旱獭的一半大。如果我没有想到要拿斧子的话，你绝对不可能抓到它。"

岩认为它可能有三十五磅重，凯勒博猜它大概有二十五磅(后来他们发现它只有十八磅重)。就在他们谈论这些的时候，猎狗突然发出愤怒的叫声——威廉姆·拉夫泰走了过来。他看到了树林中的火光，害怕在这样干燥的天气里会发生可怕的火灾，就立刻穿上衣服出来察看。

“爸爸,你为什么不在床上?那不是你应该待的地方吗?”

拉夫泰没有看他的儿子,而是冷笑着对凯勒博说:“你不会想对我再开一枪,对吧?这回不值得你浪费时间,因为今天晚上我可没带现金。”

“听着,爸爸,”萨姆在凯勒博做出回答前赶紧打岔,“你这样不公平。凯勒博向你开枪的说法是胡说八道。如果他想那么做,他肯定能打中。我见识过他的枪法。”

“当时他喝醉了,所以没打中。”

“上次我喝醉的时候,我们在一起。”凯勒博凶狠地说。

“没带左轮手枪,这对某人来说很有好处。”拉夫泰指着凯勒博的武器说,“十年前我看见过你带着它。我可不怕你和你的枪。”拉夫泰看到凯勒博去摸他的白色左轮手枪,“我告诉你吧,我不会让你和你的猎狗待在我的树林里,在这么干燥的季节放火。”

“拉夫泰,我已经承受了所有因为我将要对你做的事情而产生的指责。”左轮手枪被闪电般掏了出来,无疑凯勒博想要捍卫自己的声誉,但是萨姆一跃而起,跳到两人中间,将他的父亲用力往后推,岩则紧紧抱住凯勒博拿枪的胳膊,而盖伊小心地躲到一棵树后面。

“让开,小子们!”凯勒博厉声说。

“当然了,”拉夫泰嘲笑道,“现在他又要趁我没有武器开枪了。你这个卑鄙的懦夫！走开，孩子们，我来对付他。”由于拉夫泰无所畏惧，孩子们被猛推到一边，麻烦就在眼前。不过拉夫泰离开家时叫了他的两个雇工跟着来帮他灭火，危急关头他们及时赶来。其中一个与凯勒博关系很好，另一个保持中立，他们成功地阻止了这场一触即发的战斗。萨姆愤怒地说：“听着，爸爸，如果你被射穿一个洞，那是你活该。你对凯勒博的指责让我很恶心。火不是他点的，是我和岩，我们会把火安全地熄灭。你侮辱凯勒博，而他从来没有做伤害你的事。你对他的指责就像葛兰妮·德·尼维尔拿到你送的那些杂货后对你做的一样。你应该为自己感到羞愧。这是不公正的，也不是一个男人该做的，你没有证据证明的时候，你就该闭嘴。”

拉夫泰被萨姆搞得有些被动了，尤其是当他发现所有的人似乎都不站在他这一边时。他过去常常笑话自己对葛兰妮·德·尼维尔只做了好事，而她却不知好歹恩将仇报。他从来没有想到自己也正在做相同的事情。大多数男人面对自己的儿子这种无礼行为的时候都会勃然大怒，但拉夫泰却像是胆怯似的没有感觉。在最初的震惊过后，他对萨姆唯一的念头就是：“真是放肆！我的天！可他说起来话就像个律师，他顶起嘴来就像一个在打仗的男人。我一定要让他学习法律而不是当一个拔牙的。”

暴风雨结束了，因为凯勒博的愤怒是短暂而狂暴的那种，而拉夫泰转而不看自己在道德上的失败，他低声吼道：“我要看着你们把火安全地扑灭。你们都应该在自己的床

上睡觉,就像所有正派的人一样。”

“那么,你不是也不正派了?”萨姆反驳道。

拉夫泰转身走了，当没有听见，也当没有听见盖伊尖声尖气的企图增加些细节表示自己在这次狩猎中的重要性的话:“如果没有我,他们就不会带斧子,拉夫泰先生。”但拉夫泰已经走了。

孩子们小心地把火扑灭,沉默地返回营地。萨姆和岩把浣熊放在他们中间的木棍上抬着，在他们到达营地前,他们一致认为浣熊的尸体至少有八十磅重。

凯勒博离开他们,他们马上都去睡觉,疲惫的猎人们进入了梦乡。

二十三、 哀号的女鬼和庞大的夜行者

第二天，萨姆和岩一边处理浣熊皮一边讨论昨晚发生的不愉快的突发事件。他们认为和凯勒博谈这件事是不明智的，应该由他自己提到这个话题，而盖伊则受到了适当的警告。

那天早上，岩去泥巴签名簿，在他例行巡视的一处地方再次发现以前曾经让他非常困惑的奇怪的爪印，在池塘签名簿的下面有一个体形巨大的鸟的爪印——确实很像是火鸡的。他带凯勒博来看这些爪印。老猎人说那很可能是苍鹭的脚印，至于另一个，他说："嗯，我也不太清楚。但在我看来它更像是一只大雄兔的脚印——只是大雄兔在这片狭长的沼泽地很少见，至少在十英里外才有。当然，除非这不是一个脚印，只是一个意外。"

"是的。可是我已经发现了许多这种脚印——每次都有脚印，但是还没有多到足以能跟踪。"

那天晚上天黑后，岩带着从白人那里"劫掠"的物品正要回营地，就听到池塘边传来一阵奇特而沙哑的呱呱声，而且声音越来越大，越来越近，最后变成一种令人惊骇的可怕的喧闹。这正是盖伊第一次来营地那天晚上原本想要吓唬岩和萨姆却意外惹起的那种叫声。声音从头顶掠过，岩看到一只缓慢飞翔的大鸟的轮廓。

第二天轮到岩做饭。日出时分，他去提水，看到一只巨

大的苍鹭从池塘边飞起,带着沉重的羽翼越过树梢。这是个令人振奋的发现。男孩站在那里目不转睛地盯着它,直到它飞远消失。他跑到苍鹭起飞的地方,发现有许多大脚印,正像他描画下来的那只脚印。无疑,这跟昨天晚上看到的是同一只鸟,狼的谜团解开了。看起来大家对这个解释都非常满意,除了盖伊。他始终坚信,天黑之后树林里到处充满着熊。至于在其他时间这些熊到哪里去了,这是件难以理解的事,但他认为他还没有碰到会让他害怕的鸟——不,也没有野兽,或别的什么。

凯勒博同意那天晚上刺耳的叫声可能是那只苍鹭,不过晚上在树顶上尖叫和呜咽的是什么东西他还不太清楚。

夜里还有许多别的动物的叫声,这些声音或多或少大家都比较熟悉。有些明显是鸟叫。一只熟悉的歌雀,黄昏时分在高处的树顶,他们常常听到连绵不绝的甜蜜的歌声。尽管直到几年后,岩才知道那只在晚上唱歌的鸟是灶巢鸟。日落之后到夜晚降临的这一个小时,只要那美妙的歌声响起,他马上就能够判断出目标的方位。

啄木鸟在帐篷外,另两个男孩在帐篷里。一个奇怪的声音传入啄木鸟的耳朵里。这个声音持续着——不间断地哀鸣,越来越响。它没有停下来的迹象,萨姆叫来另外两个男

孩,他们一起站在那儿,听着这奇怪的“呜、呜、呜”的声音发展成粗壮尖利的“呜嗷、呜嗷、呜嗷”的声音。

“肯定是某种鹭的叫声。”岩小声说。

但这个叫声的音调越来越高,变得像一只嗓门非常大的猫的吼声。音调还在增高,直到每次的“喵嗷”都好像是美洲豹的号叫才停止。寂静下来后,随之而来的是“唱歌的麻雀”甜美的咏唱。

突然,小河狸灵光一闪。现在他记起很久以前在岩谷听到的叫声,他非常笃定地告诉其他人:“男孩们,这是一只猞猁在叫。”第二天,凯勒博说岩是对的。几天后,他们听说那天晚上拉夫泰的畜群丢失了一只羊羔。早上,岩用手鼓敲了一段音乐,发现鼓变得平坦而柔软。

“嘿,”他说,“要下雨啦。”

凯勒博带着好笑的表情,认真地看着他说:“你是个合格的印第安人。这的确是印第安人看天气的诀窍。当手鼓因为没有在火上烤暖而不响的时候他们会说‘晚上前会下雨’。”

老猎人那天晚上待到很晚。整整一个下午都阴云密布,太阳落山时开始下起雨来,大家邀请他一起吃晚饭。瓢泼大雨越下越大,没有停的迹象。凯勒博出去,在帐篷四周挖了一道水渠让雨水流进去，然后再把雨水引走。吃完晚饭，他们围坐在帐篷里的火堆旁，起风了，雨点击打着帐篷。岩不得不到外面去，翻转起烟杆，他的耳朵又一次听到那个叫声的问候。他抱了一捆木柴走进来，帐篷里猛地燃起明亮的火光。一股猛烈的风刮进来，帆布令人沮丧地垂落在杆子上面。

“你们的另一根绳子在哪儿？”老猎人问道。

萨姆拿起绳子松的那一头，把另一头紧紧地固定在烟杆的顶部。凯勒博用一根重的木桩让它沉降下来，把另一根绳子在上面系紧。他们到外面去，把所有系帐篷的木桩都敲得更深一些，好让整个部落感觉任何普通暴风雨都威胁不到他们。

老猎人的小木屋对他来说没有什么吸引力。他的继承人常常忘记给他所需要的食物，他们给他的那些即使是质量最差的东西也少得可怜。老人像任何一个热衷社交的人那样，很轻易地被说服留下来住了一晚——“如果你能忍受和盖伊一起睡。”于是凯勒博和特克在帐篷里舒舒服服地安顿下来，而外面暴风雨还在肆虐。

“听我说，盖伊，不要去碰那块帆布，你会把它弄漏的。”

“什么，我？像这种小东西我怎么可能会把它弄漏呢？”盖伊虚张声势地又拍了一下。

“好吧，反正是在你床的那面。”果不其然，过了两分钟，一股雨水从他刚才拍打的地方流了下来，而帆布别的地方也开始滴水。

在暴风雨之夜露营在帆布下面的人都知道，这个教训比解释更容易被记住。

浓烟在帐篷顶部聚集起来，并不断地压下来直到变得让人感到很不舒服。

“岩，抬起风口那边的帐篷盖。那边，就是它——要抓紧。”一阵大风吹进来，把烟和灰吹得打旋，“你们本来应该有一个衬里。给我那块帆布，这样就行了。”凯勒博非常小心地不碰到帐篷盖，抓紧绳索，穿过三杆远的空间，以便于帆布下面的开口正对着它的后面。这样一来整个帐篷从他们的背后通气，气流穿过他们头顶，很快就把帐篷里的浓烟吹干净了，同时也避免了雨通过烟孔钻进来。

“在那些衬里上，印第安人会画上他们的功劳和冒险。他们大多数人会在外面画他们部落的图腾，而在里面记录他们的功绩。”

“小伙子，”萨姆对岩说，“现在这项任务就交给你了。小河狸，等到你把我们的历险画在里面，图腾画在外面，我们就要生活在辉煌之中啦。”

“我想，”岩婉转地回答，“我们应该请凯勒博先生加入我们部落。你能做我们的药师吗？”凯勒博咯咯地笑了，显而易见他同意了。“那么我要在外面画四个图腾。”开始帐篷绘画前，岩进行试验，用黄色黏土、蓝色黏土(变干了就成了白色)、黄色黏土烧成的红色，还有木炭，全部都碾碎放进浣熊的油脂和松脂中，这是合乎印第安方式的。他本可以很轻松地用油彩得到亮丽的颜色，肯定总体的效果会更好，但他不屑于使用这种白人的方法。

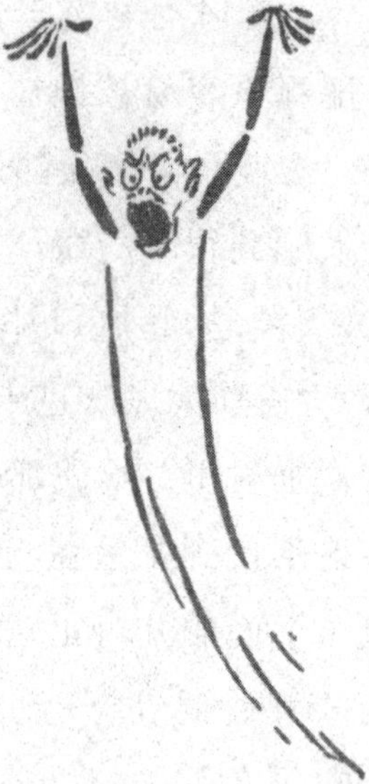

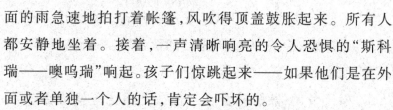

“听我说，凯勒博，”盖伊吹嘘道，“告诉我们那些印第安人——他们勇敢的故事。就像我那样勇敢的。”他加重语气强调道，意识到自己现在所处的特殊的地域。

“为什么？我记得那次老旱獭对着我狂叫——我打赌有些家伙肯定会吓坏的——”

凯勒博一声不吭地吸着烟。外面的雨急速地拍打着帐篷，风吹得顶盖鼓胀起来。所有人都安静地坐着。接着，一声清晰响亮的令人恐惧的“斯科瑞——噢呜瑞”响起。孩子们惊跳起来——如果他们是在外面或者单独一个人的话，肯定会吓坏的。

“就是她——就是那个女鬼。”萨姆悄悄说。

凯勒博机警地向上望。

“那是什么？”岩询问道，“我们听到过的次数至少有一打。”

凯勒博摇着头，没有回答，而是转向他的狗。特克就躺在他脚边的火堆旁，听到那尖锐的叫声它只是抬起头，向它的肩膀后面看看，转而用它感伤的大眼睛看着主人，然后又躺下来。

“特克不愿意去检查那是什么。”

“狗从来没听说过女鬼,”萨姆不同意,“它们也看不到鬼。不管怎么样,这是葛兰妮·德·尼维尔说的。”所以,这是狗因贪图舒适而消极怠工的证明。

“鹰眼,”啄木鸟说,“你是这群人中最勇敢的。你不想出去试着给女鬼一箭吗?我会借给你我的巫榛箭。如果你射中了她,我们将会授予你表示伟绩的羽毛。去吧,现在——你知道所谓勇敢就是像你那样。”

“你真是蠢话连篇,”盖伊回答,“我懒得搭理你。凯勒博,给我们讲讲印第安人的事。”

“印第安人热爱勇敢。”药师的眼睛里闪着光亮,除了盖伊大家都笑了起来,但都不敢大声,因为每个人都被一个想法压制着,谁也不愿意今晚被点名去显示一下他的勇敢。

“我要睡觉啦。”鹰眼用完全没必要的热情劲头说。

“别忘了你会在水滴下面得到报应。当你感到不舒服的时候,你就开始接受吧。”啄木鸟评论。

岩很快也以盖伊为榜样去睡觉了,萨姆已经学会了抽烟,和凯勒博一起晚睡。他们两个谁也不说话,直到后来盖伊的呼噜声和岩有规律的呼吸声表明两人已经睡熟了,这时萨姆抓住这个等了很久的机会,突然开口说:“听我说,凯勒博,我不想偏袒爸爸,但我了解我的爸爸正如他了解我一样。我爸爸是个好人,他是个正直公正的人,他有一副非常仁慈的心肠,虽然藏得很深。他默默地帮助别人,这些事他从不声张，也没有人注意到这些。他打击别人的事情——他做了许多这样的事——却被传得无人不知。但我知道他误会了你，正像你误会了他一样，这个结必须解开。”

萨姆非常机敏伶俐,现在,当他把那套滑稽逗乐收起来时，他的言谈举止给人留下深刻的印象——他这样更像是个成年人的言行而不是十五岁少年的。

凯勒博只是咕哝了一声，继续吸着烟，于是萨姆继续说:“我想要听听你的看法,那样妈妈和我很快就能够说服爸爸。”

提到“妈妈”,这是个预示着谈话愉快的钟声。凯勒博知道拉夫泰太太年轻时就是个好心肠的姑娘。她对自己的丈夫总是温顺服从,除非在她认定了对和错的时候,她才会坚定不移。她总是信任凯勒博,即便那次争吵发生后,她也毫不犹豫地表明对他的信任。

“没什么好说的,”凯勒博苦涩地回答,“买卖马匹时他骗了我，逼我付现金，我不得不把燕麦以六十美分的价格抵账，而他不到半个小时就以七十五美分的价格转手卖出。我们就在那儿吵了起来，我相信我的确说了我要教训他。那天我很早就离开了唐尼镇。他的口袋里装着我的三百美元——我在这个世界上最后的钱。他因为太晚了没有存到银行,所以带着钱回了家,在穿过绿色灌木时有人朝他开枪。第二天早上我的烟袋和一些寄给我的信在那附近被发现。他当然就指控我开枪,但我没有开枪。我的左轮手枪——那只白色的枪,在一周前就被人偷走了。我估计是和那些信一起被偷的。我认为那些信被放在那儿就是为了嫁祸于我,但这样做得有点儿太逼真了,大多数人都会这么想。后来,你爸爸派迪克来欺骗我,我的农场也没有了——就这些。"

萨姆心事重重地吸了一会儿烟,然后说:"关于那个文件、燕麦还有马匹买卖,这都是事实——的确是爸爸做的,这些都在游戏规则之内。不过有关迪克·迫各的事情你大错特错了——那么卑鄙的事情爸爸是不会做的。"

"你也许这么认为,可我不这么想。"

萨姆没有回答,但过了一会儿他把手放在特克身上,特克发出一声低吼作为回应。这促使凯勒博继续说:"对我不满,对我的狗也不满。迪克说特克杀了绵羊,人人都愿意相信这种说法。我从来没听说过一只猎狗会变成杀羊的凶手,我也从没听说过一个杀羊的凶手会满足于每天晚上只杀一头羊,我更没听说过一个杀羊的凶手会不留痕迹。羊被杀的时候,特克和我一起待在锁着的木屋里。"

"那么,是谁的狗干的呢?"

"我不知道什么狗会这么做,因为它每次都会吃掉羊的一部分,这是听他们说的。我从没有亲眼看到过那些被杀的羊，要不然我就能够判断出是什么动物干的了。这更像是狐狸或者猞猁干的，而不是狗。”

大家陷入漫长的沉默，接着外面又一次响起让人毛骨悚然的尖叫，虽然老猎人和男孩们都受到了惊吓，然而特克却无动于衷。

他们给火堆添了柴使火烧得旺旺的，然后上床睡觉，一宿无话。

雨持续不断地落下来，风呼呼地吹着。现在是女鬼的时间，有两三次，他们刚要睡着，那可怕的颤抖的人的哀号声就像一个悲痛的女人在叫，从树林里传来，让他们的心怦怦直跳。不只是凯勒博和萨姆，而是所有的四个人。

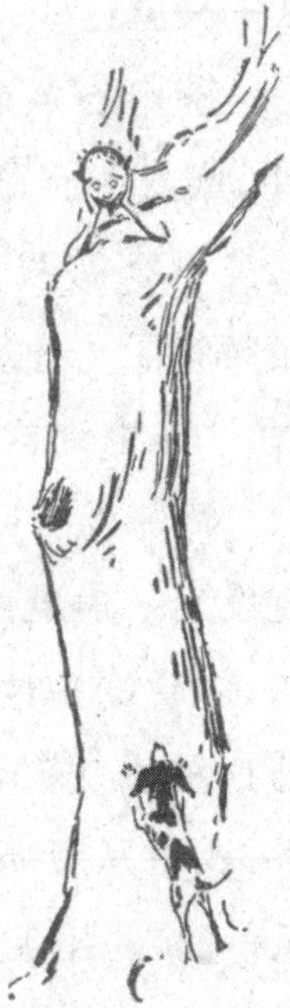

在那段日子岩记的日记里，他都用当天发生的事情来起标题，诸如猎鹿日、臭鼬和猫日、苍鹭日，这一次岩记作“女鬼痛哭之夜”。

在其他人还没完全睡醒之前，凯勒博就起床准备早饭了。他们把浣熊的肉仔细洗干净保存起来，凯勒博用这些肉做了一个“大草原派”，里面放了咸猪肉、土豆、面包、一个小洋葱和各种食物的碎屑。做完早饭前的准备，他们又喝了咖啡，这简直是一顿盛大的宴会，享用美食让他们忘记了昨天晚上的恐惧。

雨不下了，风还在刮着。巨大的云团在高空中滚滚而过。岩出去寻找动物们留下的足迹。但除了那些雨点的痕迹，他一无所获。

那天大部分时间他们都待在营地。他们制作箭，在帐篷上作画。

凯勒博再次很乐意地睡在了营地。那天晚上女鬼又叫了，特克还是像没听见似的，但半个小时后外面响起更低的完全不同的叫声，一个微弱的带有鼻音的“呼嗷”声。孩子们几乎听不到，但特克怒发冲冠地跳了起来，从门后用力挤了出去，一边跑，一边大声汪汪叫着，跑进了树林。

“它正在追什么东西。好了，” 主人说，“现在它把那东西逼到树上去了。”这时狗开始尖锐地高叫。

“真是只好狗，它把女鬼追到树上了。”岩冲出去跑进黑暗中。其他人紧跟其后，他们找到特克，它正对着一棵巨大的倾斜的山毛榉又叫又抓，但大家都没有看出爬到树上的是什么东西。

“它通常对着女鬼是怎么个叫法？”啄木鸟问，但没有得到满意的答复。大家都很奇怪为什么特克会如此强烈的焦躁吵闹呢？但此时却听不到那个可怕的叫声了，大家返回营地。

第二天，岩在距离帐篷不远的泥地上找到了一个普通的猫的脚印。他机灵地猜到这就是那个被狗听到并追赶到树上去的潜行者，可能它是特克的老对手。风依然猛烈地刮着，岩仔细查看着脚印，突然，他第一次在光天化日之下听到那骇人的尖叫。声音无疑非常响,只是不像晚上那么令人害怕,岩认真地观察。他发现当风吹过来的时候,有两根大树枝互相交错并摩擦。原来这就是女鬼,它发出的哀号把大家都吓坏了,除了那只狗。特克具有更敏锐的感觉,没有被迷信所蒙蔽,准确地判断出这可怕的声音是两根树枝在大风中无害的摩擦,而那只悄悄潜行的猫的更低沉、更柔和的叫声它也正确地识别出,并敏捷地对它跟踪追击。

盖伊是唯一不相信的人,他坚信那是只熊。

那天晚上很晚的时候,两个酋长被盖伊吵醒了:“听啊,萨姆!岩,起来啊!那头大熊又在外面转悠了。我告诉你们外面有一头熊,你们不要不相信我。”

外面有一个很响的咀嚼声,还不时地伴着隆隆的狺狺声。

“确实有个东西在那边,萨姆。要是特克和凯勒博在这儿就好了。”

男孩们把门打开一道缝,悄悄地朝外看。在暗淡的月光下,他们隐隐约约看到一个巨大的黑色动物,正在捡剩下的肉和被埋在垃圾坑里的罐头盒。所有的疑虑都被驱散了。盖伊又获得了成功,如果不是太害怕外面的怪物,他原本会尽最大可能地表达他胜利的感觉。

“我们该怎么办?”

“最好不要用箭射它,那样只会激怒它。盖伊,你把炭火点起来,燃起火光。”

此时大家都很紧张兴奋。

“噢,为什么我们没有一杆枪!”

“听着,萨姆,让树液——我的意思是鹰眼——把火弄亮,如果这头熊朝帐篷来的话,我们俩就用钝箭来射它。”于是他们做好准备,盖伊害怕地在火堆旁走来走去,求他们俩不要射。

“把它惹火了有什么好处啊?它会吃人。”

萨姆和岩准备好箭,搭在弓弦上严阵以待。

盖伊还是没有把火点燃,“熊”开始哼哼唧唧地靠近,一边咀嚼着一边呼噜着。孩子们能够看到它的大耳朵,它就像怪物一样。

“我们射吧,别让它走得更近了。”这时,盖伊立刻放弃了点火的努力,慌忙地爬起,攀住帐篷高处的一根交叉木棍。这根木棍是用来挂锅的。当他看到萨姆和岩真的射出了箭,他猛地哭叫起来:“它会进来把我们吃掉的,它会的。”

不管怎么说,“熊”走过来了,孩子们把两把准备好的战斧向它扔了过去。“熊”立刻转身逃跑了,叫的声音很大。毫无疑问这是一头老猪的尖叫声——伯恩家养的猪——因

为小伯恩穿过家里的农庄到营地的时候,又忘了筑起篱笆。

盖伊快速地跳下来跟大家一起大笑:“我让你们这些家伙不要射,我就知道是我们家的老猪。想到爸爸发现这头猪跑出来会气疯了,我就忍不住哭了。”

“我猜你爬到挂锅的交叉杆上去是看看你爸爸是不是来了,对不对?”

“不。他爬到那儿去是为了显示他有多么勇敢。”

这就是盖伊看到的巨大的夜行者。早上,又一个谜底被揭开了。岩对日记上大公兔的脚印仔细检查,发现那只不过是伯恩家的老猪的脚印。为什么凯勒博和拉夫泰都会弄错呢?首先,因为他们看到雄鹿的脚印已经是很久以前的事情了;其次,因为这头猪碰巧有一只非常不像猪的脚——看上去非常像雄鹿的脚。

二十四、 鹰眼要求再次授予伟绩

“啊哦！啊哦！啊哦！”树林里三次响起胜利的呐喊。

“那是鹰眼又要吹嘘勇敢的故事，我们快藏起来。”

于是萨姆和岩迅速跑进帐篷，藏在帐篷的衬里下面，从“箭孔”中观察外面。盖伊骄傲地走了过来，高昂着下巴。当他走到附近的时候时不时地发出惊叫，他的外套裹成一团夹在胳膊下面。

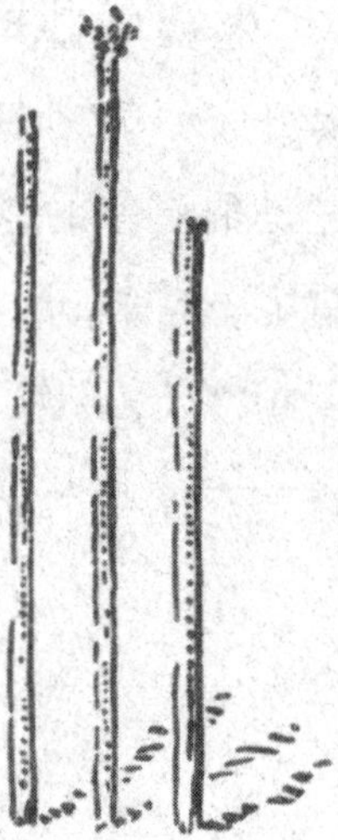

“功劳！伟大的功绩！啊哦！”他一次一次地喊叫。当他发现营地里并没有人时，只得失落地露出一副迟钝而又愚蠢的表情。

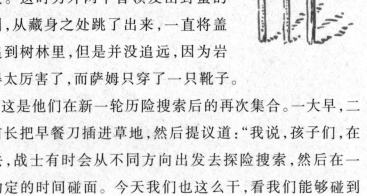

他放弃了叫喊，小心翼翼地走进了帐篷，拿出糖盒，抓了一大把正要往嘴里放。这时另外两个首领发出野蛮的号叫，从藏身之处跳了出来，一直将盖伊追到树林里，但是并没追远，因为岩笑得太厉害了，而萨姆只穿了一只靴子。

这是他们在新一轮历险搜索后的再次集合。一大早，二号酋长把早餐刀插进草地，然后提议道：“我说，孩子们，在过去，战士有时会从不同方向出发去探险搜索，然后在一个约定的时间碰面。今天我们也这么干，看我们能够碰到什么。”

“抽麦秆决定。”啄木鸟回答。

“不行,你不能。”鹰眼迫不及待地插话,“至少……除非你让我来拿着麦秆,否则我不干。我知道你会做手脚,那我就回家了。”

“好吧。你来拿着三根麦秆,长的一根代表啄木鸟,就是那根头上有点儿红色法兰绒的;中长的细的那根代表我;短粗的那根代表你。现在你把它们投下来,一锤定音,不再重来。”

麦秆落下,鹰眼的那根不偏不倚地指向伯恩家的农庄,两个男孩欢呼起来。

“噢,倒霉,那可没什么好事!我们要按照另外一头的指向。”他气恼地说,坚持去相反的方向。

“现在我们都要沿着方向直走,直到我们找到什么东西。当阳光移到帐篷上的那根柱子时,我们就在这儿会合。”

太阳光是印第安人的时钟,这次历险大约有四个小时的时间。

萨姆和岩已经回来了一会儿,而现在盖伊重新恢复了镇静。他顾不上擦掉嘴唇边偷吃的糖,而是兴奋地喊:“听着,伙计们,我打赌我是最棒的。”

“安静!”啄木鸟大吼,“你是最后到的。”

“没错,我不在乎。我打赌我赢了你们,我赌一百万。”

“开始,啄木鸟先讲。”

于是萨姆先说:“我要把靴子拿过来。噢,我告诉你们,我沿着我的麦秆指的方向出发了。我没有留下回来的脚印。我不怕前面的路。”他转过他的小眯缝眼悲哀地看着盖伊，“我继续向前走，来到小河干涸的河床边，但这也没使我转向。不，没有挨一次棍棒。我往前一直走到黄蜂窝那里，才掉头朝另一个方向走，因为莽撞地走进一个满是可怜的无辜的小黄蜂的窝里是件残酷的事情。我继续走，听到一声低吼，找了半天也没看到什么东西。后来那个声音越来越大，我看到原来是一只生气的金花鼠正在对着我叫，准备向我扑过来。然后我就露出我的弓箭，它对我说，声音就像铜管声那么响亮：‘你的名字叫啄木鸟吗？’这可把我吓坏了，于是我就说了个谎。我说：‘不，我是鹰眼。’你们真应该看看它的样子。它立刻变成苍白色的了，当我说出那个名字的时候，它背上的每个条纹都褪色了。它跑到一个空心的木头前，钻了进去。这回该我生气了，我想要把它赶出来，可是我跑到木头的一端它就跑到另一头，所以我们就跑来跑去，一直跑到我在木头周边留下一道深深的小路，而它则在木头里面跑出了一条路。我本想让它从一头钻出去，所以木头的两头我都没堵上。不过我猛地说：‘我知道怎么对付你了。’我脱掉靴子，把它堵在木头的一头。然后我在另一头用木棒砰砰地敲，我听到它跑进了靴子里。接着我就捏住靴子腿，用绳子系住，把它带回家。我穿着一只靴子，金花鼠穿着另外一只，它现在就在里面。”萨姆屈起他的自由的脚趾，做了个形象的解释，补充道：“哼！今天早上我穿上长筒靴的时候，我猜你们这些家伙肯定以为我不知道自己在干什么。”

“好吧，我只要看到那只金花鼠，也许我就相信你了。”

“它在那儿搜捕一个不牢靠的补丁。”

“我们把它放出来吧。”二号酋长建议。

他们切断了绳子，金花鼠急忙爬出，跑向更安全的避难处。

“看，孩子们，”萨姆说，这时金花鼠跑得看不见了，“不要告诉别人你碰到了什么，否则他们就会抨击你撒谎。”

“哼，这算什么！这没有什么惊险的。嗨，我——”

“住嘴，鹰眼，轮到小河狸说了。”

“好吧，我不在乎。我打赌我——”

萨姆抓起他的刀子，打断他：“开始，小河狸。”

“我没有什么历险可言，但我按照麦秆所指的方向穿过树林，碰到一个巨大的枯死的树桩。因为它很老，已经腐烂了，于是我就拿了根树枝把它推倒了，我发现了这根树桩里住户的全部历史。首先，几年前一只弗雷克飞来，挖了一个非常大而舒适的鸟巢，它用了两三次。在它用完后，山雀用它做了个过冬的窝，因为在底部有一些山雀尾巴上的羽毛。接下来一只紫色的黑鹂搬来，用了那个树桩，在里面堆积了许多带着泥土的树根。第二年，黑鹂又来了，在前一个窝的上面又建了一个窝。后来那年冬天，山雀又用它来做了一个小窝，因为有更多的山雀羽毛。第三年，一只蓝松鸦发现了它，也在那里筑巢。我在那个用柔软的材料填

充的巢中找到了它的蛋壳。然后,我猜想第四年一对雀鹰找到了这个地方,就在里面筑巢,孵育了一窝小雀鹰。好吧,一天,这个冒失的强盗给它的小宝贝们带回来一只地鼠。”

“那是什么动物?”

“噢,一种类似老鼠的小东西,不过它根本不是老鼠,它是鼹鼠的远房兄弟。”

“我想鼹鼠是老鼠的一种。”鹰眼不满意岩的区分,评论道。

“噢,你!”萨姆打断他,“下一步你就要说伯恩家和拉夫泰家有亲戚关系啦。”

“我打赌我不会!”就这一次盖伊报复成功。

“好吧,”岩继续说,“那是很久以前的事了。距离第一次发生大约一百万年了,小鹰们那时正好不饿。这只地鼠没有立刻被狼吞虎咽地吃掉,尽管它受了伤。于是它开始往下挖洞,穿过雀鹰窝的羽毛铺就的床,后来又穿过蓝松鸦窝的柔软的材料和山雀们留下的老通道,最后它一直打穿了黑鹂窝那层坚实的泥地。挖到这里它再也挖不动了。这时它的力气用完了,它死在那儿,躺在难以发现的房子的最底层的巢里，直到多年后我路过那里，打开了老树桩。我在那个地方画了一幅画，显示了所有的窝，正像我找到它们时的样子，还有一只干掉的小地鼠的尸体。”

萨姆非常感兴趣地听着这个故事，然而盖伊毫不掩饰他的不屑：“这可没什么惊险的，整个就是你的猜想，没有一件事是可信的。现在让我告诉你们我做的事吧。”

“现在，鹰眼，”萨姆插话，“请不要讲述你的故事。不要讲糟糕的事情，我今天不舒服。你把可怕的那部分留到明天再讲。”

“我给你们讲，我离开这儿，笔直地朝前走，绝没半点儿偏离。我看到一只旱獭，但它并不在我被指定的路上，所以我说：‘不，改天吧。任何时候我都能轻而易举地抓到你。’后来我看到一只鹰叼着一只小鸡飞走了，可是我已经打不到它了。我发现许多老树桩上还有上百只金花鼠，但它们并没有扰乱我。然后我到了一座农舍。我四处察看，没有惊动那条狗。我一直走到唐尼镇附近。这时，一只像火鸡那么大的山鹑跳了起来，还有一群小山鹑——有三四十只。我看到它们时，和它们之间有四十杆的距离。它们都飞走了，只有一只撞到树上——哦，不管怎么说它飞过了那片田地。我打赌你们这些家伙是不可能看到它的。我跟踪着它，我瞄准了它的眼睛——那

就是一箭射中的地方。现在谁会得到伟绩？它就在这儿！”鹰眼打开卷起的外套，拿出一只有斑点羽毛的短尾巴的小知更鸟，它的身体已经被射穿。

“那么，这就是你的山鹑了。我把它叫作小知更鸟。”酋长用缓慢的语气强调，“你破坏了规则，杀害了一只唱歌的鸟。小河狸，逮捕这个罪犯。”

但鹰眼拼命反抗，他的凶猛是由于近来的业绩产生的，在整个议会审讯期间他们不得不把他的手脚绑住。当他发现委员们是真的严厉时，他愤怒的抗议减弱了。最终他被判决有罪，处罚他三天之内要佩戴一根黑色羽毛代表耻辱和一根白色羽毛代表怯懦，还要洗一个星期的碗。如果不是他们知道盖伊做饭难吃，他们本来也想让他做一个星期的饭。

“哼，我才不干，就这样吧。”犯人公然挑衅，“我要先回家。”

“去锄花园吗？”

“哼，我不干。你们最好别管我。”

“小河狸，当印第安人不服从议会决定的时候，他们会怎么做？”

“剥夺他的荣誉。你还记得我们烧的那根写着‘树液’的木棒吗？”

“好主意。我们要烧了写‘鹰眼’的木棒，挖出那根旧的木棒。”

“不行，你们这些卑鄙无耻的家伙！你们发誓你们再也不会叫我那个名字。我是鹰眼,我能看得很远。"他开始哭起来。

"好吧,那么你服从议会决定吗?"

"服从。但我不能戴白色羽毛——我很勇敢,呜呜呜!"

"好吧。我们撤销这个处罚,但你必须接受其他的惩罚。"

"我还叫鹰眼吗?"

"叫。"

"好吧,我愿意接受。"

二十五、 三个手指的流浪汉

比尔·亨纳得是一个移民暴发户的儿子,他长着一副宽肩膀、一对粗眉毛,粗野而懒散。虽然他继承了一个优良的农场,但他的懒惰使他很快就将财产挥霍一空,接着他便走上了从懒惰到犯罪的道路。比尔进过不止一座监狱。艾默兰毗邻的村镇没有不知道他的,许多小毛贼纷纷投奔他。如果没有一个聪明的同党的帮助,他一定还在监狱里;更进一步地说,这个同党是一个能干的桑格人,这个人有许多农田、一个妻子、一个儿子,还有一个小女儿,他的第一个名字叫威廉姆,第二个名字叫拉夫泰。当然,谣言中的主角却根本不知道这些传言。

前一天晚上亨纳得离开唐尼镇,避开大路,穿过树林去看他的一个同伙,他有很重要的事情要布置——对亨纳得来说非常重要。从唐尼出发的时候他喝得烂醉,而那天晚上阴云密布,结果他迷迷糊糊地瞎转悠,最终彻底迷路了。他在一棵树下睡着了,这一觉睡得寒冷而悲惨。早上天阴沉沉的,他睡醒后上了路,毫无把握能够找到他的朋友。没多久他就一路跌跌撞撞来到男孩们的营地。此刻饥饿和气恼使他格外凶残。他还带着一个长颈瓶,在酒瓶的帮助下他更加鲁莽。他直接走向帐篷,不再怕被看到,这时候小河狸正在烤中午吃的肉,他以为会一个人吃。听到脚步声,岩转过头,猜想是一个伙伴回来了,却发现是一个大块头、面相粗暴的流浪汉。

"噢,小孩子,做饭呢?我很高兴和你一起吃。"他带着一种令人不快的讨好的笑容。

他的态度令人极度厌恶,尽管他极力想使用礼貌的方式。

"小孩,你的家人在哪儿?"

"就在这儿。"岩回答,他有些害怕,想起了在山谷里遭遇的流浪汉。

"哼,营地就你一个人,是吗?"

"其他人都出去了,下午才回来。"

"好,好极了。知道这一点真叫人高兴。我要麻烦你把那根棍子递给我。"流浪汉的态度改变了,从讨好变成了命令,他指着岩那把解下了弦的弓。

"那是我的弓!"岩又怕又气地回答。

"我不想说第二遍——把那根棍子给我,不然我就揍扁你。"

岩站着不动。这个亡命徒向前一大步抓住了那把弓,在岩的背和腿上抽打了两三下。

“现在,小崽子,给我做饭,要快,不然我就拧断你那没用的脖子。”

岩已经意识到这回自己落入了野营者的敌人的魔爪,也意识到不采纳拉夫泰让他们在营地养条狗的建议是多么愚蠢,可一切都太晚了。他看了看周围,想要逃跑,却被流浪汉飞快地一把抓住领子。“哦,你别想跑,别动,小家伙。照着我说的做,不然我会教训你的。”他割下弓弦,把岩粗暴地摔倒在地,用弓弦绑住他的脚,使岩两只脚的活动范围不超过十八英寸。

“快滚过去给我做饭, 我饿了。不要在饭里吐唾沫,否则我就用棍子揍你。看到这个了吗?你要是敢喊或者割断绳子,我就杀了你。”他掏出一把丑陋的匕首。

岩一瘸一拐地服从这个畜生的命令, 因恐惧和疼痛而流出的眼泪滚落脸庞。

“你给我快点儿干! ”流浪汉把弓戳进火里,抽出来后又狠狠地打了岩一下。如果这时他向下看一眼小路,他就会看到一个小小的刚刚冒头的身影,悄无声息地转身急匆匆地跑掉了。

虽然岩吸取教训忍受惩罚, 但暴君看起来根本没把他的生命当回事。

“你想要杀了我吗? ”他被脚镣绊倒后又挨了打,不禁哭喊起来。

“不知道,但如果你对我没什么用了,我会杀了你。”亡命徒冷酷无情地回答,“我要再多吃些肉——别让肉又烧焦了。放到咖啡里的糖在哪儿?如果你不利索点儿,我就再给你一棍子。"流浪汉享用完他的午餐后吩咐:"现在给我拿烟来。"

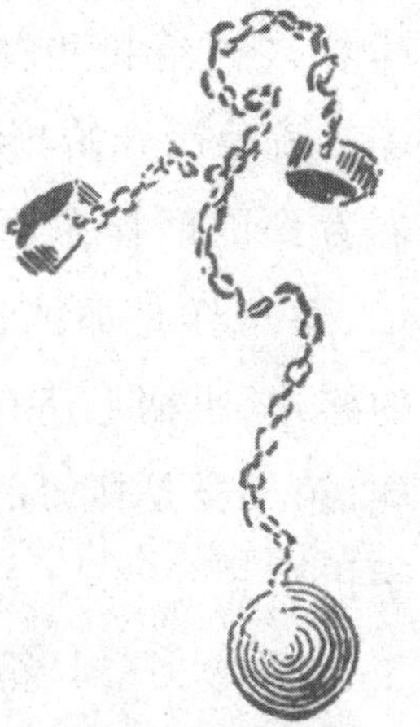

岩跛着脚走进帐篷,取下萨姆的卷烟包。

"那个箱子是什么?把它拿出来。"流浪汉指着那个他们放换洗衣服的箱子说。岩又害怕又担忧地搬出箱子。

"打开。"

"我打不开。它是锁上的,只有萨姆有钥匙。"

"他有钥匙,是吗?好,我也有钥匙能打开。"说着他用斧子一下劈开了箱子盖,翻遍衣服的口袋,找到了岩的一块旧的银表和表链,还在萨姆的裤兜里找到两美元。

"哈!这正是我想要的,孩子。"流浪汉把这些都装进自己的口袋,"看来火堆需要加些木头。"当他的眼睛落在岩装满箭的箭筒时,他一脚踢过去,许多箭被踢进火里烧了起来。

"现在,小子,别这么紧紧盯着我看,好像你正在做记录。我也许不得不割断你的喉咙,把你扔进沼泽地的坑里,让你永远保守秘密。"

岩有生以来真正感到了恐惧。

“把那块磨刀石给我，”暴君咆哮着，“再给我些咖啡。”岩照做了。流浪汉开始打磨他的长匕首。岩看到的两样东西唤起了他的记忆：第一样是那把匕首，带有猎刀的样式，手柄上还有一头黄铜制的鹿；第二样是抓刀的手指只有三根手指头。

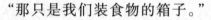

“那边另一只箱子里是什么？”

“那只是我们装食物的箱子。”

“你对我撒谎，是吗？”又一记棍子落了下来，“拖出来。”

“不行。”

“拖出来，不然我杀了你。”

岩试着拖，但箱子太重了。

“滚开，没用的小崽子！”流浪汉走进帐篷，猛地把岩推出帐篷，岩摔倒在地上。

男孩伤得很重，但他看到了唯一的机会。那把大刀就放在那儿。他抓住刀，割断脚上的绳子，把刀扔进沼泽里，像小鹿一般飞奔而去。流浪汉大声咒骂着冲出帐篷。如果在身体完好的情况下岩可能已经逃掉了，但流浪汉的残害确实把他伤得不轻，这个畜生很快就要追上他了。就在他速度慢下来将被抓住的时候，在南边的路上，他看到树林前面出现了一个熟悉的人影，他竭尽全力大声呼叫：“凯勒博！凯勒博！凯勒博！”他昏倒在草地上。

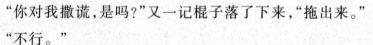

不会弄错的，这是可怕的绝望的叫声。凯勒博急忙跑来，他奋不顾身地和流浪汉展开了殊死搏斗。特克没有和主人在一起，流浪汉没有了刀子，这是一场赤手空拳的对决。几番撕扯，几记重拳，很容易看出谁会赢。凯勒博年老体轻。流浪汉尽管有些醉了，可还是足够强悍，他身体壮，而且体重超出凯勒博太多，几个回合下来，猎人被一记邪恶的重拳打得痛苦地扭动。流浪汉又去找他的刀子。他凶残地诅咒着，四处寻觅木棍，他找到了一块大石头，没人知道将会发生什么。这时只听到从后面传来一声呐喊，另一个大人从路上猛冲下来——流浪汉面对着威廉姆·拉夫泰。拉夫泰大口地喘着气，盖伊紧跟在他后面。原本要砸向凯勒博的石头被猛地投向拉夫泰，他闪身躲过。现在这儿展开了一场势均力敌的战斗。如果流浪汉有刀子的话，拉夫泰可能难以应付，但他赤手空拳，这个农民就很有胜算。他旧日的技巧今日重新派上用场，亡命徒被拉夫泰从肩上直接摔到地上，狠狠地趴在地上。

这里看起来是名副其实的战场——三个人躺在地上，拉夫泰红着脸喘着气，但面对一片混乱，他坚定而无畏。

“该死的家伙都做了什么坏事？”

“我告诉你，拉夫泰先生。”盖伊从他安全的避难所跑出来，慌乱地说。

“噢，你在这儿，是你吗，盖伊？去营地拿根绳子来，现在立刻去。”

这时流浪汉开始动弹了。绳子一拿来，拉夫泰就把这个家伙的两只胳膊牢牢地捆了起来。

“看起来,我好像以前在哪里见过这只手。”拉夫泰看到那只只有三根手指头的手后说。

岩现在站了起来,眼神茫然地看着周围。拉夫泰仔细检查了他昔日的伙伴,说:“凯勒博,你受伤了吗?是我——是威廉姆·拉夫泰。你受伤了吗?”

凯勒博转动眼睛,环顾四周。

岩也过来,跪下说:“你受伤了吗,凯勒博先生?”

他摇摇头,指指自己的胸口。

“他有些喘不上气,”拉夫泰解释,“过一两分钟他就没事了。盖伊,去拿些水来。”

岩讲了他的遭遇,盖伊则补充了一个重要的环节。他比预想的早回来,刚到营地附近,就看到流浪汉在殴打岩。他的第一个反应就是跑回家去找矮小的父亲,但立刻被另一个更聪明的决定取代了:他去找了肌肉发达的拉夫泰先生。

流浪汉这时也能站起来了,他凶狠地咕哝着。

“现在,该死的家伙,在把你关进笼子之前,我们得先带你回营地看看。在监狱里待一年会对你大有好处。我想,这比其他任何方式都好。来,盖伊,你拿着绳子的这头把这个家伙带到营地,我来帮凯勒博。”

盖伊觉得很光荣。流浪汉被迫走在前面,盖伊跟在后面,猛拉着绳子玩骑马,嘴里叫着:“叱——叱——叱——起来,小马。”拉夫泰温和地扶着凯勒博。这让他想起了很久以前有一次在树林里,一棵倒下的树差点儿要了他的命,那时候凯勒博也是这么帮助他的。

到了营地，他们看到了萨姆。萨姆非常惊奇地看着这一行人，因为他完全不知道今天发生的事情。当他获悉自己错过的事情后，他懊恼极了。

他们把凯勒博扶到火堆旁，他看起来依旧脸色苍白，很不舒服。拉夫泰说："萨姆，回家问你妈妈要些白兰地来。"

"你不用跑那么远去拿，"岩说，"因为那个家伙的口袋里有一瓶酒。"

"我不会碰那家伙的任何东西，更不会给我生病的朋友用他的东西。"拉夫泰说。

于是萨姆跑去取白兰地，来回用了半个小时。

"现在，凯勒博，"拉夫泰说，"喝一点儿，你会感觉好些的。"当他把杯子拿过来时，他感觉到自己对旧日的伙伴一些复活的同情。

那天早上萨姆回家，是有非常明确的目的的。他直接去找他的妈妈，告诉她自己所知道的一切，关于左轮手枪和凯勒博的误会。母子两个和父亲进行了一次长时间的、不愉快的谈话。拉夫泰像往常一样不讲情面、直言不讳，拉夫泰太太战斗首领温和平顺又聪明机智，萨姆则很机灵。结果是拉夫泰彻底败北。他不肯承认失败。萨姆暂且失望地返回营地，然而现在却亲眼见证了他本想看到的事情——他的父亲和猎人重归于好了。两个小时前还是死对头，而现在因为一场战斗重新做回了朋友。尽管在辩论中被击败了,但是拉夫泰的怨恨并没有消退,相反,在一定程度上他显然更加责怪这个人，直到他把这个人从可怕的困境中救出来才使得他们友谊的天平扭转。

二十六、 赢回农场

啊,多么神奇的营火!在它的照耀下任何芥蒂都很快烟消云散。男人们在同一个营火前相逢会倍加亲近,彼此更深地了解,为恒久的友谊打下坚实的基石。“他和我曾经一起露营!”这足以说明两个天各一方的人之间的热诚,依靠森林生活技巧共度的时光是终生难忘的幸福的闪光的记忆。

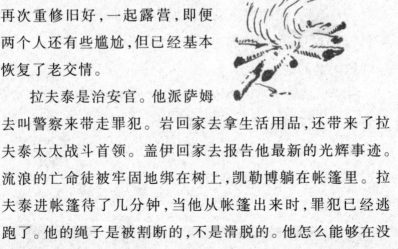

坐在同一营地的篝火旁通常是一种神圣的纽带,二十年前的场景如今在拉夫泰的树林中重新上演。多亏了一个月前点燃的营火——神圣之火!这个名字起得多么好啊!拉夫泰和凯勒博再次重修旧好,一起露营,即便两个人还有些尴尬,但已经基本恢复了老交情。

拉夫泰是治安官。他派萨姆去叫警察来带走罪犯。岩回家去拿生活用品,还带来了拉夫泰太太战斗首领。盖伊回家去报告他最新的光辉事迹。流浪的亡命徒被牢固地绑在树上,凯勒博躺在帐篷里。拉夫泰进帐篷待了几分钟,当他从帐篷出来时,罪犯已经逃跑了。他的绳子是被割断的,不是滑脱的。他怎么能够在没有帮助的情况下逃脱呢?

“别担心，”拉夫泰说，“他有三根手指头，很容易追踪到。凯勒博，这家伙不是比尔·亨纳得吗？”

“肯定是他。”

男人们促膝长谈。凯勒博讲了他左轮手枪的丢失——当时他还和迪克住在那所房子里，以及手枪如何失而复得。他们都记起那次因马匹交易而争吵的时候，亨纳得就在近旁。这本身解释了许多事情，也留下了许多令人费解的事情。

但有一件事是清楚的，凯勒博被人算计走了所有的东西。因为这只是个时间问题，迪克不会听撒央的，他会扔掉所有的伪装，把凯勒博从自己的地盘赶走。

拉夫泰坐着沉思良久，然后说：“凯勒博，如果你能完全照我说的做，你就能要回你的农场。首先，我借给你一千美元，期限一个星期。”

一千美元！凯勒博睁大了眼睛，第二步该怎么做他还没听到，因为男孩们回来打断了他们。不过后来老猎人完全照着拉夫泰的指示做了。

当拉夫泰太太战斗首领听说这件事的时候，非常震惊。在桑格，一千美元就像在大城市里的十万美元。这是一笔巨额财富，拉夫泰太太战斗首领倒吸了口凉气。

“一千美元，拉夫泰！把赌注押在一个人的正直上不是有

很大的风险吗？如果人家想占有呢？冒这个险保险吗？”

“哼！”拉夫泰说，“我不是出钱人，我也不是没经验的傻瓜。这就是我要借给他的钱，”拉夫泰拿出一卷伪造的假币，作为治安官他碰巧暂时监管这些假币，“这儿大概有五百也许六百美元，不过也差不多够了。”

然而凯勒博必须把这些当作真钱。一切收拾妥当，他去了他自己的——迪克的家——敲门进去。

“早上好，爸爸。”撒央说，因为她还有些正直和善心。

“你来这儿想要什么？”迪克无礼地问，“有你在这儿真是倒霉透了，别一天到晚地缠着我们。”

“别说了，迪克，你忘了——”

“忘——我什么也没忘。”迪克反驳，打断了他妻子的话，“他过去还帮着做些家务和劳动，现在他什么也不干，就指望我养活。”

“哦，我不会再麻烦你们多久了。”凯勒博颤颤巍巍地坐到椅子上，伤心地说。他脸色苍白，颤抖着，看起来生病了。

“你怎么了，爸爸？”

“哦，我病得很厉害。我活不长了。用不了多久我就要死了。”

“巨大的损失！”迪克咕哝道。

“我——我给你们我的农场和我所有的——”

“噢，住嘴。我讨厌听这些。”

“至少——大部分——一切。我、我、我、没提起过一卷我存的钱。我、我……”老人剧烈地颤抖着，“我好冷啊！”

“迪克，去生火。”他的妻子说。

“我才不干这种蠢事。现在房子里热得像烤炉。”

“不是很多，”发抖的老人继续说，“只有一千、一千五百——美元。我拿到这儿来了。”他掏出一卷美钞。

一千五百美元！这相当于整个农场和家畜价值的两倍！迪克的眼珠简直要爆出来了，凯勒博也露出了白色左轮手枪的枪柄。

“怎么啦，爸爸？”撒央叫道，“你病了！我给你喝点儿白兰地。迪克，生火。爸爸冷得像冰。”

“好，请生火。我浑身发抖，冷！”

迪克这回忙活起来，很快大壁炉里充满了火光，房间热得让人难受。

“来，爸爸，喝点儿白兰地和水。”迪克用一种截然不同的语调说，“你想要吃点儿奎宁吗？”

“不了，我现在好多了。我刚才在说我只有几天的活头了，没有法定的亲戚。我跟律师谈过，我所需要做的是加上一句话到那份农场的赠予契约上去。你们理所当然应该得到那个农场。”老凯勒博从头到脚都在颤抖，还剧烈地咳嗽。

“噢，爸爸，让我请个医生来。”撒央请求道。

迪克微弱地附和:“是啊,爸爸,让我去找个医生。”

“不用,别担心。不要紧。我最好是尽快把这事办了。契约还在你们这儿吗?”

“噢,是的,迪克放在他的柜子里了。”

迪克跑去拿契约。因为那个时候,加拿大的登记注册还没开始,拥有契约就是拥有农场,丢了契约就是丢了土地。

当迪克拿着契约从梯子上笨重地爬下来时,老人颤抖地摸索着钱,好像在说:“没错——正好——一千五百。”

“你们有笔——和墨水吗?”

迪克跑去拿干了的墨水瓶,而撒央去找笔。凯勒博的手剧烈地颤抖着。他拿起羊皮纸契约,仔细地察看——是的,就是它——这东西把他变成了令人不齿的乞丐。他快速环顾四周,迪克和撒央在房间的另一头。他站起身,向前迈了一步,把契约扔进燃烧的火中。他右手举着左轮手枪,左手拿着拨火棒,笔直而坚定地站着,所有的虚弱都不见了,眼里闪着激动的光,他用严厉的命令的口吻说:“往后站!”当他看到迪克冲上去想要抢出契约的时候,就用枪指着他。几秒钟后,契约完全被烧毁了,同时也烧毁了迪克对财产的最后权利,因为凯勒博自己的财产持有证安全地放在唐尼的银行中。

“现在，”凯勒博高声喝道，“你们这些卑鄙的穷鬼，从我的房子里滚出去！滚出我的土地，别想再碰属于我的任何一样东西。”

他提高声音发出长长的呼声，在桌子上连续敲了三次。外面响起了脚步声，接着拉夫泰带着两个人进来。

“拉夫泰长官，如果你愿意，请你把这些闯入者从我的房子里清理出去。”

凯勒博给他们几分钟去收拾衣服，然后他们步行去了唐尼。当他们灰溜溜地离开老凯勒博时，满怀着无助的愤怒，成为令人不齿的流浪者。

如今凯勒博重新拥有了自己的财产，再次过上安逸的生活。大家为计谋的成功实施热烈庆祝，大声欢笑。拉夫泰渐渐把话题引向了钱的问题，然后便不作声，想知道凯勒博会怎么办。这个正直善良的老人掏出那卷钱。

“在这儿，拉夫泰。我都没有数过，感激不尽。任何时候你需要朋友，只要招呼我。”

拉夫泰轻声笑了，数了数那卷钞票说：“好吧！”

直到今天凯勒博也不知道那天他手里拿着的那笔巨款只是一卷一文不值的废纸。

一周后，老凯勒博独自坐在桌前吃晚饭，有人轻轻地敲门。

“进来。”

一个女人进来。特克跳起来咆哮，但很快就摇起了尾巴。女人解掉面纱，凯勒博认出是撒央。

“你想要什么？”他严厉地问道。

“爸爸，你知道那不是我干的，现在他永远离开我了。”撒央简单地讲了她的悲惨遭遇。迪克并不想娶撒央，只是为了得到农场。现在农场没有了，撒央也不再有用了。他一直以来过着邪恶的生活，他也比所有人知道的还要坏。现在他清楚地告诉了撒央他对她所做的一切。

凯勒博的盛怒从来不会持续超过五分钟。他一定感到她的故事是真的。因为从前有条理的生活又重新恢复，撒央作为老人的管家让他在晚年又过上了舒适的生活。

迪克失踪了，大家说他去了美国。三根手指的流浪汉再也没有出现，从此这个地方抢劫案也不再发生。三年后人们听说两个企图从美国监狱逃跑的盗贼被枪毙了。他们中的一个无疑是迪克·迫各，而另一个据描述是个块头大而黑的人，他的右手掌只有三根手指。

二十七、 竞争的部落

依据桑格的风俗,重获农场必须要举行“社交聚会”庆祝一番,这个社交聚会以一种盛大的庆祝乔迁的特殊形式举行。因为查理斯是凯勒博的铁哥们,这次聚会拉夫泰一家、伯恩一家还有博伊尔一家全都出席了。印第安团体引人注目,凯勒博认为这件令人高兴的事之所以能发生完全要归功于营地的聚会。

凯勒博担当起了查理斯·博伊尔和威廉姆·拉夫泰的调停人,他们忘记积怨——至少那天如此——当他们谈起他们早年打猎的故事,这令岩和整个部落都很开心。小河狸第一次碰到了另外四个男孩。他们是威斯利·博伊尔,一个皮肤黑、额头低,与萨姆同岁的活跃男孩;他的弟弟彼得,大约十二岁,白白胖胖,长着雀斑,还有一只不可思议的斜眼;他们的堂弟查理斯·博伊尔,年龄更小、好脾气,总是咯咯笑,性格柔和;还有塞勒斯·迪格比,一个从城里来的时髦男孩,他来拜访这些人,每次出现时都是袖口雪白、衣领笔挺。这些男孩对桑格的印第安营地表现出极大的兴趣。这次聚会的一个结果就是组建了另一个印第安部落,成员是博伊尔家的三个孩子和他们的城里朋友。

既然大部分人是博伊尔家的,而且他们打猎的区域也

是在博伊尔家有沼泽和池塘的树林，尤其是因为他们读到过一群以博伊勒人或斯都博伊勒人命名的印第安人的事迹，所以，他们也称自己为“博伊勒人”。威斯利是天生的领袖。他机警又强壮，热衷于做事，这些使他成为杰出的首领。他的鹰钩鼻和黑色的头发和眼睛为他赢得了“黑鹰”这一恰如其分的称号。城市男孩爱说话，爱卖弄，被称为“蓝鸟”，他几乎不做事。彼得·博伊尔叫“斑鹬”。查理斯被叫作“红松鼠”，这源自于他特有的哧哧的笑声和露出的两颗大门牙。

他们把自己的营地搭建得尽可能像桑格人的营地，采用桑格人的风俗习惯。但是从一开始，不共戴天的对抗就在他们之间迅速增长。桑格人认为他们是古老而有经验的丛林技艺拥有者。而博伊勒人则认为他们和桑格人知道的一样多，甚至比桑格人更多，而且他们的人数超过桑格人。积极的对抗演变成公开的战斗。通常的战斗是用拳头和泥巴，双方不分胜负。后来，他们安排了一场首领间的决斗，黑鹰赢得了战斗和啄木鸟的头皮。博伊勒人狂热的野心被激发了，他们打算占领整个桑格营地。但在两个部落的白刃战中，他们打了个平手。不管怎样，盖伊战胜了查理斯，赢得了辉煌的胜利，在关键时刻保全了他的头皮。

现在，小河狸挑战黑鹰。对方轻蔑地接受了挑战。博伊尔首领再次成为胜利者，赢取了另一个头皮；而小河狸则得到了一只乌青的眼睛和一顿猛揍，不过敌方撤退了。

在波那顿，岩总是被看作一个胆小的男孩，然而这绝大部分是由于严苛的家庭训练造成的。桑格正在让他发生巨大变化。这一家的主人用尊敬的态度对待他,这对于他来说是一种新鲜而愉快的经验,使他增强了自尊。丛林生活使他变得惊人的自立,体质的增强也助长了他的勇气。所以第二天,当敌人全体出现的时候,令所有人都很惊奇的是,岩再次挑战黑鹰。这么做确实需要他孤注一掷,付出非凡的努力,因为挑战一个你认为能够打败的男孩是一回事,而挑战一个昨天刚刚打败你的男孩则是另一回事。的确,这一道理众所周知,所以岩这么做的时候心怀恐惧并且发着抖,勇气在消退——走上前的时候,恐惧让他直打退堂鼓。

如果是一年前,在这样的战斗中,岩肯定不会冒险,现在他敢这么做是因为他发现黑鹰是左撇子,于是他心中逐渐浮现出一个打败他的计划。大家对他的挑战感到吃惊,但更令人吃惊的还在后面,小河狸赢得了辉煌的胜利,他的部落欢欣鼓舞。

这极大地鼓舞了士气。他们把博伊勒人从领地驱逐出去,赢得了巨大的胜利。萨姆和岩每人都掳取了一块头皮。

那天晚上桑格人围着户外的火堆进行庆祝,举行集会,跳头皮舞。药师也被邀请参加。

跳完舞后，小河狸酋长脸上涂着的颜料掩盖了他黑色的眼睛，他发表了演说。他断言博伊勒人肯定会寻找援军，妄图发动新一轮的进攻，因此桑格人也应该努力去增加人手。

“我任何时候都能打败查理斯。”盖伊骄傲地吹嘘，摇动着他赢得的头皮。

但是药师说：“如果我是你们的话，我就会休战。现在你们已经赢了，你们就该邀请他们来开大会协商。”

这样一来，两个部落举行了一次友好集会，人人都涂满了颜料参加。

啄木鸟首领首先向他们发布讲话：“我说，酋长兄弟们，打仗没有好处。我们可以一起干更有趣的事情。让我们成为朋友，合并成一个部落吧，一大群人会更好玩。”

“好吧，”黑鹰说，“但是我们得把这个部落叫作‘博伊勒人’，因为我们的人占多数；还有，必须让我做首领。”

“这点你就错了。我们有药师，这样大家人数就相等，而且我们分量更重。我们的营地更好，还有游泳池。我们是最古老的部落，更不用说不久前我们在某些小事情上的成功，关于这一点我们最小的成员也能牢记。”盖伊咧嘴笑着，因为明显地提到了他的功劳。

事实上，起到了关键作用的是游泳池。博伊勒人一致同意加入桑格人。他们的假期只有十天，桑格人有一个星期的延期，大家都知道他们可以去游泳池充分利用他们的时间。名字的问题被小河狸解决了。

“博伊勒勇士们，”他说，“印第安人有一个部落分成几个种族的传统。我们是桑格族，你们是博伊勒族，但我们都住在桑格的时候，就都是桑格印第安人。”

“谁做首领呢？”

黑鹰不愿向啄木鸟俯首称臣，因为他打败了啄木鸟，而啄木鸟也不接受一个低级部落的人做首领。有人建议小河狸做首领，可是出于对朋友啄木鸟的忠诚，岩拒绝了。

“最好先别决定，等你熟悉一段时间再说。”这时药师给了明智的建议。

那天和第二天都是在营地度过的。博伊勒人要搭建帐篷，支好床铺。桑格人高兴地帮忙，忙碌得像一只只蜜蜂。

接下来是制作弓和箭。小河狸被强盗毁坏的弓箭还没全部更换。捕猎粗麻布做的鹿是第二天的乐趣所在，虽然只有两张弓，但博伊勒人开始认识到在丛林技艺和知识方面，他们确实比桑格人逊色太多了。

在游泳方面，黑鹰轻而易举地领先。当然，这大大增加了他对游泳池的兴趣，后来他主要负责制造独木船。

日子在快乐中流逝——噢，这么快！小河狸展示了在他感兴趣的领域里所有的才华。能够尽情展示这些是多么幸福啊——扮演经验丰富的领路人，像他曾经梦想的那样！斑鹬热衷于这些事情，蓝鸟也是。红松鼠很感兴趣，还帮忙做。通常在每件事上他都有兴趣，还咯咯地笑个不停。盖伊自从发现查理斯好欺负，就打算欺侮他。他跟查理斯说话的时候，总是提高嗓门，傲慢无礼，完全不像跟别人说话时

那样细声细气。如果他有可能虐待他们中的任何一个,那么他最想针对的人就是查理斯。一次为了一点儿无关紧要的小错，他要对查理斯施加严酷的私人惩罚。这时黑鹰给了他一次警告,这警告起到了显著的作用。

大家热烈地讨论了岩的记录本,极力赞美了他的绘画。对画家来说，岩马上精力充沛、热情高涨地开始着手画博伊勒人的帐篷。对艺术家来说，部落中没有任何冒险活动是有重要价值的，除了，黑鹰打败了啄木鸟和小河狸这件事,但是对这个主题,艺术家并不感兴趣。于是帐篷外面的装饰画就采用了博伊勒族和成员的图腾形象。

二十八、 白人的丛林技艺

黑鹰发明了一个新游戏,他把这个游戏称为“判断”。

“从这儿到那棵树有多远?”他会问。然后每个人写下他猜想的答案,他们会测量,通常总是萨姆或者黑鹰最接近事实。盖伊仍然在看得远方面领先,为此每当要换个娱乐活动的时候,他都建议这项比赛。岩对黑鹰的这个游戏做了进一步的拓展,想出一个叫“白人的丛林技艺”的新游戏。他问:“知道一只狗的脚印,你能说出狗的身高吗?”

“不能,你也不能,没有人能。”黑鹰不屑地回答。

“我行。测量它前脚印的长度有多少英寸, 乘以八,就得出肩部的高度。你们可以试一试,就会明白。一只小狗的脚长二又四分之一英寸,站着大约有十八英寸高;一只牧羊犬的脚长三英寸,站着身高有二十四英寸;獒或任何一条大狗脚长四英寸,身高就有三十二英寸。”

“你是说计算每只狗时都要乘以八吗?”萨姆怀疑地拖长腔调慢吞吞地说。但岩继续他的高论:“你们也可以通过脚印说出它的体重。你用前脚的长度乘以宽度,再乘以五,就能算出它大概的体重。我给老坎普测量过。它的脚长三又二分之一,乘以三等于十又二分之一,再乘以五等于五十二又二分之一磅,基本准确。”

“我打赌我在展览会上见过一种狗,用你这种方法就不能测量。”萨姆慢吞吞地说,“它有我的两个胳膊长,它的脚有小熊的脚那么大,但是它还没有一块砖头高。它的体形

就像一只毛毛虫，只是没那么多腿，只有四条离得很远的腿。腿分得那么远，它都不能起步前进。它看上去好像是在桌子下面养大的。我想它的腿被裁短了,可能给了其他的地方,中间部分应该就是这个长度。”

“是的,我知道那种狗。那是达克斯犬。但你不能指望奇形怪状的狗符合这种计算法。只有正统的狗才行。这种方法也能用在野生动物身上——比如，狼或狐狸，也许还有其他的动物。”接着小河狸改变了主题,继续说,“你们能根据树的影子说出树的高度吗？”

“从来没想过。你怎么做呢？”

“等到你的影子和你本人一样高的时候——也就是,大约在早上八点或下午四点的时候——那时候测出树的影子的长度,那就是树的高度。”

“你不得不等一天才能测出来，在树林或在阴天的时候,你根本就做不到。”黑鹰反驳道,“我宁愿猜它的高度。”

“我敢用我的头皮跟你打赌,我现在不用爬树马上就能说出这棵树的高度。比你猜的要接近。”小河狸说。

“不，我不用头皮赌这个——但是我要赌谁输了就洗碗。”

“好吧。到那棵树的最高处,有多高？”

“最好不要取最高处，因为我们不可能到达那儿去测量。不如就到那个树疖处。”黑鹰回答，“来，啄木鸟，你来当裁判。”

“不，我也想来猜一猜。输的人下一轮洗碗时就要替其他每个人洗。”

接下来，黑鹰仔细地研究了那个树疖，写下了他猜想的高度——三十八英尺。

萨姆说：“黑鹰！地面不平，我想知道你测的树下的那个确切的位置，你能在那个地方标记一根木钉吗？”

黑鹰过去察看并放了一块白色木桩，与此同时，他很不明智地让啄木鸟得到了想要的参照，因为啄木鸟知道黑鹰比五英尺高一点。当他站在那儿时，萨姆预测了一下，写下三十五英尺。

现在该轮到岩用他称之为“白人的丛林技巧”的方式来测量了。他砍了一根正好十英尺长的树干，选择最平滑的地面，从树走出去大约二十码远，把树干直立竖起，然后他躺倒，以便他的眼睛和树基在同一水平线上，树干的顶端和树疖在同一水平线上，再用一个木桩标记好眼睛所在的位置。

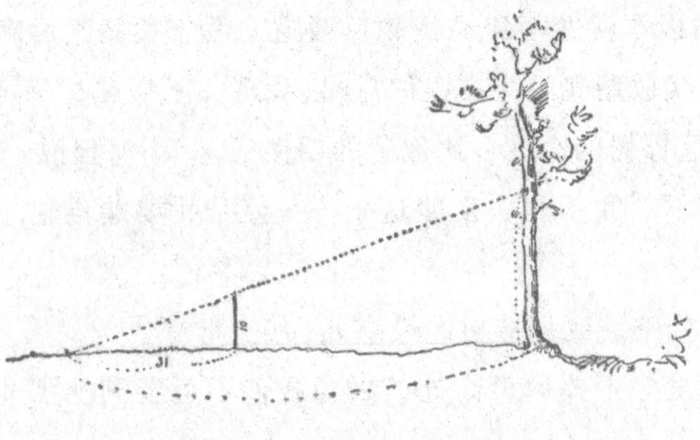

他测量出从眼睛到树干底端的距离是三十一英尺，眼睛到树下树桩的距离是八十七英尺。既然十英尺长的树干在三十一英尺处与之相交，三十一对应十，八十七对应的树高则——差不多是二十八英尺。一个男孩爬上去测量树疖的高度，是二十九英尺。岩轻松获胜。

“既然，你们俩势均力敌，你们想再试一下吗？这次我给你们机会。如果你们猜的误差在十英尺内，你们就赢。我的误差必须在两英尺内，继续吧。”

“好吧，你来选树。”

“这次不是树，我们来测池塘的间距：从这个桩 H 到那棵毒芹树 D(见 238 页图)。你们把测的宽度记下来，我要让你们看看另一种方法。”

萨姆仔细研究了一番，写下四十英尺。威斯利写的是四十五英尺。

“这次我也想参加。我要让你们这些家伙看看做这事有多么容易。”盖伊用他惯用的轻蔑的方式宣称，他写的是五十英尺。

“让我们都来用头皮打赌吧。”查理斯说，但大家认定用头皮来做这个赌注太大材小用，所以输了的惩罚还是洗碗。所有其他的孩子也都参加进来，写下接近他们首领猜测的数字——四十四、四十六、四十九。

“现在你们就要看到正确答案了。”小河狸用一种平静而有优越感的语气说。他拿了三根同样长度的笔直的树干，把它们固定在一起形成一个三角形，然后在每个点留下竖立起来的木桩。他把这个三角形放在河边的三个点，分别为 A、B、C，AB 所在的线对准毒芹树 D，三个桩放在地上正好在三角形三个桩的下面；把这个三角形移到 EFG 处，使得 FG 和 AC 在一条线上，EG 和 D 在一条线上。现在 AGD 也肯定是个等边三角形，所以，根据计算，DH 边肯定是 AG 的八分之七。AG 的距离很容易测量——七十英尺。七十英尺的八分之七等于六十一又四分之一英尺。他们用带子来测量池塘的宽度——发现是六十英尺，因此，岩的答案最接近，但盖伊声称五十英尺在十英尺的误差之内，大家都同意这一点。这样就有了两个赢家——两个人都不用洗碗。鹰眼的自吹自擂让人无法忍受，尽管他不可能再测得这么接近，然而没有失败者能使盖伊在这样的成功后气馁。

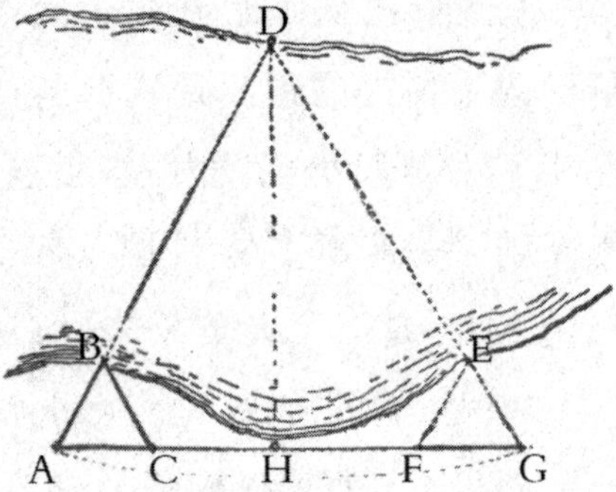

萨姆对白人的丛林技巧的兴趣主要在岩的描述上，但黑鹰则明显对这种方法本身产生兴趣，他说："小河狸，我要再给你出道题。你能不过河，测量出河那边的两棵树的距离有多远吗？"

"没问题，"岩说，"很容易。"他砍了三根树干，长度分别是六英尺、八英尺和十英尺，把它们组成一个三角形（见 239 页图）。"现在，"他说，"角 ABC 是一个直角；因为当一个三角形三条边的长度分别是六、八、十的时候，它肯定是直角三角形,这是定律。”

他把这个直角三角形放到岸边,AB边对准第一棵树的内边,BC边尽可能地与两个树之间的线平行。接着他在B处放了一根木桩,在C处也放了一根,把这条线延伸到K处。他把这个三角形平移,直到GF指着E,HG边和CB在一条线上。从D到E的距离,当然,等于BG的距离,而BG的距离是可以测量出的。大家再次用带子测量,结果显示岩基本正确。

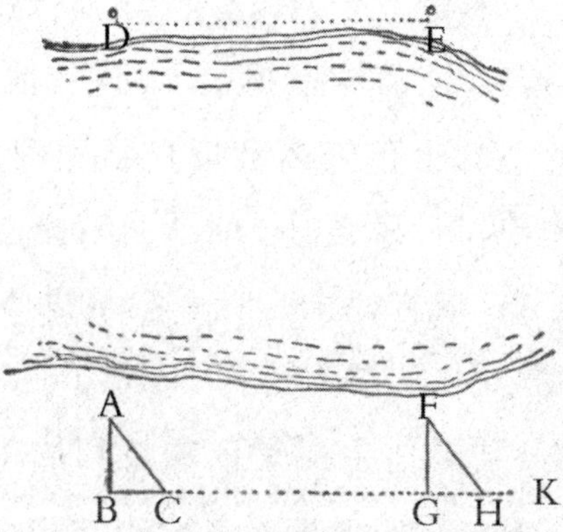

这种白人的丛林技巧对岩来说易如反掌，他自告奋勇要教给其他印第安人,但他们觉得这看起来太像学校。他们一致同意授予岩一个功绩,表彰他这方面的技能。不过拉夫泰听说了这件事后,既惊叹又钦佩地大叫:“这太了不起了!”直到这项功绩被改为伟绩他才满意。

“听着,小河狸,”啄木鸟令人遗憾地又提起这个话题,“如果一条狗的前爪有三又二分之一英寸长、三英寸宽,那么它的尾巴尖是什么颜色?”

“白色,”岩立刻回答,“因为如果一条狗有这种尺寸和形状,它很可能是一条黄狗,而黄狗的尾巴端总是有一簇白色的毛。”

“噢,答错了,因为它的尾巴在它小时候就被切掉了。”

二十九、 长长的沼泽地

不管怎么说，这个部落联盟远不够圆满。黑鹰有些焦躁不安。他的体重超过小河狸，他不明白的是这个纤弱的、年龄小的男孩怎么会把自己摔倒，他想要再试一次。岩的身体现在日益强壮。他动作敏捷，身材瘦长结实。在第一轮战斗中，双方完全是赤手空拳拼体力，他被打败了。在第二轮战斗中，他奋力一搏，计划了一场“扭打”。正如他们所声称的，结果他主要是依靠技巧取得了胜利。但如今黑鹰并不满意，当然他并不希望再次决一死战，他只想当作一次试探，在和平度过几天后，来一次以赢头皮为目的的友谊赛。

“只能赤手空拳！”这正中小河狸下怀。结果最大的男孩被摔倒在地。“如果其他任何博伊勒人想要试试，我乐意奉陪。”岩说，他从黑鹰那里赢得了第二张头皮，有点儿自我膨胀了。

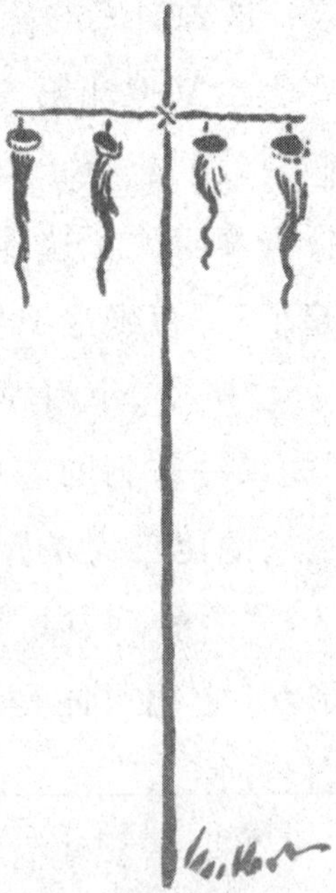

他很惊奇的是，城市男孩接受了挑战，令他更吃惊的是，城市男孩把他摔倒在地。

“三局两胜！”啄木鸟马上喊道，为了朋友的利益，他利用了没有明写的规则。规则没有说明是一次，即通常所说的“一场决胜负”，所以也可以看作“三局两胜”。

岩知道现在他碰到了一个强有力的对手。他躲闪着,等待着一个漏洞,比如抓住,然后卡住不动,压到对方的屁股上。他想着,但是城市男孩及时扭动身体,他放弃而没有坚持,两个人紧抓着对方。他们僵持了足有一分钟。

“摔啊,岩。”

“摔倒他,蓝鸟。”

但岩迅速抽出一条腿,利用杠杆作用,把城市男孩背朝下摔在地上。

“小河狸万岁!”

“再来一次才公平!”黑鹰叫道。

他们又一次接近,但岩这次更谨慎小心。城市男孩喘着粗气。真正的考验已经结束,他又一次轻松打败了城市男孩。

“为小河狸欢呼三次!”第四个头皮进入了岩的口袋。萨姆轻拍他的背,而蓝鸟掏出一面袖珍的镜子,把头发梳理得一丝不乱。

但这都无助于选出首领。药师听说僵局还在持续,他说:“孩子们,你们知道,每当无法决定谁做首领的时候,唯一的方法就是所有首领都放弃,举行一轮新的选举。”男孩们响应了这个建议,但是发现又陷入了另一个僵局。小河狸拒绝参加选举。啄木鸟得到三票,黑鹰得到四票,盖伊投了自己一票,桑格人不认可这个结果。

“那让我们在艰难的旅行后,再来决定。那样会显示出谁是真正的领袖,也就有了一次新选举。”小河狸建议。这有利于啄木鸟，因为这次艰难的旅行是凯勒博向他们许诺好的——在长长的沼泽地做三天探险。

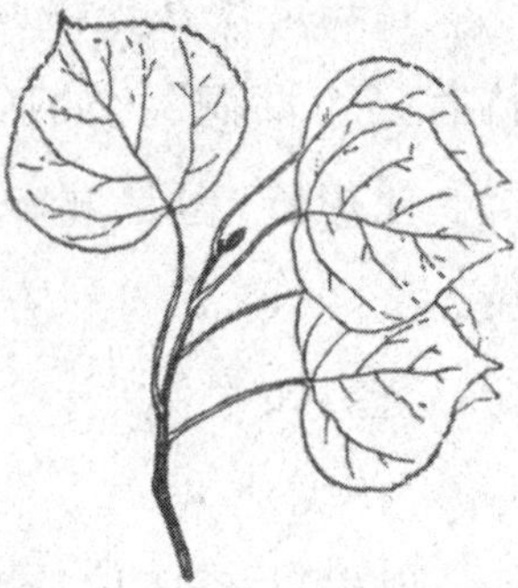

沼泽地是一片荒凉开阔的地域，有十英里宽、三十英里长，位于桑格北面十二英里开外的地方。它大部分是沼泽，部分干燥地带岩石嶙峋，好像池塘里的岛屿。这些土地没有利用价值，树木已经被火烧毁，因此沼泽地一直以来是没有人居住的蛮荒之地。

据说在长满阔叶树的山脊上有一些鹿。偶尔也能看到熊和猞猁，在最近几个冬天还能听到狼嗥。当然，这里有狐狸、松鸡和北美野兔。木材差不多把溪流填塞住了，但这庇护了不少河狸，偶尔也有水獭。没有大路，只有通往沼泽的狭长、隐蔽的入口，这是冬天的小路，运木材的路。这就是孩子们打算在凯勒博的引导下去探险的地区。

终于，他们要真正地开始进行一次“印第安之旅”了——去探索这片广阔的不为人知的地方。这次冒险可能会发生任何事情。

黎明时分，岩敲打手鼓。鼓声高亢响亮，今天一定是个大晴天。

他们早上七点离开营地，经过三个小时的跋涉，到了荒野的边缘地带。那里多是岩石，烧焦的树和树桩把这里变得很丑陋，只有在长着小杨树或者颤杨的树丛的地方有些绿色。

此时,印第安人准备在这里露营,但药师说:“不,最好找到水时再停下来。”于是他们又走了一英里,来到一段平坦的长着美洲落叶松的沼泽地。停下来时,正是午餐的时候。“露营!”领导人叫道。印第安人都跑去做各自分内的活。萨姆负责找点火的木头,黑鹰去找水,蓝鸟跟着他。他身着高竖着亚麻布领子的衣服,宽大的袖口非常显眼,这是因为凯勒博遗憾地承认他曾经看到过一个印第安首领戴着高帽、穿着立领衣服。

小河狸有点儿失望地看到药师用一根火柴点火。他想要一切都采用地道的印第安的方式,但老猎人说:“你们在树林里最好是用一些引火物和皮条,但火柴比钻木取火更方便。”

黑鹰和蓝鸟回来了,提着两桶不干净而且被晒温的沼泽水。

“唉,只能找到这些水!”他们辩称。

“岩,你去给他们示范一下怎么找到干净水。”凯勒博说。桑格的二号酋长还记得他受过的训练。他拿了一把斧子,很快地做了一个木质的挖斗,然后到沼泽边,在距离沼泽二十英尺处的沙土上,动手挖了一个坑。坑的直径有两英尺、深三英尺。浑水慢慢从周围渗进。蓝鸟挖苦说:“我宁愿喝我们打的水。”小河狸一直挖到坑里的脏水有一英尺深,然后他拿过一只水桶,把里面的水尽快地全部舀出来,然后让水渗满,再次舀出来。十分钟后,他小心地用杯子挖出满满一桶清澈见底的凉水。如此一来,博伊勒人就学会了怎么做一个印第安水井,从肮脏的水坑里获取干净水。

他们喝了茶,吃了面包和肉,简单的用餐后,凯勒博说出了他的计划:“如果只是随便溜达,你们不会得到远足的好处,最好是有计划地做些事情。如果你们想要冒险就不要向导。目前八个人太多了,你们不能一起走,这样吵闹会吓跑所有的东西,不可能看到一只动物。最好分组行动。我留在营地,准备晚饭。”

酋长萨姆和岩很快就找到了伙伴并配好了对,分别是盖伊和斑鹬。威斯利觉得一定要照看好自己的小堂弟查理斯。

蓝鸟发现自己落了单,就决定留下和凯勒博待在一起,尤其是因为沼泽地显然没有适合走的路。

“好吧,”凯勒博说,“这儿的西北边有一条叫河狸的河,流进黑河。我想你们有一对可以去那儿。那条河有三四十英尺宽,很容易认出,因为它是沼泽地里唯一的大河。正北面有一段开阔的平原,有一些泉水,有一群印第安人在那儿露营。听他们说东北边

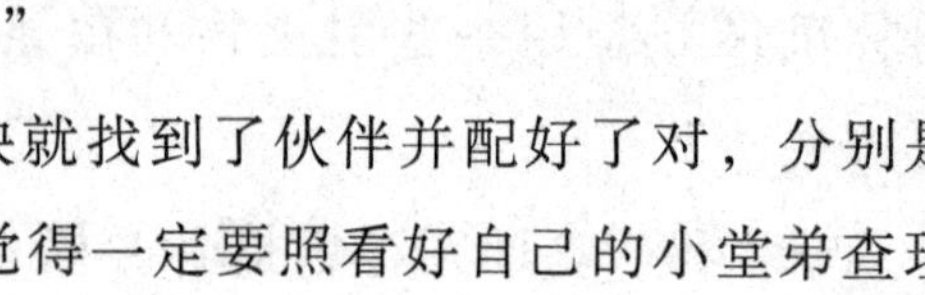

有一大片没有烧掉的松树林,那儿有鹿。这些地方方圆十英里没有人,但也许有印第安人的营地。我想你们应该先去侦察一下然后回来汇报。你们可以抽草棍来决定谁去哪里。”

草棍做好,开始抽取。岩抽到去树林搜索。他宁愿去寻找印第安人营地。萨姆不得不去寻找河。威斯利则去找印第安人营地。凯勒博给他们每人一些火柴和临别辞:“我待在这儿等你们回来。我会一直生着火,太阳下山时我就用烂木头和草来让它冒烟,这样你们就能找到回来的路。记住,用太阳来掌握方向,保持你们行进的大方向不变,不要试着去记树和泥坑。如果你们迷路了,你们就分开生两堆烟,一直待在原地,每过一会儿就喊一次话,肯定就有人来帮助你们。”

现在大约十一点,孩子们兴奋地出发了。当他们要走的时候,黑鹰对其他人说,他要第一个完成任务,赢得伟绩!

“三个首领拿出他们的头皮做筹码。”啄木鸟说。

“好吧。第一个返回的胜利者将赢得其他人的头皮,而保留自己的。”

“听我说,孩子们,你们最好带齐你们所有的装备、食物和毯子。”这是药师最后的建议,“你们也许整晚都要待在野外。”

岩本来想跟萨姆一道,但这是不可能的,而斑鹬则证明了自己是个好伙伴,尽管他不够敏捷。他们很快就离开了高地,来到沼泽——平坦单调,看起来无边无际,还长着几棵高大的美洲落叶松。有几只在树顶捕捉苍蝇的黄连雀，一只孤单的京燕正在叫："哇哦特——哇哦特——哇哦特！"一只食雀鹰飞起来，后来一只秃鹰和食雀鹰展开了一场热闹喧嚣的追逐。但是最奇妙的还是在沼泽的表面。零散的落叶松之间是大片的柔软吸水的苔藓，上面点缀着一大簇一大簇的猪笼草，有一半都被茅膏菜或其他的以蝇为食的植物的稀奇叶子所遮蔽，这些植物用它们的覆盖去捉取它们的猎物。

这片沼泽非常神奇，但也异常难走。孩子们踩在松软没膝的苔藓上，越走越远，只能依靠太阳的引导。他们发现苔藓下沉，他们的脚一碰到水底，水立刻就没到膝盖。岩给他们每人砍了一根长的树干拿在手里，以防沼泽支持不住。这些树干能把他们救出来不至于沉没。这样跋涉了两英里，斑鹬想要回去了，但是小河狸不屑地否决了这个提议。

不久，他们来到一条沼泽缓滞流淌的河边，这条河的两岸浮着奇怪的红黄交杂的浮渣。岩用树干试探——不敢涉水，他发现河水深，底部软。他们沿着河道走，找到一棵横躺的树。这棵树横跨河两岸，他们从树上过了河。又前进了半英里，沼泽渐渐变干了，前头大团的绿色标志他们到达了一个高地岛屿。他们很快地翻过岛屿，保持往西北面的路线，路过一连串的小沼泽和大岛屿。太阳炽热，斑鹬累了，也很渴，每当他发现一个水坑他就执意要喝沼泽水。

"听着，斑鹬，如果你不停止喝，你会为此吃苦头的。这些水不适合喝，除非你把它烧开。"

但斑鹬抱怨他干渴得要着火了，依然不顾一切鲁莽地喝水。两个小时的跋涉之后，他疲惫不堪，再次提出打道回府的想法。岩发现了一处干燥的岛屿，收集了一些树枝准备生火，却发现他们带的火柴全部都在趟过沼泽的时候浸湿了。斑鹬更加烦躁不安——不是因为火，而是说不定他们整晚都要待在外面。

“你等着看印第安人是怎么应付的吧。”小河狸说。他找了一块干枯的香脂冷杉，砍成摩擦棒，用细长的弯的树杈做成一张弓弦，不久，火焰燃烧起来。斑鹬从来没见过钻木取火，这令他万分吃惊。

喝了些茶、吃了点儿东西，斑鹬感觉舒服多了。

“我估计，我们还得再往前走六英里多。”首领说，“一个多小时后我们应该就能够看到树林了，如果那儿有树林的话。”岩领头穿过了沼泽，差不多到了开阔的树木被烧毁的岛屿。

斑鹬开始为他们和朋友们之间拉开的遥远距离恐惧起来：“要是我们迷路了可怎么办？他们永远不会找到我们了。”

“我们不会迷路的。”岩有些不耐烦地说，“如果我们迷路了，那也没有什么大不了的。只要一直朝着正北或正南

走四五个小时，我们就能到达某个村落。”

他们向着西北方向走了一个小时，来到一个长着一棵高大树木的小岛，有的树枝垂直到地面。岩爬上去，广阔无边的土地尽收眼底——眼前是开阔平坦的沼泽和长着树的岛屿，在遥远的前方有一片绵长的紧密相连的常青树——这肯定就是他要寻找的树林。他还看到在他和树林之间有一条波光闪耀的河。

“斑鹬，你应该爬上来看看，”他兴奋地喊，“爬上来看看这片风景太值了。”

“我宁可看我们自己家的后院。”斑鹬咕哝着。

岩爬下树，容光焕发地大声说：“树林就在附近！我看到那片松树林了，就在那边。”

“多远？”

“哦，最多两英里。”

“你一直都这么说。”

“好吧，这次我看到了。那边还有一条河，我也看到了。”

他大步向前，半个小时后他们到了水边。这是一条水深而清澈、涓涓流淌的小河，水边长着柳树灌木丛，覆盖着一丛丛的百合花，中间是多沼泽的平滩。这条河令他迷惑。突然他明白了：“凯勒博说只有一条河穿过这片沼泽。肯定就是它，这就是河狸河。”

尽管这条河只有四十英尺宽，然而要找到一根树干做桥来渡河显然是不可能的，所以岩脱掉衣服，将所有东西裹成一捆，扔到河对岸，随后游了过去。斑鹬不得不跟着

去,否则就会被单独留下。

他们正在穿衣服，北面突然传来一声响亮的“砰——嗖——”声,空中溅起一团水花。他们身旁的百合花丛被冲开,水花急速落下,波纹平复。孩子们惊奇地站在水边,想看看是什么奇怪的生物造成了这场混乱，但什么也没看到,没能解开神秘事物的谜底。

后来岩听到在河的下方有一声熟悉的“嘎嘎”叫。他准备好弓箭,斑鹬则一筹莫展地站在土丘上。岩刚搜索到一个翻着水花的小水湾,就看到三只野鸭在附近。他等到其中两只在一条线上时立刻射出箭,射中了一只,另两只则飞走了。岩用一根木棒拨水,让这只野鸭漂过来,他抓住了鸭子,胜利地返回斑鹬身边,却发现斑鹬快要哭了。“我想回家！”他凄惨地说。看到野鸭,他振奋了一些。岩说:“来吧,斑鹬,不要毁了这一切,做个好小伙子。振作起来,如果二十分钟内我不能让你看到松树林,我就带你回家。”

他们一到达下一个岛屿就看到了松树林——一道常青

树的堤岸，距离他们不到半英里，孩子们欢呼起来，感觉就像蒙戈帕克第一次看到尼日尔。十五分钟后他们漫步在干燥而令人愉快的路上。

“这下我们赢了！”岩说，“不管其他人做了什么，所有这些都要保留好带回去。”

“我累死了。”斑鹬说，“我们歇一会儿吧。”

岩看了看表：“四点了。我想我们最好准备晚上在这儿露营。”

“噢，不，我想回家。看起来要下雨了。”

肯定要下雨了，但是岩没有回答。“好吧，我们先吃点儿东西。”他尽可能地拖延时间，为了迫使斑鹬不得不露营。雨说来就来，他还没来得及生火。令他愉快也令斑鹬惊奇的是，他很快就成功地钻木取火，把火点燃了。他们把湿淋淋的衣服挂在火堆旁烘烤。接着他挖了一个印第安水井，又花了很多时间准备晚饭，当他们开始吃饭的时候已经六点钟了，吃完了就七点了——显而易见，尽管雨已经不下了，可是要离开此地返回营地已经太晚了。于是岩收集取火的木柴，用冷杉树枝铺了一张床，用灌木丛和树皮做防风墙。天气暖和，再加上烤着火，还有两张毯子，他们度过了一个舒适的夜晚。夜里他们听到老朋友猫头鹰的叫声。一只狐狸在近旁气恼地发着牢骚“呀——噗——欧”。有一两次树叶上沙沙的脚步声吵醒了他们,不过他们还是睡得很香甜。

黎明时,岩起床了。他生了火,烧开水准备泡茶。虽然他们只有一点儿面包了,但是那只野鸭还没动。

岩把鸭子洗干净,用湿泥包裹起来,埋在灰里,盖上发红的木炭。这是印第安人做饭的一种方法,不过岩还没有完全掌握。半小时后他打开泥巴,发现鸭子的一边烤焦了,另一边还是很生。不管怎么说,有一部分烤好了,于是他叫他的同伴起来吃早饭。斑鹬坐起来,脸色苍白,样子可怜,显然他生病了。他不仅感冒了,而且那些沼泽地的水搞得他肚子里翻江倒海。他为自己的莽撞行为付出了代价。他吃了点儿东西,喝了些茶,觉得好多了,但很明显当天他不能继续前进了。这一来岩感到恐惧不安。十二英里的沼泽地将他们和外界的帮助隔离,该拿这个生病的男孩怎么办呢?他用刀子从一棵死了的小树上剥下一块树皮,用铅笔在光滑的表面上写下:“岩·叶尔曼和彼得·博伊尔在此地露营,八月十号。”

他让彼得舒服地坐在火旁,然后去寻找足迹。他发现昨晚有两只鹿来过,差点儿进了营地。接着他爬到一棵高树上,严密监视南边的地平线,看是否有冒烟的信号。那边什么也没有。转到北面时,他看到远处有些闪光的黄色的山,他发现一片到处点缀着深色冷杉树丛的平原,其中一片冷杉树丛中冒起烟,烟的附近有两三个像是帐篷的白色东西。

岩急忙下树告诉彼得这个好消息，然而当他承认那里离这里超过两英里时，彼得表现出毫无前往那里的兴趣。岩点起烟，在他路过的两边的小树上用刀刻下记号，独自出发去印第安人营地。半小时后他到了那里，找到两个木头搭的棚屋和三个帐篷。当他走近时，他不得不用一根木棍驱赶开大群的狗。印第安人像往常一样，显示出对白人来访者的戒心。岩做了些他从凯勒博那里学来的手势。他指着自己，举起两个手指头——意思是他这边有两个人；然后指着松树林，做了个手势表示还有一个人躺在那里；又加了一个饥饿的手势，这次是用双手边缘摁在胃部，意思是“我这儿被切成两半”。印第安人酋长给了他一块鹿舌，便不再理他。岩非常感谢地收下鹿舌，匆忙地画了营地的草图，返回去时发现彼得好多了，不过他对一个人单独在这儿待这么久极为惊慌。他现在急切地想着要回去。岩领头，带上所有的装备，他的同伴跟在后面拖拖拉拉而且脾气不好。他们来到河边，彼得害怕得退缩不前，相信他们听到的那个轰响声肯定是深水中的怪物发出的，这个怪物会抓住他们。

岩认定那只是沼气爆炸，他带头跳进河中，迫使彼得不得不效仿他游过河。声音到底是什么造成的他们却一直不知道。

他们快速地行进了一会儿。彼得受到他正在回家的想法的鼓舞，仓促地吃了鹿舌做的午餐，这耽搁了点儿时间。

下午三点,他们看到了凯勒博点起的烟的信号,四点他们欢呼着闯入营地。

凯勒博接连放了几枪,特克用它的“男低音”发出深沉欢欣的叫声表示欢迎。所有其他的男孩都在头天晚上就回到了营地。

萨姆说他走了十英里,根本没看到那条该死的河。盖伊打赌他们走了有四十英里,不相信有这样一条河。

“你们看到了怎样的地方?”

“只有烧过的土地和岩石,别的什么也没有。”

“哼,你们走得太向西了——那是和河狸河平行的。”

“那么,黑鹰,给小河狸讲讲你们的经历。”啄木鸟说,“你们两个谁会胜出呢?”

“好。”博伊勒酋长回答,“如果鹰眼走了四十英里,我们肯定走了六十英里。我们径直向北走了三个小时,什么也没看到,除了泥塘和树木烧焦的小岛——没看到平原也没看到印第安人的营地。我不相信那儿有任何东西。”

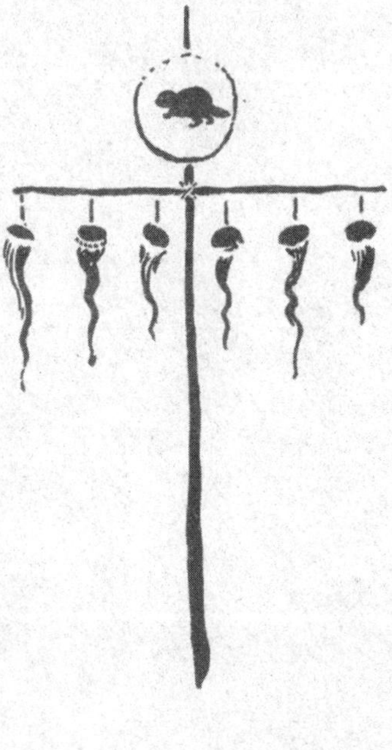

“你看见沙山了吗?”小河狸问。

“没有。”

“那你们离那儿还差几英里呢!”

岩讲述了他的故事，彼得做补充。岩善意地省略了斑鹬所有的哭哭啼啼。他的伙伴也感激地回应，热情洋溢地赞美岩的丛林技艺，尤其是详细描述了他在雨中钻木取火的本事。他们讲完了，凯勒博说：“岩，你赢了！因为你不仅发现了你要去找的那片树林，你还发现了萨姆要去找的河和威利斯要去找的印第安人营地。萨姆、威斯利，交出你们的头皮。”

三十、 新品种的浣熊

大家愉快地吃完晚饭，互相打趣开玩笑度过了几个小时。九点了，孩子们被招呼躺下休息，却无法安静下来，他们热切地希望有更多的冒险。

“凯勒博先生，这附近有浣熊吗？”

“嗯，我估计有。没错！温迪·比第·巴格斯家的土地附近的阔叶树丛下面有一片地，那儿有许多很像是浣熊活动的地方。”

这就足够让他们激动不已的了，因为这个地方近在咫尺。只有斑鹬想留在营地。但是当明白他可能一个人待在这儿看家的时候，他决心去获得所有可能的乐趣。那天晚上很热，没有月光，蚊子成群，猎人们穿过幽暗的树林，途中碰到一些小麻烦，但他们并不介意，只要特克愿意完成它的任务。有一两次它对某个足迹显示出兴趣，不过很快就放弃了。

他们向温迪·比第·巴格斯家前进，一直走到一条干涸的河床。特克立刻就往上游前进，尽管凯勒博想要让它往下游走，可是这条狗认为打猎时没有顶头上司。它率领着它的部队离开了真正有希望找到浣熊的那片浓密的树林，走了四分之一英里，特克发现了它要寻找的东西，那是一个泥泞的小水坑。它在里面安静地躺下，一边吸着鼻子、喘着气，一边劲头十足地舔着。谦卑的追随者们无事可做，只好坐在木头上不耐烦地等着特克这位老爷大人消遣结束。十五分钟过去了，特克还在自娱自乐，萨姆终于冒险地说："我敢说，如果我有一条狗，我一定能管住它。"

"逼它是没有用的，"凯勒博回答，"它在追猎物，它知道自己在做什么。一条狗如果没有自己的想法就没有价值。"

特克吸着鼻子，像只鼠海豚；打着呼噜翻滚，像只猪。它心满意足，其他八个人很嫉妒，因为他们闷热而不耐烦地坐在那里。特克爬起来，水珠慢慢滴下来，它可能想要去寻觅一个新的打滚的地方，它的鼻子察觉河岸上有什么东西，这东西对它的影响远远超过了那一排等候者的哄骗和恐吓。它发出一声简短的叫声，这是个令孩子们开心的信号。因为老猎狗发现了猎物，他们现在都聚精会神，过了一会儿，它竭尽全力地发出的叫声搅乱了那些回声。

"特克被它吓坏了！"凯勒博认为。

老猎狗的叫声非常响亮，但是没有规律，这表明那个被追的动物的路线是弯曲的。接着有一个长的间隔，表示那个动物可能爬上篱笆或者从一棵树跳到了另一棵树上。

"那是一只浣熊。"岩兴奋地说，他没有忘记那次捕猎的任何细节。

凯勒博没有回答。

老猎狗在远处吠叫，回到池塘，检查了一两次。

“这肯定是在追一只浣熊。”岩评论。最终他也拿不准，只好问凯勒博：“你认为是什么？”

凯勒博慢吞吞地回答：“我还不确定。对于浣熊来说，这跑得太远了，而且没有上树。我从狗的叫声中能够判断它气疯了。如果你接近它，你会看到它背上的毛都竖起来了。”

狗的叫声宣布了又一轮的追逐，接着是长长的、持续的、高亢的、短促的尖叫，说明猎物最终上树了。

“好吧，这下排除了狐狸或者臭鼬。”猎人说，“但它在陆地上的行动不像是浣熊。”

“先去那儿抓住浣熊！”黑鹰叫道。孩子们急匆匆地穿过黑暗的树林，不时被刮伤和绊倒。岩和威斯利一起到达，同时触到那棵树。其余的人也陆陆续续赶到，查理斯在最后，盖伊在他前面一点点。盖伊想要陈述这次超过查理斯的胜利的所有细节，可惜现在大家都把注意力集中在老特克身上，它正在凶猛地对着树上狂吠。

“完全搞不懂。”凯勒博说，“从爬上树这点看像是浣熊，但是狗的表现不像是对浣熊。”

“我们来生堆火。”啄木鸟说，两队的孩子开始各自生火，努力想让自己的火先点起来。

火光熊熊地照进高处的黑暗中，有一两次猎人们认为他们看到了浣熊闪亮的眼睛。

“那么谁想爬上去？”药师说。

“我来，我来——”这话重复了七次，甚至盖伊和查理斯也插嘴附和。

“你们都是很敏捷的猎人，但是我想你们要知道我不能确定什么动物在树上面。也许是一只强壮的大浣熊，可是从特克的表现来看，那东西更像是一只猫，不过目前什么也不能确定。它被特克追到树上去并不能证明它害怕狗。许多动物这样做只是不想让狗吠打扰自己。如果是一只猫，爬上去的人要小心被它抓伤脸。通过特克的行为来判断，我认为这个动物很危险。现在谁还想接这个任务？”

一时间所有人都不吭声了。过了一会儿，岩说：“如果你把左轮手枪借给我，我就去。”

“我也是。”威斯利很快地说。

“好吧，现在我们来抽草棍。”

岩赢了。凯勒博扳倒一棵细树，使它靠在大树上，岩就像上次那样爬了上去。

岩爬上去找那只浣熊的时候，没有人打趣开玩笑，大家都安静地等着。紧张让他们保持不动，这也刺激了爬树的人。他带着一种即将进入黑暗去面对可怕而神秘的危险的诡异感觉，当他从斜靠的树爬到椴树的主干上时，这种感觉越来越强烈。在杂乱密集的宽阔树叶和盘曲错节的树枝间，他看不见同伴们了。跳跃的火光向四面八方投射出斑驳的阴影和光点，造成一种诡谲的效果。那天晚上他在格尼坟墓的恐惧感觉再次来袭,不同的是这次知道有真实存在的危险。岩又爬高了一些,下面的同伴也看不到他了。危险开始让他惊骇万分。他想要退回去,大声叫“这儿没浣熊”,证明他的退却是有理由的。但当他贴附在树干上时,他记起了凯勒博的话:“勇气不是当你向前的时候什么也不怕,而是害怕的时候能够控制你的恐惧。”不,他要继续爬,看看会发生什么。

“找到什么了?”就在这时,下面传来一个拖着长音的兴奋的声音。

岩没有停下来回答,而是继续向黑暗处爬去。不久,他想他听到了浣熊在上面咆哮。他转到一根更高的树枝上,大叫:“浣熊在这儿,没错!”与此同时,一个咯咯响的低吼声接近了他,他向下一看,看见一只巨型的灰色野兽跳到一根在他和地面之间的巨大的树干上,然后凶狠地向他爬了过来。当它猛然跃到离岩更近的地方时,岩隐约看到了一个不寻常的长满粗毛和条纹的四边形脸,就像很久以前他在岩谷看到的那个——这是一只巨型猞猁。

岩极为震惊,差点儿失去控制,但他很快恢复理智,牢牢地在分叉处站稳。他掏出左轮手枪,此时猞猁恶狠狠地咆哮着跳向侧边的树枝,这样一来它几乎和岩在一条水平线上了。岩紧张地举起手枪,几乎没想着向黑暗中看就开火了,但没打中。猞猁在枪声中退缩了一点儿,并蹲伏下来。下面的孩子叫喊起来,特克的叫声压过了所有孩子的鼓噪声。

“一只猞猁！”岩叫道，他的声音暴露了他的恐惧。

“小心！”凯勒博叫，“你最好不要让它离你太近。”

猞猁凶狠地咆哮着。岩使出所有的勇气来控制他哆哆嗦嗦的手，更细致地瞄准、开火。凶残的野兽被打中了，但还是野蛮地扑向男孩。他举起胳膊挡，猞猁的牙齿深深咬进他的肉里，岩绝望地用另一只胳膊紧紧抓住树。这时，他知道他可能会被拖拉，摔落到地上去，但是现在他没有以前那么恐惧了。他左手紧抓着手枪，却发现那是猞猁的毛皮，左轮手枪已经掉落下去了。这回他实在没有希望了，巨大的恐惧笼罩下来。但猞猁伤得很厉害，它的后腿沉重地拖着。它放开了岩，拼命想要爬上树枝，但它的右脚突然踩空失去了平衡，它从树上滑了下去，落到下面的地上。猞猁虽然受伤了，但依然很凶猛。特克冲向它，却被它锋利的爪子猛烈反击，只好号叫着跑开了。

岩的情绪又重新回到以前的状态。虽然还有些虚弱，但他再次记起了猎人的话：“害怕的时候仍能保持冷静，这就是勇敢。”他振作起来，小心地爬向斜靠着椴树的那棵树。他听到下面传来奇怪的声音：喊叫声，咆哮声，还有打斗的声音。每次他都希望能够听到猞猁再次爬上树干的声音，好让自己来对付它。他在斜着的树上歇了一会儿，舒心地呼吸着。

“快点儿，岩，用手枪，”黑鹰大叫。

“很久以前枪就掉下去了。”

“掉哪儿了？”

岩没有回答，而是从小树上溜了下来。猞猁跑了，但并没跑远。它本来可能已经逃掉了，可是特克一直围着它追，扰乱它，让它甚至不能爬树，它们俩在灌木丛里的喧闹声让人很容易追踪到。

“手枪在哪儿？”凯勒博喊道，带着一种不同寻常的兴奋。

“搏斗的时候掉下去了。”

“我知道，我听到落到灌木丛里了。”萨姆很快找到了手枪。

凯勒博握着枪，岩有气无力地说：“让我来！让我来！这是我的战斗！”

凯勒博把枪递给岩，说：“当心别打到狗！”岩慢慢地钻进灌木丛，再次看到黑色的移动的影子。他射了一枪，又射一枪。打斗的声音停止了，归于寂静。印第安人发出胜利的欢呼声，除了小河狸。岩感到一阵眩晕，他发着抖，摇晃地在树根上坐下来。凯勒博和萨姆很快走上前来。

“怎么了，岩？”

“我不舒服——我——”

凯勒博检查他的胳膊，湿漉漉的。

“岩，你在流血。”

“是的，它咬了我——在树上时它抓住我。我——我——我好像要死了。”

所有人的注意力都从死了的猞猁转移到受伤的男孩身上。

“去给他弄点儿水来。”

“我想营地的水井是最近的水源。”

凯勒博和萨姆照顾岩,其他的孩子抬着猞猁。他们慢慢地向家行进，岩感觉好多了。他一五一十地讲述和猞猁的战斗。

“哎呀！我肯定会吓破胆。”萨姆说。

“我想我也会的。”凯勒博令整个部落都很惊奇地补充道,“在那上面，毫无帮助，还有一只受伤的猞猁——我告诉你！”

“是的,我也怕——要多怕有多怕。”岩承认。

野营地燃烧的火苗散发出耀眼的光芒。冷水放在旁边,岩流血的胳膊露出来。他感到惊恐，然而暗地里又很高兴地看到自己被野兽撕裂的伤口。他的衬衣袖子被血浸透了。朋友们的惊叹是他听过的最甜蜜的音乐。

凯勒博和城市男孩包扎好他的伤口，清洗后的伤口看上去没那么可怕。

他们太亢奋了,因而不能睡觉。他们围坐在火堆旁——他们本不需要如此，但是除此之外他们什么也不想做——岩发现这个群体一点儿不缺少热情。他们称赞他是营地的英雄，这让他快乐得羞红了脸。盖伊认为这没有什么值得大惊小怪的,可是凯勒博说:“我早知道。你去格尼的坟墓那晚,我就知道你是条好汉。”

三十一、 在老营地

早上又下起雨来，印第安人本以为只能冒着雨负重走回家，但他们的药师准备了惊喜："我想离这儿不远住着我的一个老朋友，他能给我们提供帮助，用他的马车把我们所有人拉回家。"他们走到这片荒瘠的土地边上，找到了一辆农场马车，还有两匹马和车夫。他们坐进去，不到一个小时，就平安地回到了池塘边亲爱的老营地。

雨停了，凯勒博要离开孩子们回自己的家了，他说："听着，孩子们，举行首领选举怎么样？我觉得现在是时候了。等到明天下午四点，我要教你们怎么选举。"

那晚岩和他的朋友单独留在营地。他的胳膊缠着绷带，他对这些绷带感到非常骄傲。他很愉快地看着在最外层的绷带上显露出的一些无关紧要的红色血点，然而他并不疼痛。多亏了他穿着厚衬衣，才没有中毒。他像往常那样睡着了，睡了很久，到半夜时醒了，躺在床上意识清醒，有一种奇怪的幸福感。他的身体没有感觉，他好像独自飘浮，不是在帐篷里也不是在树林里，而是在天上——不是做梦，而是完全清醒——比他人生中以前的任何时候都清醒，因为他所有的生活都前所未有地历历在目：他所接受的严苛的宗教训导；他的父亲，中规中矩、一片好心，却没有判断力，强迫他从事他没有兴趣的职业，放弃他最心爱的事——他的丛林知识。接着，拉夫泰步入视野。他大嗓门，外表粗鲁，却拥有一颗善心和健全的头脑。这个农民与父亲相比差别甚大，然而岩却不得不强压下希望拉夫泰是他的父亲的想法。他们有共同点吗？没有，但拉夫泰给了他对他来说最珍贵的两样东西。他，一家之主，一个有力量并且成功的男人，以尊重的态度对待岩。岩非常希望自己的父亲能认同自己的特殊爱好，就像很久以前在山谷碰到的那个粗犷的陌生人那样。拉夫泰也给了他感情上的支持，非但没有把他对丛林技艺的追求当作微不足道的把戏，而且还给予赞助，甚至有时候也乐意参与。一想起波那顿，岩知道最多过一年他就要回去了。他知道他最渴望的进大学学习动物学的愿望永远也不可能实现，因为他的父亲告诉他必须一开始就要去做一个商店跑差的。他的抗争精神再次被激发起来，为了什么目的他不知道。他宁愿待在农场和拉夫泰一家在一起，但是他的教养发挥了作用——“尊敬父亲和母亲”具有恒久的效力。他认为这是一项必须履行的义务。即使他想，他也不能反抗。父亲不让他去上大学，把他送到农场，显然是要打破他研究心爱事物的愿望。服从这个命令并没有使他遭到损失，反而让他抓住了一生中最大的机遇。

是的！他会回去——做一个店伙计或者任何谋生的职业，但在空闲的时间他将会继续钻研自己感兴趣的领域。理想可能要穿过食品杂货商店的酒窖才能到达。他会努力奋斗成为一名博物学家。他会拥有他所寻求的知识，接着是他寻求的定位，因为林地生活所经历的每件事都告诉他，他应该专注于鸟类和动物的领域，他拥有领悟这些事物的天赋。

他好像在飘浮，带着所有的疑虑退去后的幸福，沉浸在成功的快乐中。外面有动静。帐篷的门被轻轻地推开，一只大动物进来了。在其他时候，岩可能很警觉，但天马行空的想象让他无法平静。他惊奇而毫无戒备地看着它。它温顺地走近他的床，舔他的手，在他旁边躺下来——是老特克。这是它第一次顺从除了凯勒博之外的另一个人。

三十二、 新的战斗首领

凯勒博整天都在忙，没人知道他在做什么。撒央也很忙，她一直都很忙，但是现在她很忙乱。后来，凯勒博去找拉夫泰太太战斗首领，她也忙起来。盖伊跑去找伯恩夫人，她也变得很忙。就这样，他们把所有的街坊邻里都变成了忙碌的蜜蜂。

因为这是桑格，这里的小型聚会都在同一个地方举行，这就像城里人在俱乐部、剧院和报纸上做的那样。不管是洗礼、婚礼或者葬礼，伐木、打谷、返乡或离乡远行，新居落成，买了新的马具或风车……这些中的任何一件事都有足够的理由让他们成为嗡嗡的蜜蜂，所以车轮飞转起来并不少见。

下午三点，三列队伍穿过树林走来。其中一列从伯恩家出发，包括全体家庭成员；一列从拉夫泰家出发，包括这一家人和他们的雇工；还有一列来自凯勒博家，成员是撒央和博伊尔家的人。大家都带着篮子。

他们在池塘边长满舒适草坪的岸边围坐成一圈。凯勒博和萨姆负责主持仪式。首先是竞走比赛，尽管岩的胳膊受伤了，但他还是赢得了这场比赛，城市男孩获得了第二名；接下来是射击比赛和猎鹿，这个比赛岩没法参加。虽然不在计划之内，但拉夫泰坚持要见识岩不用爬上树就能测量出树疖的高度的本事，看到答案准确无误，他高兴地咧着嘴笑了。

“这就是教育的功劳，萨姆！”他大声吼道，“什么时候你也能这样啊？啊呀，岩，你是个好小伙子！我有东西要给你，你会高兴的。”

拉夫泰掏出钱包，作为地方治安官，他显然乐意给岩五美元作为他杀死猞猁的政府奖励。然后他补充说：“结果是如你们所说的，今年杀死绵羊的罪魁祸首不是老特克而是这个畜生，我要再给你一份钱。”

这样一来，岩拥有了有生以来最大的一笔巨款。

随后，印第安人进了帐篷。凯勒博在地上竖起一根木桩，上面用生皮覆盖着用木头做的新护罩，生皮上面轻巧地绑着一块帆布。

客人们围着它坐了一圈，边上有一些动物皮——岩的猞猁和浣熊以及两个猫头鹰标本。

接着鼓声传来，“咚——咚——咚——”随着异口同声的作战的呐喊，脸上涂满战斗颜料的桑格印第安人冲出帐篷。

“咔嗒——咔嗒——咔嗒嗒嗒！”

他们精确地按照黑鹰敲的鼓点，踏着节拍跳舞。他们绕着中间遮盖的柱子跳了三圈，鼓声停止，最后他们齐声洪亮地呐喊，然后在来宾围坐的圈子里蹲下来，围坐成一圈。

伟大的啄木鸟此时站了起来，他的妈妈不得不向别人告知他是谁。他发表了极富特色的演说:“大酋长们、小酋长们,桑格印第安的妇女儿童们:今年发生了许多事情,造成整个部落丧失了高贵的首领。他们本来认为不可能再有能够与之比肩的首领,但是这次集会正是为了选出一位新的首领。有一天我们举行了比武,可是意见并没有取得一致。这以后,我们做了一次艰辛的远足,情况明朗了许多,就像把小猫咪们放在水池里就能够判断哪个会游泳一样。我们今天在这儿就是要解决这件事情。”

“嚎——嚎——嚎——”叫声伴随着黑鹰有力的鼓声。

“当然,不同的人有不同的天赋。那么我们部族里谁跑得最快?是小河狸。”

“嚎——嚎——嚎——”叫声和鼓声一齐响起。

“那是我的鼓,妈！”盖伊在一边说,忘了鼓掌。

“谁最擅长辨认足迹，擅长爬树？还是小河狸，我肯定。”

“嚎——嚎——嚎——”叫声和鼓声一齐响起。

“这算什么！”盖伊小声对他妈妈说。

“是谁去格尼的坟墓,通过了勇气的考验?是小河狸。”

“其实他也怕得要死！”盖伊低声说。

“谁一箭射中猫头鹰的心脏，赤手空拳和猞猁搏斗,更不要提那只浣熊了？每次都是小河狸。”

“他可从没杀死过一只旱獭,妈妈！”

“还有，我们中谁能把其他所有人都摔倒？是小河狸，我想。”

“我任何时候都能把查理斯揍扁。”盖伊加了一句旁白。

“我们中谁拥有的伟绩和头皮数最多？”

“你还忘了说他受过的教育。”拉夫泰的插话遭到轻蔑的忽视，即使小河狸也对这种非印第安人的行为感到不满意。

“谁拥有的头皮最多？”萨姆严肃地重复，“这些头皮是在和敌人的战斗中赢来的！”啄木鸟举起头皮，药师把它们系在护罩的边缘，从柱子上悬垂下来。“这个是从敌方酋长那里取得的。”凯勒博又把它系在护罩上，“这个头皮是从敌方的二首领那里取得的。”凯勒博又系上一个，“这个是从桑格的战斗首领那里赢得的，这个是从博伊勒族首领那里赢得的，另一个是在打仗中夺取的。六个头皮来自六个有名的战士。这是今年的最高纪录，小河狸是纪录创造者。除此之外，他画画、写诗、做饭都做得相当好。我宣布小河狸是最高首领！其他人有什么要说的吗？”他们异口同声地喊道：“小河狸万岁！”

“嚎——嚎——嚎——”

“有其他人反对吗？”

“我。”盖伊说。

“必须打败首领。”萨姆继续说。盖伊没有说完反对的话，然后他小声对他妈妈说:“如果是查理斯,我打赌有他好看的。”

这时凯勒博揭开了护罩的盖子,露出了上面桑格的白色野牛，还有一只小河狸。接着他打开了放在旁边的一卷东西，展露出一件浅黄色的皮制的精美战袍、一对护腿和软皮平底鞋,都装饰有流苏、珠链和图案,这些都是撒央在凯勒博的指导下做成的。这套行头很快就披挂在新首领身上。他的战帽也准备好了，装饰着最近冒险得来的羽毛,极为辉煌。岩为新得到的荣誉感到自豪和快乐，他走向前。凯勒博像父亲般骄傲地看着他,说:“那晚你去格尼的坟墓我就知道你是个好小子，你穿过大沼泽后我又一次意识到这一点。岩,你可以游历男子汉能去的任何地方了。”听到这话，岩快乐得无以复加。他现在确实是一名丛林技艺能手了。他结结巴巴地徒劳地想要说些感激的话，萨姆解

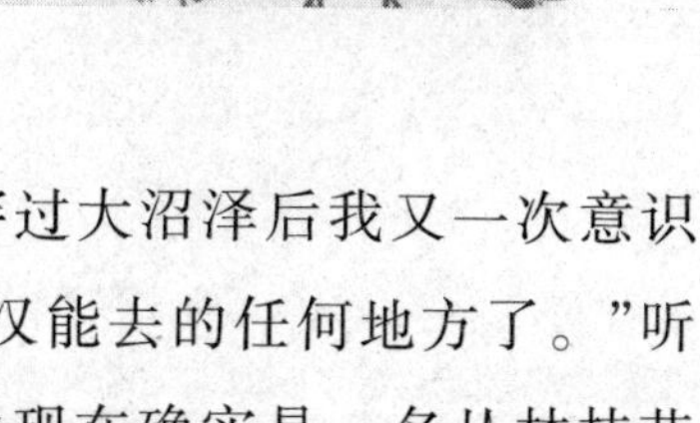

救了他:“为新首领三呼万岁!”喧闹结束,女人们打开她们的篮子,摆上野餐的食物。拉夫泰对儿子滔滔不绝的演讲非常满意,暗自定下一个让他学习法律的新愿望。然而他却趁着聊天的间隙说:“孩子们,你们两周的假期,加上延长的一周,今天下午就到期了。一个半小时后回去把猪给喂了。”